Fantasy

Herausgegeben von Friedel Wahren

Von ROGER ZELAZNY erschienen in der Reihe
HEYNE SCIENCE FICTION & FANTASY:

Straße der Verdammnis · 06/3310, auch ✒ 06/4335
Die Insel der Toten · 06/3366, auch ✒ 06/4335
Der Tod in Italbar · 06/3434, auch ✒ 06/4335
Heut wählen wir Gesichter · 06/3444
Herr des Lichts · 06/3500
Die Aschenbrücke · 06/3613
Jack aus den Schatten · 06/3901
Katzenauge · 06/4217
Wechselhaftes Land · 06/4247
Fluch der Unsterblichkeit · 06/4463
Das Friedhofsherz – Ein Wendebuch
    (zusammen mit Walter Jon Williams:
    Elegie für Engel und Hunde) · 06/5039

Der Former, in:
    Heyne Science Fiction Jahresband 1981,
    hrsg. von Wolfgang Jeschke · 06/3790

AMBER-ZYKLUS:

Corwin von Amber · 06/3539, auch ✒ 06/4275
Die Gewehre von Avalon · 06/3551, auch ✒ 06/4275
Im Zeichen des Einhorns · 06/3571, auch ✒ 06/4275
Die Hand Oberons · 06/3594, auch ✒ 06/4275
Die Burgen des Chaos · 06/3840, auch ✒ 06/4275
Die Trümpfe des Jüngsten Gerichts · 06/5281
Das Blut von Amber · 06/5282
Zeichen des Chaos · 06/5283
Ritter der Schatten · 06/5284 (in Vorb.)
Prinz des Chaos · 06/5285 (in Vorb.)
Die Prinzen von Amber · 06/4275
Sonderausgabe der ersten fünf Romane des Amber-Zyklus
in einem Band

In der BIBLIOTHEK DER SCIENCE FICTION LITERATUR:
Herr des Lichts · 06/45

ROGER ZELAZNY

DIE TRÜMPFE DES JÜNGSTEN GERICHTS

Sechster Roman
des AMBER-Zyklus

Deutsche Erstausgabe

WILHELM HEYNE VERLAG
MÜNCHEN

HEYNE SCIENCE FICTION & FANTASY
Band 06/5281

Titel der Originalausgabe
TRUMPS OF DOOM
Übersetzung aus dem Amerikanischen von
IRENE BONHORST
Das Umschlagbild malte Les Edwards

Redaktion: Friedel Wahren
Copyright © 1985 by Amber Corporation
Die Originalausgabe erschien bei Arbor House Publishing, New York
Copyright © 1995 der deutschen Ausgabe und der Übersetzung
by Wilhelm Heyne Verlag GmbH & Co. KG, München
Printed in Germany 1995
Umschlaggestaltung: Atelier Ingrid Schütz, München
Technische Betreuung: M. Spinola
Satz: Schaber Satz- und Datentechnik, Wels
Druck und Bindung: Elsnerdruck, Berlin

ISBN 3-453-08005-X

Noch mal, Judy

– 1 –

Es ist ein Scheißgefühl, wenn man darauf wartet, daß jemand versucht, einen umzubringen. Aber es war der 30. April, und natürlich würde es geschehen, wie immer. Ich hatte eine Weile gebraucht, um zu kapieren, aber jetzt wußte ich wenigstens, wann es soweit war. In der Vergangenheit war ich zusehr mit anderen Dingen beschäftigt gewesen, um etwas dagegen zu unternehmen. Aber nun war mein Auftrag erledigt. Ich war nur aus diesem einen Grund noch geblieben. Ich war der Meinung, daß ich die Angelegenheit unbedingt bereinigen sollte, bevor ich aufbrach.

Ich stieg aus dem Bett, ging ins Bad, duschte, putzte mir die Zähne etcetera. Ich hatte mir wieder einen Bart wachsen lassen, deshalb brauchte ich mich nicht zu rasieren. Ich kreischte nicht wegen seltsamer Wahrnehmungen, wie ich es an jenem 30. April vor drei Jahren getan hatte, als ich mit Kopfschmerzen und einer Vorahnung aufgewacht, die Fenster aufgestoßen und in die Küche gegangen war, um zu entdecken, daß sämtliche Gasdüsen aufgedreht worden waren – ohne daß Flammen entzündet worden wären. Nein, es war nicht einmal so wie an jenem 30. April vor zwei Jahren, in der anderen Wohnung, als ich vor dem Morgengrauen von einem schwachen Rauchgeruch aufgeweckt worden war und feststellte, daß die Bude brannte. Dennoch blieb ich außerhalb der direkten Linie der Leuchtkörper, für den Fall, daß die Glühbirnen mit etwas Entflammbarem gefüllt wären, und ich bediente alle Schalter eher durch ein schnelles Schnippen als durch Drücken. Nichts Unerfreuliches folgte diesen Handlungen.

Normalerweise stelle ich die Kaffeemaschine am Abend vorher mit vorprogrammierter Zeit ein. An diesem Morgen wollte ich jedoch keinen Kaffee, dessen Zubereitung ich nicht mit eigenen Augen gesehen hatte. Ich setzte eine frische Kanne voll auf und überprüfte mein Gepäck, während ich darauf wartete, daß das Wasser durchlief. Alles, was mir an diesem Ort etwas wert war, war in zwei mittelgroßen Kisten untergebracht – Kleidung, Bücher, Gemälde, einige Instrumente, ein paar Andenken und so weiter. Ich verschloß die Kisten. Etwas Kleidung zum Wechseln, ein Sweatshirt, ein gutes Taschenbuch und ein Packen Reiseschecks verstaute ich in meinem Rucksack. Ich würde meinen Schlüssel beim Hinausgehen beim Hausverwalter abgeben, damit er die Nachmieter hineinlassen konnte. Die Kisten sollten eingelagert werden.

Das Joggen fiel an diesem Morgen für mich aus.

Ich schlürfte meinen Kaffee und wanderte von einem Fenster zum anderen, wobei ich neben jedem stehenblieb und die Straßen unten sowie die Gebäude auf der gegenüberliegenden Seite einer umfassenden Betrachtung unterzog (der letztjährige Anschlag war von jemandem mit einem Gewehr unternommen worden), und dachte zurück an das erste Mal, als es passiert war, vor sieben Jahren. Ich war an einem schönen Frühlingsnachmittag arglos an einer Straße entlanggeschlendert, als ein ankommender Lkw herumschwenkte, über den Bordstein holperte und mich beinahe an einer Backsteinmauer zerquetscht hätte. Es gelang mir, aus dem Weg zu hechten und mich wegzurollen. Der Fahrer erlangte das Bewußtsein nicht mehr wieder. Der Vorfall hatte den Anschein einer jener Schicksalslaunen gehabt, die unser aller Leben dann und wann überfallen.

Am gleichen Tag im darauffolgenden Jahr jedoch spazierte ich spät abends von der Wohnung meiner Freundin nach Hause, als ich von drei Männern angegriffen wurde – einer war mit einem Messer bewaffnet, die anderen beiden trugen abgebrochene Rohre –, ohne daß sie auch nur die Höflichkeit besessen hätten, zuerst meine Brieftasche zu verlangen.

Ich ließ die Überbleibsel der Auseinandersetzung im Eingang eines nahen Schallplattenladens zurück, und obwohl ich mir auf dem Nachhauseweg so allerlei Gedanken darüber machte, kam es mir erst am folgenden Tag in den Sinn, daß es genau der Jahrestag des Lkw-Unfalls gewesen war. Doch selbst dann noch tat ich das als einen seltsamen Zufall ab. Die Sache mit der Briefbombe, die im darauffolgenden Jahr die Hälfte einer anderen Wohnung zerstört hatte, veranlaßte mich allmählich zu der Überlegung, ob die statistische Natur der Wirklichkeit zu dieser Jahreszeit in meiner Umgebung vielleicht unter einer besonderen Spannung stand. Und die Ereignisse der folgenden Jahre waren dazu angetan, dies in eine feste Überzeugung zu verwandeln.

Jemand hatte Spaß an dem alljährlichen Versuch, mich umzubringen, so einfach war das. Wenn die Bemühung fehlschlug, trat eine einjährige Pause ein, bevor ein neuer Versuch unternommen wurde. Es erschien beinahe wie ein Spiel.

Aber in diesem Jahr wollte ich das Spiel mitgestalten. Meine Hauptsorge war, daß er, sie oder es offenbar niemals anwesend war, wenn das Ereignis eintrat, sondern vielmehr Heimlichkeit, Tricks oder Mittelsleute vorzog. Ich werde diese Person als S bezeichnen (was in meiner privaten Kosmologie manchmal für ›Schleicher‹ und manchmal für ›Scheißer‹ steht), weil X schon so abgegriffen ist und weil ich keine Lust habe, mich mit Pronomen zweifelhafter Vorrangigkeit abzumühen.

Ich spülte meine Kaffeetasse und die Kanne aus und stellte sie in den Abtropfständer. Dann nahm ich meine Tasche und brach auf. Mr. Mulligan war nicht zu Hause, oder er schlief, also warf ich den Schlüssel in seinen Briefkasten, bevor ich die Straße hinaufging, um in einem nahegelegenen Imbißladen mein Frühstück einzunehmen.

Es herrschte nur wenig Verkehr, und alle Fahrzeuge benahmen sich ordentlich. Ich ging langsam, horchte in alle Richtungen und hielt die Augen aufmerksam offen. Es war ein angenehmer Morgen, der einen schönen Tag verhieß. Ich hoffte, die Dinge schnell erledigen zu können, damit ich ihn müßig genießen könnte.

Ich erreichte den Imbißladen, ohne belästigt worden zu sein. Ich setzte mich an einen Platz neben dem Fenster. Gerade als der Kellner kam, um meine Bestellung entgegenzunehmen, sah ich eine vertraute Gestalt, die schwungvoll die Straße entlangspazierte – einen früheren Schulkameraden und späteren Arbeitskollegen –, Lucas Raynard, einsachtzig groß, rothaarig, trotz oder vielleicht gerade wegen einer künstlerisch gebrochenen Nase gutaussehend, mit der Stimme und dem Benehmen des Handelsvertreters, der er tatsächlich war.

Ich klopfte ans Fenster, und er sah mich, winkte, machte kehrt und trat ein.

»Merle, ich habe recht gehabt«, sagte er, während er auf den Tisch zukam, mir kurz auf die Schulter klopfte, sich setzte und mir die Speisekarte aus der Hand nahm. »Ich habe dich zu Hause nicht angetroffen und vermutet, daß du hier bist.«

Er senkte den Blick und vertiefte sich in die Speisekarte.

»Warum?« fragte ich.

»Wenn Sie noch etwas Zeit zum Auswählen brauchen, komme ich später wieder«, sagte der Kellner.

»Nein«, antwortete Luke und ließ eine gewaltige Bestellung vom Stapel. Ich fügte die meine hinzu. Dann: »Weil du ein Gewohnheitstier bist.«

»Gewohnheit?« entgegnete ich. »Ich komme nur noch sehr selten hierher zum Essen.«

»Ich weiß«, sagte er, »aber meistens geschieht das, wenn du irgendwie unter Druck stehst. Zum Beispiel vor Prüfungen – oder wenn dir etwas Sorgen machte.«

»Hm«, brummte ich. Vielleicht war an seinen Worten etwas Wahres dran, obwohl es mir bisher noch nie aufgefallen war. Ich ließ den Aschenbecher auf dem Tisch um sich selbst kreisen; er war mit dem Kopf eines Einhorns bedruckt, einer kleineren Version desjenigen aus buntem Glas, das als Teil des Raumteilers neben dem Eingang stand. »Ich kann nicht sagen, warum ich ausgerechnet hierher gegangen bin«, bemerkte ich schließlich. »Übrigens, was bringt dich auf die Idee, etwas könnte mir Sorgen machen?«

»Ich habe mich an diesen komischen Verfolgungswahn erinnert, den du in bezug auf den 30. April hast, wegen ein paar Vorfällen.«

»Es sind mehr als ein paar. Ich habe dir nicht von allen erzählt.«

»Also glaubst du immer noch daran?«

»Ja.«

Er zuckte mit den Schultern. Der Kellner kam vorbei und füllte unsere Kaffeetassen.

»Also gut«, stimmte er schließlich zu. »Hast du es heute schon gehabt?«

»Nein.«

»Zu dumm. Ich hoffe, das verdirbt dir nicht den Spaß am Grübeln.«

Ich nahm einen Schluck Kaffee.

»Kein Problem«, ließ ich ihn wissen.

»Gut.« Er seufzte und reckte sich. »Hör zu, ich bin erst gestern in die Stadt zurückgekommen...«

»Hattest du eine angenehme Reise?«

»Hab 'nen neuen Verkaufsrekord aufgestellt.«

»Toll.«

»Wie auch immer … als ich mich zurückmeldete, habe ich erfahren, daß du gekündigt hast.«

»Ja, ich bin seit etwa einem Monat nicht mehr dabei.«

»Miller versucht die ganze Zeit, dich zu erreichen. Aber weil dein Telefon außer Betrieb ist, konnte er dich nicht anrufen. Er ist sogar ein paarmal bei dir vorbeigefahren, aber du warst nicht zu Hause.«

»Pech.«

»Er möchte dich wieder einstellen.«

»Ich habe mit denen nichts mehr am Hut.«

»Warte, bis du die näheren Umstände erfährst, ja? Brady ist die Treppe hinaufgestoßen worden, und du sollst der neue Chef der Planungsabteilung sein – mit einer zwanzigprozentigen Gehaltserhöhung. Das läßt er dir sagen.«

Ich schmunzelte vor mich hin.

»Eigentlich hört sich das gar nicht so schlecht an. Aber, wie gesagt, ich habe mit denen nichts mehr am Hut.«

»Oh!« Seine Augen glitzerten, und er bedachte mich mit einem wissenden Lächeln. »Dann hast du also wirklich ein anderes Eisen im Feuer. Das hat er sich schon gedacht. Nun gut, für diesen Fall soll ich dir sagen, daß er von dir wissen will, was der andere dir geboten hat. Er wird alle Hebel in Bewegung setzen, um noch eins draufzusetzen.«

Ich schüttelte den Kopf.

»Anscheinend verstehst du mich nicht richtig«, sagte ich. »Für mich ist die Sache erledigt. Schluß. Aus. Ich möchte nicht zurück. Ich werde auch nicht für jemand anderen arbeiten. Ich bin fertig mit dieser Art von Arbeit. Ich habe die Nase voll von Computern.«

»Aber du bist wirklich gut. Sag mal, sattelst du vielleicht um auf Lehrer?«

»Nein.«

»Ach, zum Teufel! Du mußt doch irgend etwas tun. Bist du vielleicht auf irgendeine Art zu Geld gekommen?«

»Nein. Ich denke, ich werde ein bißchen reisen. Ich bin schon zu lange an einem Ort.«

Er hob seine Tasse und leerte sie in einem Zug. Dann lehnte er sich zurück, verschränkte die Hände vor dem Bauch und senkte die Augenlider ein wenig. Er schwieg eine Zeitlang.

Schließlich: »Du hast gesagt, für dich ist die Sache erledigt. Meintest du nur den Job und dein Leben hier – oder noch etwas anderes?«

»Ich kann dir nicht folgen.«

»Du hast eine ganz bestimmte Art, einfach zu verschwinden – damals am College schon. Du bist für eine Weile weg und tauchst dann genauso plötzlich wieder auf. Du hast dich niemals so richtig darüber ausgelassen. Es hat den Anschein, als ob du so etwas wie ein Doppelleben führst. Haben deine Pläne irgend etwas damit zu tun?«

»Ich weiß nicht, was du meinst.«

Er lächelte.

»Natürlich weißt du das«, sagte er. Als ich nicht antwortete, fuhr er fort: »Nun, viel Glück – bei was auch immer.«

Ständig in Bewegung, selten in Ruhestellung, spielte er mit einem Schlüsselbund herum, während er eine zweite Tasse Kaffee trank und Schlüssel und einen blauen Steinanhänger klingeln und schwingen ließ. Schließlich wurde unser Frühstück gebracht, und wir aßen eine Zeitlang schweigend.

Schließlich fragte er mich: »Hast du eigentlich die *Starburst* immer noch?«

»Nein. Ich habe sie im letzten Herbst verkauft«, erklärte ich ihm. »Ich war so sehr von anderen Dingen in Anspruch genommen, daß ich keine Zeit zum Segeln hatte. Und es gefiel mir gar nicht, sie so ungenutzt rumliegen zu sehen.«

Er nickte.

»Schade«, sagte er. »Wir hatten viel Spaß mit ihr, damals während der Schulzeit. Später auch noch. Ich hätte sie gern noch einmal rausgeholt, um der alten Zeiten willen.«

»Ja.«

»Sag mal, hast du vielleicht Julia in letzter Zeit mal gesehen?«

»Nein, seit unserer Trennung nicht mehr. Ich glaube, sie geht immer noch mit einem Typen namens Rick. Hast du sie gesehen?«

»Ja, ich war gestern abend auf einen Sprung bei ihr.«

»Warum?«

Er zuckte mit den Schultern.

»Sie war eine von unserer Bande – und wir haben uns in alle Winde zerstreut.«

»Wie war sie?«

»Sie sieht immer noch gut aus. Sie hat nach dir gefragt. Und sie hat mir das für dich mitgegeben.«

Er zog einen verschlossenen Umschlag aus der Innentasche seiner Jacke und reichte ihn mir. Mein Name stand darauf, in ihrer Handschrift. Ich riß ihn auf und las:

Merle,
ich habe mich getäuscht. Ich weiß, wer Du bist, und es besteht Gefahr. Ich muß Dich treffen. Ich habe etwas, das Du brauchen wirst. Es ist sehr wichtig. Bitte ruf mich so bald wie möglich an oder komm vorbei.
Alles Liebe,

Julia

»Danke«, sagte ich, während ich meine Tasche öffnete und den Brief darin verstaute.

Er war ebenso rätselhaft wie beunruhigend. Außerordentlich. Ich mußte später zu einem Entschluß kommen, wie ich mich verhalten sollte. Ich mochte sie immer noch mehr, als ich mir eingestand, aber ich war mir nicht sicher, ob ich sie wiedersehen wollte. Doch was meinte sie mit der Bemerkung, sie wisse, wer ich sei?

Ich verdrängte sie aus meinem Denken, wieder einmal.

Ich beobachtete eine Zeitlang den Verkehr, trank meinen Kaffee und rief mir in Erinnerung, wie ich Luke kennengelernt hatte, während unseres ersten Studienjahrs, im Fechtverein. Er war unglaublich gut.

»Fichtst du noch?« fragte ich.

»Manchmal. Und du?«

»Gelegentlich.«

»Wir haben niemals richtig herausgefunden, wer der bessere von uns beiden ist.«

»Jetzt haben wir keine Zeit mehr dazu«, sagte ich.

Er schmunzelte und stieß ein paarmal spielerisch mit dem Messer nach mir.

»Da hast du sicher recht. Wann brichst du auf?«

»Wahrscheinlich morgen – ich bin gerade dabei, noch ein paar Dinge zu erledigen. Wenn ich damit fertig bin, mache ich mich davon.«

»Wohin?«

»Hierhin und dorthin. Ich habe noch keinen festen Plan.«

»Du spinnst.«

»Hm-hm. Früher hat man so etwas ein *Wanderjahr* genannt. Mir war so etwas bisher nicht vergönnt gewesen, und ich hole es jetzt nach.«

»Eigentlich hört sich das ganz nett an. Vielleicht sollte ich es auch einmal ausprobieren.«

»Vielleicht. Ich dachte allerdings, du hättest dir deines bereits in Raten genehmigt.«

»Wie meinst du das?«

»Ich war nicht der einzige, der häufig unterwegs war.«

»Ach, das.« Er wischte den Einwand mit einer Handbewegung weg. »Das war alles geschäftlich, nicht zum Vergnügen. Ich mußte ein paar Transaktionen durchführen, um meine Rechnungen bezahlen zu können. Wirst du deine Familie besuchen?«

Seltsame Frage. Keiner von uns beiden hatte bisher jemals über seine Eltern gesprochen, außer in ganz allgemeinen Floskeln.

»Ich glaube nicht«, sagte ich. »Und du die deinen?«

Er begegnete meinem Blick und hielt ihm stand, während sein chronisches Lächeln etwas breiter wurde.

»Schwer zu sagen«, antwortete er. »Wir haben sozusagen keinen Kontakt.«

Ich lächelte ebenfalls.

»Ich kenne das Gefühl.«

Wir beendeten unser Frühstück, tranken noch einen letzten Kaffee.

»Dann wirst du also nicht mit Miller sprechen?« fragte er.

»Nein.«

Er zuckte erneut die Schultern. Die Rechnung wurde gebracht, und er nahm sie an sich.

»Das geht auf mich«, sagte er. »Ich stehe schließlich in Lohn und Arbeit.«

»Danke. Vielleicht können wir uns zum Abendessen noch einmal sehen. Wo wohnst du?«

»Warte.« Er griff in seine Hemdtasche, zog ein Streichholzheftchen heraus und warf es mir zu. »Da. New Line Motel«, sagte er.

»Sagen wir, ich hole dich so gegen sechs ab?«

»Okay.«

Er wandte sich zum Gehen, und wir trennten uns auf der Straße.

»Bis dann«, sagte er.

»Bis dann.«

Leb wohl, Luke Raynard. Seltsamer Mann. Wir kannten uns seit beinahe acht Jahren. Hatten einige gute Zeiten durchlebt. Waren in mehreren Sportarten gegeneinander angetreten. Pflegten beinahe jeden Tag unsere Joggingrunden gemeinsam zu drehen. Wir hatten beide der Leichtathletik-Mannschaft angehört. Zeitweise waren wir mit denselben Mädchen gegangen. Ich machte mir wieder mal meine Gedanken über ihn – er war stark, klug und ein ebenso verschlossener Mensch wie ich selbst. Es bestanden gewisse Bande zwischen uns, die ich nicht ganz begriff.

Ich ging zu dem Parkplatz bei meiner Wohnung zurück und sah unter der Motorhaube und dem Fahrgestell nach, bevor ich meine Tasche hineinwarf und den Motor anließ. Ich fuhr langsam, betrachtete Dinge, die vor acht Jahren frisch und neu gewesen waren, und verabschiedete mich jetzt von allen. Während der vergangenen Woche hatte ich mich von allen Menschen verabschiedet, an denen mir etwas lag. Nur nicht von Julia.

Das war eins der Dinge, die ich gern noch weiter hinausgeschoben hätte, aber es blieb keine Zeit mehr. Es war eine Frage von jetzt oder nie, und meine Neugier war angestachelt worden. Ich bog in die Parkgarage eines Einkaufszentrums ein und fand einen öffentlichen Fernsprecher, doch nachdem ich ihre Nummer gewählt hatte, nahm am anderen Ende niemand ab. Ich überlegte, daß sie vielleicht tagsüber wieder in einem Vollzeitjob arbeitete, aber genausogut konnte sie unter der Dusche stehen oder zum Einkaufen gegangen sein. Ich beschloß, zu ihr hinzufahren. Es war nicht besonders weit. Und was immer ich bei ihr abholen sollte, es war jedenfalls ein guter Vorwand, sie ein letztes Mal zu sehen.

Ich fuhr ein paar Minuten lang kreuz und quer durch die Straßen der Nachbarschaft, bevor ich einen

Parkplatz fand. Ich schloß den Wagen ab, ging zurück zur Ecke und bog nach rechts. Der Tag war ein wenig wärmer geworden. Irgendwo bellten Hunde.

Ich spazierte weiter an dem Block entlang bis zu dem großen Haus im viktorianischen Stil, das in ein Apartmenthaus umgewandelt worden war. Von vorn konnte ich ihre Fenster nicht sehen. Sie wohnte im obersten Stock, nach hinten hinaus. Ich versuchte, Erinnerungen zu verdrängen, während ich meinen Weg auf dem Gehsteig vor dem Haus fortsetzte, doch es hatte keinen Zweck. Gedanken an unsere gemeinsame Zeit überfluteten mich, zusammen mit einem Schwall alter Gefühle. Ich blieb stehen. Es war dumm von mir, hergekommen zu sein. Warum sollte ich mich um etwas scheren, das ich nicht einmal vermißt hatte? Und doch …

Verdammt! Ich *wollte* sie noch ein einziges Mal sehen. Ich würde jetzt nicht kneifen. Ich stieg die Eingangsstufen hinauf und trat über die Schwelle. Die Tür stand einen Spalt offen, also ging ich hinein.

Dieselbe Eingangshalle. Dasselbe müde aussehende Veilchen im Topf, mit eingestaubten Blättern, auf der Truhe vor dem goldgerahmten Spiegel – der Spiegel, der viele Male unsere Umarmung, leicht verzerrt, wiedergegeben hatte. Mein Gesicht erschien geriffelt, als ich daran vorbeiging.

Ich stieg die mit grünem Teppich belegten Stufen hinauf. Irgendwo draußen begann ein Hund zu jaulen.

Auf dem ersten Treppenabsatz war alles unverändert. Ich schritt durch den kurzen Flur, vorbei an den langweiligen Stichen und dem alten Tisch am Ende des Gangs, wandte mich um die Biegung und stieg den zweiten Teil der Treppe hinauf. Auf der halben Strecke hörte ich von oben ein Kratzen und ein Geräusch, als ob eine Flasche oder Vase über einen Holzboden rollte. Dann herrschte wieder Stille, abgesehen von einem leichten Windhauch, der die Dachrinne umwehte. Eine undeutliche Ahnung rührte sich in meinem Innern, und ich beschleunigte meine Schritte. Auf der obersten Stufe hielt ich inne, aber anscheinend war alles in Ordnung; doch als ich das nächstemal einatmete, stieg mir ein seltsamer Geruch in die Nase. Ich vermochte ihn nicht zu bestimmen – vielleicht Schweiß, Moder, feuchte Erde, auf jeden Fall etwas Organisches.

Dann trat ich an Julias Tür und wartete eine Weile. Der Geruch kam mir an dieser Stelle noch stärker vor, doch ich hörte keine weiteren Geräusche.

Ich klopfte vorsichtig gegen das dunkle Holz. Für einen kurzen Augenblick hatte ich den Eindruck, als ob ich eine Bewegung im Innern vernähme, doch dieser verging sofort. Ich klopfte erneut.

»Julia?« rief ich. »Ich bin es – Merle.«

Nichts. Ich klopfte lauter.

Etwas fiel polternd zu Boden. Ich drehte am Türknopf. Verschlossen.

Ich drehte und rüttelte und zerrte am Türknopf, bis sich die Platte und der gesamte Schließmechanismus lösten. Dann ging ich unverzüglich nach links, an der Türkante mit den Scharnieren und dem Rahmen vorbei. Ich streckte die linke Hand aus und bearbeitete die obere Holztäfelung sanft mit den Fingerspitzen.

Ich drückte die Tür einige Zentimeter nach innen und hielt inne. Keine neuen Geräusche traten auf, und nichts außer einem Stück Wand und Boden kam in Sicht, mit schmalen Streifen eines Aquarells, des roten Sofas, des grünen Teppichs. Ich schob die Tür ein Stück weiter auf. Mehr vom selben Anblick. Und der Geruch wurde immer stärker.

Ich machte einen kleinen Schritt nach rechts und drückte mit gleichmäßiger Kraft.

Nichtsnichtsnichtsnichts ...

Meine Hand zuckte zurück, als sie ins Blickfeld kam. Am Boden liegend. Quer im Zimmer. Blutig ...

19

Blut war am Boden, auf dem Teppich, ein blutiges Durcheinander nahe der Ecke zu meiner Linken. Umgeworfene Möbel, aufgerissene Polster...

Ich unterdrückte den Drang, vorzustürmen.

Ich unternahm einen langsamen Schritt, und dann noch einen, wobei alle meine Sinne angespannt waren. Ich trat über die Schwelle. Es war nichts anderes/niemand anderes in dem Zimmer. Frakir spannte sich um mein Handgelenk. Ich hätte in diesem Augenblick etwas sagen sollen, doch meine Gedanken waren anderswo.

Ich näherte mich der Stelle, wo sie lag, und kniete neben ihr nieder. Mir wurde übel. Von der Tür aus hatte ich nicht gesehen, daß die Hälfte ihres Gesichts und der rechte Arm fehlten. Sie atmete nicht, und ihre Halsschlagader war ruhig. Sie war mit einem zerrissenen und blutigen pfirsichfarbenen Morgenmantel bekleidet; am Hals trug sie einen blauen Anhänger.

Das Blut, das über den Teppich hinaus auf den Holzboden gespritzt war, war verschmiert und herumgetreten. Es waren jedoch keine menschlichen Fußspuren, sondern die von großen, langen, dreizehigen Gliedmaßen, gut gepolstert, mit Klauen versehen.

Ein Luftzug, den ich nur halb im Unterbewußtsein wahrgenommen hatte – und der durch die geöffnete Schlafzimmertür hinter mir kam – wurde plötzlich unterbunden, während der Geruch intensiver wurde. Ich spürte ein erneutes schnelles Pulsieren am Handgelenk. Es war jedoch nichts zu hören. Es herrschte völlige Stille, doch ich wußte, daß etwas da war.

Ich drehte mich blitzschnell aus meiner knienden Haltung herum und ging in die Hocke...

Ich sah ein großes Maul voll riesiger Zähne, von blutigen Lippen entblößt. Sie säumten die Schnauze, die zu einigen Kilo eines hundeähnlichen Geschöpfes mit einem zottigen, verschimmelnd aussehenden gelblichen Fell gehörten. Seine Ohren waren wie fleischige

Pilze, die gelb-orangefarbenen Augen weitaufgerissen und wild.

Da ich keinen Zweifel an seinen Absichten hegte, schleuderte ich den Türknopf, den ich während der letzten Minuten unbewußt umklammert hatte, in seine Richtung. Er prallte ohne merkliche Wirkung an dem Knochenwulst über dem linken Auge ab. Immer noch lautlos sprang das Ding auf mich zu.

Es blieb nicht einmal Zeit für ein Wort zu Frakir ...

Leute, die im Schlachthof arbeiten, wissen, daß es auf der Stirn eines Tieres eine Stelle gibt, die man dadurch findet, daß man eine imaginäre Linie vom rechten Ohr zum linken Auge und eine zweite vom linken Ohr zum rechten Auge zieht. Sie zielen mit dem tödlichen Bolzenschlag zwei oder drei Zentimeter über die Schnittstelle dieses X. Das hat mir mein Onkel beigebracht. Er arbeitete allerdings nicht im Schlachthof. Er kannte sich einfach nur mit dem Töten aus.

Also machte ich einen Satz nach vorn und gleichzeitig zur Seite, während es mich ansprang, und ich versetzte ihm einen Hieb auf den todbringenden Fleck. Es bewegte sich jedoch sogar noch schneller, als ich erwartet hatte, und als meine Faust zuschlug, sauste es bereits an mir vorbei. Seine Nackenmuskeln halfen ihm dabei, die Wucht meines Schlages abzumildern.

Das entlockte ihm jedoch den ersten Ton – ein Kläffen. Es schüttelte den Kopf und drehte sich dann mit großer Schnelligkeit um, um erneut auf mich loszugehen. Jetzt entrang sich ein tiefes, dröhnendes Knurren seiner Brust, und es machte einen hohen Sprung. Ich wußte, daß es mir diesmal nicht gelingen würde, ihm auszuweichen.

Mein Onkel hat mir außerdem beigebracht, wie man einen Hund am Fell seitlich am Hals und unter den Kiefern packt. Man braucht einen kräftigen Griff, wenn es sich um ein großes Tier handelt, und man muß genau den richtigen Ansatz finden. In diesem

Augenblick hatte ich keine echte Wahl. Wenn ich versucht hätte, es zu treten, und es verfehlt hätte, hätte es mir wahrscheinlich den Fuß abgebissen.

Meine Hände schossen vor und schlängelten sich nach oben, und ich schlang die Arme um mich, als wir aufeinanderprallten. Ich war überzeugt davon, daß es schwerer wog als ich, und ich mußte auch noch seinen Schwung abfangen.

Ich hatte Schreckensvisionen vom Verlust mehrerer Finger oder einer ganzen Hand, doch ich bekam die Lefzen unterhalb des Kiefers zu fassen, krallte mich daran fest und drückte. Ich hielt die Arme ausgestreckt und stemmte mich nach vorn. Ich erbebte unter der Kraft seines Ausfallsprungs, doch es gelang mir, den Griff zu halten und die Erschütterung zu dämpfen.

Während ich auf das Knurren horchte und die sabbernde Schnauze keinen halben Meter von meinem Gesicht entfernt betrachtete, kam mir zu Bewußtsein, daß ich noch nicht weit über diesen Punkt hinaus gedacht hatte. Bei einem Hund mochte man vielleicht in der Lage sein, dessen Kopf gegen etwas geeignetes Hartes zu schlagen; seine Halsschlagader liegt zu tief im Fleisch, als daß man darauf vertrauen könnte, sie durch bloßen Druck abquetschen zu können. Doch dieses Ding war kräftig, und mein Griff lockerte sich bereits aufgrund seines heftigen Zappelns. Während ich seine Kiefer von mir weg hielt und sein Kinn unablässig nach oben schob, stellte ich außerdem fest, daß es, wenn es sich senkrecht aufrichtete, größer war als ich. Ich hätte versuchen können, ihm einen Fußtritt in die unteren Weichteile zu versetzen, doch dabei hätte ich wahrscheinlich sowohl das Gleichgewicht verloren als auch meinen Griff gelöst, und dann wäre meine Lendengegend seinen Zähnen ausgesetzt gewesen.

Doch es entwand sich meiner linken Hand, und ich hatte keine andere Wahl, als die rechte zu benutzen oder es loszulassen. Also stieß ich so fest zu, wie ich nur konnte, und wich wieder zurück. Ich hatte mich während der ganzen Zeit schon nach einer Waffe umgesehen, irgendeiner Waffe, doch ich entdeckte nichts Passendes, das diesem Zweck hätte dienen können.

Und wieder machte es einen Satz, diesmal in Richtung meiner Kehle, und es sprang so hoch und so schnell, daß ich ihm nicht gegen den Kopf treten konnte. Ebensowenig vermochte ich ihm auszuweichen.

Seine Vorderbeine waren auf einer Höhe mit meinem Zwerchfell, und ich hoffte, daß mein Onkel auch in dieser Hinsicht recht gehabt hatte, während ich sie packte, mich mit aller Kraft nach hinten und einwärts wegdrehte und auf ein Knie fiel, um den Kiefern zu entgehen, das Kinn gesenkt, um meine Kehle zu schützen. Knochen krachten und knirschten, als ich mich umdrehte und sich sein Kopf fast unmittelbar darauf senkte, um meine Handgelenke anzugreifen. Doch da erhob ich mich bereits wieder und warf mich mit einem Aufwärtssprung nach vorn.

Es taumelte rückwärts, drehte sich um sich selbst und wäre beinahe über die eigenen Pfoten gestolpert. Als diese jedoch auf den Boden schlugen, gab es einen Laut von sich, eine Mischung zwischen einem Winseln und einem Fauchen, und sackte nach vorn.

Ich war im Begriff, zu einem erneuten Schlag gegen den Schädel auszuholen, als seine Füße wieder festen Boden fanden und es sich schneller bewegte, als ich ihm zugetraut hatte. Sobald es wieder stand, hob es sofort das rechte Vorderbein und balancierte auf drei Beinen, immer noch knurrend, die Augen starr auf mich herab gerichtet, Speichel aus dem Unterkiefer versabbernd. Ich wich ein kleines Stück nach links, überzeugt davon, daß es noch einmal einen Angriff auf mich vorhatte; ich knickte den Körper ab und brachte mich in eine Stellung, die mir niemand beigebracht hatte, denn hin und wieder habe ich auch eigene Einfälle.

Als es diesmal auf mich losging, war es ein bißchen langsamer. Vielleicht hätte ich auf den Schädel zielen und ihn erwischen können. Ich weiß es nicht, weil ich es nicht versucht habe. Ich packte es erneut am Hals, und diesmal handelte es sich dabei um vertrautes Territorium. Während der wenigen Augenblicke, die ich brauchte, sollte es sich diesmal, anders als beim ersten Mal, meinem Griff nicht entwinden. Ohne seinen Schwung zu bremsen, drehte ich mich weg, duckte mich tief und stieß und zog und steuerte auf diese Weise seine Bewegungsbahn.

Es schwenkte mitten in der Luft ab, sein Rücken schlug gegen das Fenster. Mit einem Klirren und Scheppern krachte es hindurch, wobei es einen Großteil des Rahmens, den Vorhang und die Vorhangschnur mitnahm.

Ich hörte, wie es drei Stockwerke tiefer aufprallte. Als ich mich erhoben hatte und hinausblickte, sah ich, wie es ein paarmal zuckte und dann reglos liegenblieb, dort unten auf dem Betonplatz, wo Julia und ich so oft ein Mitternachtsbier getrunken hatten.

Ich kehrte zurück zu Julia, kniete neben ihr nieder und hielt ihre Hand. Allmählich wurde ich mir meiner Wut bewußt. Irgend jemand mußte hinter dieser Sache stecken. Konnte es wieder mal S sein? War dies mein diesjähriges Geschenk zum 30. April? Ich hatte eine undeutliche Ahnung, daß es so war, und ich hätte S gern dasselbe zugefügt wie soeben dem Geschöpf, das dieses Schauspiel aufgeführt hatte. Es mußte einen Grund geben. Es mußte eine Auflösung geben.

Ich erhob mich, ging ins Schlafzimmer, holte eine Decke und deckte Julia damit zu. Automatisch wischte ich meine Fingerabdrücke von dem zu Boden gefallenen Türknopf und machte mich an die Durchsuchung der Wohnung.

Ich fand sie auf dem Kaminsims zwischen der Uhr und einem Stapel Taschenbüchern, die sich mit Themen aus dem Bereich des Übersinnlichen beschäftigten. In dem Augenblick, da ich sie berührte, spürte ich ihre Kälte. Ich erkannte, daß das hier eine weitaus ernstere Sache war, als ich angenommen hatte. Das mußten die mir gehörenden Dinge sein, die sich bei ihr befanden und die ich brauchen würde – nur daß sie eigentlich nicht wirklich mir gehörten, obwohl ich, während ich sie flüchtig durchblätterte, sie einerseits erkannte und andererseits nichts mit ihnen anzufangen wußte. Es waren Karten, Trümpfe, doch von einer Art, wie ich sie noch nie gesehen hatte.

Es war kein kompletter Satz. Genauer gesagt nur einige wenige Karten, und noch dazu sehr seltsame. Ich ließ sie schnell in meine Seitentasche gleiten, als ich die Sirene hörte. Später wäre immer noch Zeit für eine Patience.

Ich hastete die Treppe hinunter und durch die Hintertür hinaus, ohne unterwegs jemandem zu begegnen. Fido lag immer noch an der Stelle, wo er aufgeprallt war, und sämtliche Hunde der Nachbarschaft sprachen über den Fall. Ich sprang über Zäune, zertrampelte Blumenbeete und kürzte meinen Weg durch Hinterhöfe ab, um zu der Seitenstraße zu gelangen, wo ich den Wagen geparkt hatte.

Minuten später war ich kilometerweit entfernt und versuchte, die blutigen Pfotenspuren aus meinem Gedächtnis zu wischen.

— 2 —

Ich fuhr weg von der Bucht, bis ich eine stille, mit reichlich Bäumen bewachsene Gegend erreichte. Ich hielt an, stieg aus und ging zu Fuß weiter.

Nach einer geraumen Zeit kam ich zu einem verlassenen kleinen Park. Ich setzte mich auf eine der Bänke, nahm die Trümpfe aus der Tasche und betrachtete sie eingehend. Einige erschienen mir halbwegs vertraut, die anderen gaben mir Rätsel auf. Ich starrte eine davon zu lange an und glaubte, den Gesang einer Sirene zu hören. Ich legte sie aus der Hand. Ich konnte mir auf die Art ihrer Gestaltung keinen Reim machen. Das war etwas überaus Seltsames.

Ich erinnerte mich an die Geschichte eines weltberühmten Toxikologen, der versehentlich ein Gift zu sich genommen hatte, für das er kein Gegenmittel hatte. Die vorherrschende Frage für ihn war: Hatte er eine tödliche Dosis genommen? Er schlug in einem Werk der klassischen Fachliteratur nach, das er selbst einige Jahre zuvor geschrieben hatte. Gemäß seinem eigenen Buch war er fällig. Er schlug in einem anderen nach, das von einem gleichermaßen hervorragenden Fachmann geschrieben worden war. Gemäß diesem hatte er nur etwa die Hälfte der für jemanden seiner Körpermasse gefährlich werdenden Menge zu sich genommen. Also setzte er sich hin und wartete, in der Hoffnung, daß er sich geirrt hatte.

Derartige Gefühle überkamen mich, weil ich Experte auf diesem Gebiet bin. Ich bildete mir ein, die Arbeit sämtlicher Leute zu kennen, die in der Lage sein könnten, solche Erzeugnisse herzustellen. Ich nahm eine der Karten in die Hand, die auf mich eine sonderbare, beinahe vertraute Faszination ausübten – sie zeigte die Darstellung eines grasbewachsenen kleinen Vorsprungs, der in einen stillen See hinausragte, und einen Streifen von etwas Hellem, Glitzerndem, Unerkennbaren, das zum rechten Rand hin verlief. Ich atmete heftig aus und hauchte es an, so daß es für einen Augenblick beschlug, und tippte mit dem Fingernagel darauf. Es läutete wie eine gläserne Glocke, und flakkernd erwachte Leben darin. Schatten waberten und pulsierten, während sich nach und nach der Abend über die Szene legte. Ich fuhr mit der Hand darüber, und alles wurde wieder still – der See war wieder da, das Gras, das Tageslicht.

Sehr weit entfernt. Der Zeitstrom floß dort im Verhältnis zu meiner gegenwärtigen Situation schneller. Interessant.

Ich durchwühlte meine Tasche nach einer alten Pfeife, die ich mir dann und wann genehmigte, stopfte sie, zündete sie an, paffte und grübelte. Es handelte sich bei den Karten tatsächlich um echte Spielkarten, nicht um irgendeine geschickte Imitation, und obwohl ich ihren Sinn und Zweck nicht ganz begriff, war das im Augenblick nicht mein wichtigstes Anliegen.

Heute war der 30. April, und ich hatte wieder einmal dem Tod ins Angesicht geblickt. Die Auseinandersetzung mit derjenigen Person, die mit meinem Leben gespielt hatte, stand mir noch bevor. S hatte sich wieder einmal eine stellvertretende Drohung einfallen lassen. Das war kein gewöhnlicher Hund gewesen, den ich getötet hatte. Und die Karten ... woher hatte Julia sie, und warum hatte sie gewollt, daß ich sie bekäme? Die Karten und der Hund deuteten auf eine Person hin, deren Macht die eines normalen Menschen überstieg. Während der ganzen Zeit hatte ich den Verdacht gehabt, daß ich möglicherweise der Gegenstand der unerwünschten Aufmerksamkeit eines Psychopathen war, mit dem ich nach Lust und Laune umspringen könnte. Doch die Ereignisse dieses Morgens gaben der Sache einen völlig neuen Anstrich. Es sah ganz danach aus, als hätte ich irgendwo einen verdammt fähigen Feind.

Ich erschauderte. Ich hätte gern noch einmal mit Luke gesprochen, wollte ihn bitten, sich seine Unterhaltung vom gestrigen Abend noch einmal genau ins Gedächtnis zu rufen, um herauszufinden, ob Julia irgend etwas gesagt hatte, das mir einen Hinweis liefern könnte. Ich wäre auch gern zurückgegangen, um ihre Wohnung noch einmal gründlicher zu durchsuchen. Doch das war völlig unmöglich. Die Bullen waren bereits vor dem Haus angerückt, als ich gerade wegfuhr. Ich würde für eine ganze Weile auf keinen Fall dorthin zurückkehren können.

Rick. Es gab Rick Kinsky, den Typen, mit dem sie herumgezogen war, nachdem wir uns getrennt hatten. Ich kannte ihn vom Sehen – er war ein bärtiger dünner Intellektueller mit dicken Brillengläsern und so weiter. Er war Leiter einer Bücherei, in der ich schon ein- oder zweimal gewesen war. Darüber hinaus kannte ich ihn jedoch nicht. Vielleicht würde er mir etwas über die Karten und darüber sagen können, wie Julia möglicherweise in eine wie auch immer geartete Situation geraten war, die sie mit dem Leben bezahlt hatte.

Ich grübelte noch eine Weile, dann packte ich die Karten weg. Ich hatte keine Lust, mich noch länger damit abzugeben. Jedenfalls nicht jetzt. Zunächst wollte ich so viele Informationen sammeln, wie ich nur bekommen konnte.

Ich kehrte zum Auto zurück. Auf dem Weg dorthin überlegte ich, daß der 30. April ja noch nicht vorüber war. Angenommen, S hatte mit der Begegnung von heute morgen direkt auf mich gezielt? In diesem Fall hatte er noch reichlich Zeit für einen weiteren Versuch. Ich hatte überdies das Gefühl, daß S ungeachtet des Datums mir an die Kehle gehen würde, sobald ich mich näherte und ihm die Gelegenheit dazu böte. Ich beschloß, von nun an niemals mehr in meiner Achtsamkeit nachzulassen und in einer Art Belagerungszustand zu leben, bis diese Angelegenheit geregelt wäre. Mein Wohlbefinden verlangte offenbar die Vernichtung meines Feindes, und zwar bald.

Sollte ich jemanden um Rat fragen? überlegte ich. Und wenn ja, wen? Es gab noch so schrecklich viel über mein Erbe in Erfahrung zu bringen...

Nein. Noch nicht, entschied ich. Ich mußte mich mit aller Kraft bemühen, mit den Dingen allein fertigzuwerden. Von Westen her wurden einige Wolken herangetrieben. Meine Armbanduhr tickte am Handgelenk, neben der unsichtbaren Frakir. Die Nachrichten im Radio waren international und unerfreulich.

Ich hielt an einem Drugstore an und versuchte am dortigen Telefon, Luke in seinem Motel zu erreichen. Er war nicht da. Also nahm ich in der Imbißecke einen Sandwich und ein Milchmixgetränk zu mir und versuchte es danach noch einmal. Er war immer noch nicht da.

Okay. Später würde ich ihn abholen. Ich machte mich auf den Weg in die Stadt. *Futterkrippe*, so erinnerte ich mich, war der Name der Bücherei, in der Rick arbeitete.

Ich fuhr hin und sah, daß der Laden geöffnet war. Ich stellte den Wagen ein paar Blocks weiter ab und ging zu Fuß zurück. Ich war während der ganzen Strecke durch die Stadt aufmerksam gewesen, doch mir waren keine Anzeichen einer Verfolgung aufgefallen.

Eine kühle Brise strich beim Gehen über mich und trug die Andeutung von Regen mit sich. Ich sah Rick durch das Schaufenster; er saß an seiner hohen Theke und las ein Buch. Außer ihm war im ganzen Laden niemand zu sehen.

Bei meinem Eintreten klingelte ein kleines Glöckchen über der Tür, und ich blickte nach oben. Er straffte sich und musterte mich mit großen Augen, während ich mich ihm näherte.

»Hallo«, sagte ich und blieb kurz stehen. »Rick, ich weiß nicht, ob du dich an mich erinnerst.«

»Du bist Merle Corey«, stellte er leise fest.

»Richtig.« Ich lehnte mich an die Theke, und er wich zurück. »Ich dachte, du könntest mir vielleicht mit einer kleinen Information behilflich sein.«

»Was willst du wissen?«

»Es geht um Julia«, sagte ich.

»Hör zu«, entgegnete er. »Ich bin ihr kein einziges Mal nahegekommen, bevor ihr euch getrennt habt.«

»Wie? Nein, nein, du verstehst nicht. Das ist mir gleichgültig. Es sind neuere Informationen, die ich brauche. Letzte Woche hat sie versucht, Kontakt zu mir aufzunehmen, und...«

Er schüttelte den Kopf.

»Ich habe seit einigen Monaten nichts mehr von ihr gehört.«

»Ach?«

»Ja, wir haben uns nicht mehr gesehen. Unterschiedliche Interessen, verstehst du?«

»Ging es ihr gut, als ihr... aufgehört habt, euch zu sehen?«

»Ich glaube schon.«

Ich blickte ihm eindringlich in die Augen, und er zuckte zusammen. Mir mißfiel sein ›Ich glaube schon‹. Ich merkte, daß er etwas Angst vor mir hatte, also beschloß ich, diesen Umstand auszunutzen.

»Was meinst du damit: ›unterschiedliche Interessen‹?« fragte ich.

»Nun, sie wurde etwas merkwürdig, verstehst du?« sagte er.

»Ich weiß nicht so recht. Erzähl!«

Er fuhr sich mit der Zunge über die Lippen und wandte den Blick ab.

»Ich möchte keinen Ärger«, sagte er.

»Darauf bin ich auch nicht scharf. Also, was war los?«

»Nun ja«, sagte er. »Sie hatte Angst.«

»Angst? Wovor?«

»Äh … vor dir.«

»Vor mir? Das ist ja lächerlich. Ich habe niemals etwas getan, das ihr angst machen könnte. Was hat sie gesagt?«

»Sie hat es nie mit vielen Worten ausgedrückt, aber ich merkte es, jedesmal wenn dein Name zur Sprache kam. Dann entwickelte sie diese seltsamen Neigungen.«

»Ich kann dir nicht folgen«, sagte ich. »Überhaupt nicht. Sie wurde merkwürdig? Sie hatte seltsame Neigungen? Welcher Art? Was war los? Ich verstehe ganz und gar nichts, und ich möchte es gern verstehen.«

Er stand auf und ging in den hinteren Teil des Ladens, wobei er mir einen Blick zuwarf, als wollte er mich auffordern, ihm zu folgen. Ich tat es.

Er verlangsamte seine Schritte, als er in die Abteilung mit Büchern über Naturheilverfahren und biologische Landwirtschaft, Kriegskunst, Heilkräuter und Hausgeburten kam, aber er ging daran vorbei bis zur Abteilung mit den harten okkultistischen Themen.

»Hier«, sagte er. »Sie lieh sich einige von diesen Bänden aus, brachte sie zurück und lieh sich weitere aus.«

Ich zuckte mit den Schultern.

»Ist das alles? Was soll daran merkwürdig sein?«

»Aber sie hat sich wirklich hineinvertieft.«

»Das tun viele Leute.«

»Laß mich weitererzählen«, fuhr er fort. »Sie fing an, sich mit Theosophie zu befassen, besuchte sogar Zusammenkünfte einer hiesigen Gruppe. Sie hatte ziemlich bald genug davon, doch inzwischen hatte sie einige Leute mit den unterschiedlichsten Verbindungen kennengelernt. Bald war sie mit Sufis, Gurdjiefianern und sogar Schamanen zusammen.«

»Interessant«, sagte ich. »Kein Yoga?«

»Kein Yoga. Als ich ihr damals dieselbe Frage stellte, antwortete sie, daß es ihr um Macht gehe, nicht um Samadhi. Jedenfalls machte sie immer seltsamere Bekanntschaften. Die Luft wurde zu dünn für mich, deshalb habe ich Schluß gemacht.«

»Ich frage mich, was der Grund dafür sein könnte«, sinnierte ich laut.

»Hier«, sagte er. »Sieh dir das mal an.«

Er warf mir ein schwarzes Buch zu und trat zurück. Ich fing es auf. Es war ein Exemplar der Bibel. Ich schlug die Impressumseite auf.

»Hat diese Ausgabe irgend etwas Besonderes an sich?« fragte ich.

Er seufzte.

»Nein, tut mir leid.«

Er nahm sie wieder an sich und stellte sie ins Regal zurück.

»Moment mal«, sagte er.

Er ging zur Theke und nahm ein Pappschild aus dem Regal darunter. Darauf stand: KOMME GLEICH ZURÜCK. WIEDER GEÖFFNET UM, und darunter war das Zifferblatt einer Uhr mit beweglichen Zeigern. Er stellte sie so ein, daß sie auf eine halbe Stunde später als die augenblickliche Zeit zeigte, und hängte das Schild ins Türfenster. Dann schob er den Riegel vor und bedeutete mir mit einer Handbewegung, ihm ins Hinterzimmer zu folgen, in dem sich das Büro befand.

Die Einrichtung bestand aus einem Schreibtisch, einigen Stühlen und Kartons mit Büchern. Er setzte sich hinter den Schreibtisch und nickte in Richtung des nächststehenden Stuhls. Ich nahm Platz. Dann schaltete er den Anrufbeantworter ein, räumte einen Stapel mit Formularen und Briefen von der Schreibunterlage, öffnete eine Schublade und holte eine Flasche Chianti heraus.

»Hast du Lust auf ein Glas?« fragte er.

»Klar. Danke.«

Er stand auf und trat durch die offenstehende Tür eines kleinen Waschraums. Er nahm zwei Gläser von einem Regalbrett und spülte sie aus. Er kam damit zurück, stellte sie ab, füllte beide und schob eins zu mir hin. Es waren Gläser vom Sheraton.

»Tut mir leid, daß ich dich mit der Bibel beworfen habe«, sagte er, wobei er sein Glas hob und einen Schluck nahm.

»Du schienst zu erwarten, daß ich mich in einer Rauchwolke auflöse.«

Er nickte.

»Ich bin wirklich überzeugt davon, daß der Grund, warum sie eine gewisse Macht anstrebte, etwas mit dir zu tun hat. Bist du in irgendeiner Form auf dem Okkultismus-Trip?«

»Nein.«

»Manchmal hat sie so dahergeredet, als seist du selbst sogar so etwas wie ein übernatürliches Geschöpf.«

Ich lachte. Mit kurzer Verzögerung lachte auch er.

»Ich weiß nicht«, sagte er dann. »Es gibt allerlei merkwürdige Dinge auf der Welt. Es kann nicht alles stimmen, aber ...«

Ich zuckte mit den Schultern.

»Wer weiß? Du glaubst also, sie suchte nach irgendeinem System, das ihr die Macht verleihen sollte, sich gegen mich zu verteidigen?«

»Diesen Eindruck hatte ich.«

Ich trank einen Schluck Wein.

»Das ergibt keinen Sinn«, entgegnete ich.

Doch ich hatte den Satz noch nicht ganz ausgesprochen, da wußte ich, daß wahrscheinlich etwas daran

33

war. Und wenn ich sie dahin gebracht hatte – was immer es war, das sie zerstört hatte –, dann war ich zum Teil schuld an ihrem Tod. Plötzlich spürte ich zusätzlich zu meinem Schmerz auch noch diese Last.

»Erzähl die Geschichte zu Ende«, forderte ich ihn auf.

»Das ist so ziemlich alles«, antwortete er. »Ich hatte die Nase voll von Leuten, die andauernd über kosmischen Mist diskutieren wollten, und machte Schluß.«

»Das ist alles? Hat sie das richtige System, den richtigen Guru gefunden? Wie ging es weiter?«

Er nahm einen kräftigen Schluck und sah mich eindringlich an.

»Ich habe sie wirklich sehr gemocht«, sagte er.

»Das glaube ich dir gern.«

»Tarot, Kabbala, Goldene Morgenröte, Wahrsagen … das waren ihre nächsten Schritte.«

»Blieb sie dabei?«

»Das weiß ich nicht genau. Aber ich glaube schon. Ich habe erst nach einiger Zeit davon gehört.«

»Also rituelle Magie?«

»Wahrscheinlich.«

»Wer betreibt so etwas?«

»Viele Leute.«

»Ich meine, durch wen ist sie dazu gekommen? Hast du darüber etwas gehört?«

»Ich glaube, es war Victor Melman.«

Er sah mich erwartungsvoll an. Ich schüttelte den Kopf.

»Tut mir leid. Mir sagt der Name nichts.«

»Ein sonderbarer Mensch«, erklärte er nachdenklich, nahm einen Schluck und lehnte sich auf seinem Stuhl zurück, verschränkte die Hände im Genick und schob die Ellbogen nach vorn. Sein Blick wanderte zu offenen Tür des Waschraums. »Ich habe es von … von einigen Leuten gehört, die zum Teil ziemlich vertrauenswürdig sind …, daß er wirklich etwas an sich hat, daß er ein Stück von irgend etwas begriffen hat, daß man ihn für so etwas wie einen Erleuchteten hält, einen Eingeweihten, daß er irgendeine Macht besitzt und manchmal ein großartiger Lehrer ist. Aber außerdem hat er diese Ego-Probleme, die anscheinend immer mit so etwas einhergehen. Und das Ganze hat auch eine Schattenseite. Manche behaupten sogar, das sei gar nicht sein richtiger Name, daß er ein Vorstrafenregister habe und daß er eher ein Manson als ein Magus sei. Ich weiß es nicht. Offiziell ist er Maler – und sogar ein ziemlich guter. Seine Sachen verkaufen sich nicht schlecht.«

»Hast du ihn mal kennengelernt?«

Eine Pause – dann sagte er: »Ja.«

»Welchen Eindruck hattest du von ihm?«

»Ich weiß nicht. Nun … ich bin voreingenommen. Ich kann es wirklich nicht sagen.«

Ich schwenkte den Wein in meinem Glas herum.

»Wie kam das?«

»Ach, ich wollte mal bei ihm lernen. Er hat mich abgewiesen.«

»Dann warst du also auch auf diesem Trip. Ich dachte …«

»Ich war auf überhaupt keinem Trip«, fuhr er mich an. »Ich meine, ich habe zu irgendwelchen Zeiten alles mal ausprobiert. Jeder macht diese Phasen durch. Ich wollte mich entwickeln, meinen Horizont erweitern, vorankommen. Wem ging es nicht so? Aber ich habe niemals etwas gefunden.« Er richtete sich aus seiner zusammengesackten Haltung auf und trank einen weiteren Schluck Wein. »Manchmal hatte ich das Gefühl, daß ich dem Ziel nahe war, daß da eine Macht war, eine Vision, die ich beinahe berühren oder sehen konnte. Beinahe. Dann war es vorbei. Das alles ist ein Haufen Mist. Man bescheißt sich selbst. Manchmal dachte ich wirklich, daß ich es geschafft hatte. Dann, nachdem ein paar Tage vergangen waren, erkannte ich, daß ich mich nur wieder einmal selbst belogen hatte.«

»Das war, bevor du Julia kennengelernt hast?«

Er nickte.

»Richtig. Vielleicht war es das, was uns für eine Weile zusammenhielt. Ich spreche immer noch gern über diesen ganzen Unsinn, obwohl ich nicht mehr daran glaube. Doch dann kam sie und nahm es fürchterlich ernst, und ich hatte keine Lust, diese ganze Tour noch einmal zu machen.«

»Ich verstehe.«

Er leerte sein Glas in einem Zug und füllte es neu.

»Das alles ist absoluter Humbug«, sagte er. »Es gibt unendlich viele Möglichkeiten, sich selbst zu belügen, die Dinge zu etwas hinzurationalisieren, das sie nicht sind. Ich glaube, ich war auf der Suche nach Magie, doch es gibt keine echte Magie auf der Welt.«

»Hast du deswegen mit der Bibel nach mir geworfen?«

Er schnaubte durch die Nase.

»Es hätte genausogut der Koran oder die Weden sein können, vermute ich. Es wäre eine saubere Sache gewesen, dich in einem Feuerblitz verschwinden zu sehen. Aber nun geh!«

Ich lächelte.

»Wo finde ich Melman?«

»Ich habe seine Adresse irgendwo hier«, sagte er, senkte den Blick und zog eine Schublade auf. »Hier.«

Er zog ein kleines Notizbuch heraus und blätterte es durch. Dann schrieb er eine Straße mit Hausnummer auf eine Karteikarte und reichte sie mir. Er nahm noch einen Schluck Wein.

»Danke.«

»Das ist sein Atelier, aber er wohnt auch dort«, fügte er hinzu.

Ich nickte und setzte mein Glas ab.

»Ich bin dir dankbar für alles, was ich von dir erfahren habe.«

Er hob die Flasche hoch.

»Trinkst du noch 'nen Schluck?«

Er zuckte mit den Schultern und leerte sein Glas. Ich erhob mich.

»Weißt du, es ist wirklich traurig«, sagte er.

»Was?«

»Daß es keine Magie gibt, daß es nie eine gegeben hat und wahrscheinlich auch niemals eine geben wird.«

»Es ist ein Jammer«, bestätigte ich.

»Die Welt wäre entschieden interessanter.«

»Ja.«

Ich wandte mich zum Gehen.

»Tu mir einen Gefallen«, sagte er.

»Welchen?«

»Stell beim Hinausgehen den Zeiger auf dem Schild auf drei Uhr, und laß den Türriegel wieder einschnappen.«

»Klar.«

Ich verließ ihn und tat, was er mir gesagt hatte. Der Himmel war inzwischen viel dunkler und der Wind etwas kälter geworden. Ich versuchte von einem Telefon an der Ecke aus Luke zu erreichen, aber er war immer noch nicht wieder eingetroffen.

Wir waren glücklich. Es war ein herrlicher Tag gewesen. Das Wetter war phantastisch, und alles, was wir taten, war ein Erfolg. Am Abend gingen wir zu einer Party und nahmen danach in einem wirklich guten kleinen Restaurant, an dem wir zufällig vorbeikamen, ein spätes Abendessen ein. Wir blieben lange bei unseren Drinks sitzen, weil wir den Tag nicht enden lassen wollten. Dann beschlossen wir, die Glückssträhne auszudehnen, und fuhren zu einem ansonsten völlig einsamen Strand, wo wir herumsaßen, im Wasser planschten, den Mond ansahen und den Wind auf der Haut spürten. Eine geraume Weile lang. Dann tat ich etwas, sozusagen gegen mein eigenes Versprechen mir gegenüber. Doch hatte nicht auch Faust einen schönen Augenblick als Gegenwert für eine Seele erachtet?

»Komm«, sagte ich, wobei ich mit meiner Bierdose in einen Abfalleimer zielte und nach ihrer Hand griff, »laß uns spazierengehen!«

»Wohin?« fragte sie, während ich sie auf die Füße hochzog.

»Ins Märchenland«, antwortete ich. »In das sagenhafte Reich von ehedem. Eden. Komm!«

Lachend ließ sie sich von mir am Strand entlangführen, zu einer Stelle, wo er schmaler wurde, eingeengt von hohen Dämmen. Der Mond war üppig und gelb, das Meer sang mein Lieblingslied.

Wir spazierten Hand in Hand an dem steilen Ufer entlang, wo uns eine scharfe Biegung aus dem Sichtbereich unseres kleinen Sandstrandes brachte. Ich hielt Ausschau nach der Höhle, die bald auftauchen müßte, hoch und schmal ...

»Eine Höhle!« verkündete ich kurze Zeit später. »Laß uns hineingehen.«

»Da drinnen ist es bestimmt dunkel.«

»Und wenn schon«, sagte ich, und wir traten ein.

Das Licht des Mondes folgte uns etwa sechs Schritte lang. Doch bis dahin hatte ich die Abbiegung nach links ausgemacht.

»In diese Richtung!« gab ich an.

»Es *ist* dunkel!«

»Klar. Halt dich einfach noch ein bißchen an mir fest. Es ist alles in Ordnung.«

Fünfzehn oder zwanzig Schritte weiter, und da war eine schwache Beleuchtung zur Rechten. Ich führte sie um diese Biegung, und der Weg wurde heller, je weiter wir gingen.

»Vielleicht verlaufen wir uns«, wandte sie leise ein.

»Ich verlaufe mich nicht«, erwiderte ich.

Es wurde immer heller. Der Weg führte wieder um eine Kurve, und wir legten diese letzte Strecke zurück, um am Fuß eines Berges mit Blick auf einen niedrigen Wald herauszukommen; die Morgensonne stand hoch über den Bäumen.

Sie fröstelte, ihre blauen Augen waren weit aufgerissen.

»Es ist Tag!« bemerkte sie.

»*Tempus fugit*«, antwortete ich. »Komm weiter!«

Wir spazierten eine Weile durch den Wald, lauschten den Vögeln und dem Wind, die dunkelhaarige Julia und ich, und nach einiger Zeit führte ich sie durch eine Schlucht aus farbigen Felsen und Gras, neben einem Bach, der in einen Fluß mündete.

Wir folgten dem Fluß, bis wir unvermittelt zu einer Klippe kamen, von wo er in eine gewaltige Tiefe stürzte und Regenbogen und Nebelfetzen bildete. Wie wir so dastanden und über das breite Tal unter uns blickten, erspähten wir durch den Morgen und den Dunst eine Stadt mit Türmen und Kuppeln, Gold und Kristall.

»Wo … sind wir?« fragte sie.

»Nur um die Ecke«, sagte ich. »Komm!«

Ich führte sie nach links, dann einen Pfad entlang, der uns wieder zur Front der Klippe brachte, um schließlich hinter dem Wasserfall vorbeizugehen. Schatten und Diamantperlen … ein Dröhnen, der Kraft der Stille nahekommend …

Schließlich betraten wir einen Tunnel, anfangs feucht, doch im Laufe seines Ansteigens trockener werdend. Wir folgten ihm bis zu einer Galerie, die sich zu unserer Linken auftat und in die Nacht hinaus öffnete, mit ihren Sternen, Sternen, Sternen … Es war eine gewaltige Aussicht, explodierend vor neuen Konstellationen, deren Licht ausreichte, um unsere Schatten an die Wand hinter uns zu werfen. Sie beugte sich über die niedrige Brüstung, ihre Haut glich einem seltenen polierten Marmor, und sie blickte hinunter.

»Dort unten sind auch welche«, sagte sie. »Auf beiden Seiten. Dort unten ist nichts außer noch mehr Sternen. Und seitlich ...«

»Ja. Hübsch, findest du nicht?«

Wir verweilten lange Zeit an dieser Stelle, in Betrachtung versunken, bevor ich sie überreden konnte, sich davon zu trennen und tiefer in den Tunnel hineinzugehen. Er führte uns wieder hinaus, zum Anblick der Ruine eines klassischen Amphitheaters unter einem spätnachmittäglichen Himmel. Efeu überwucherte zerbrochene Bänke und gerissene Säulen. Da und dort lag eine zerschmetterte Statue, wie bei einem Erdbeben eingestürzt. Sehr malerisch. Ich hatte vermutet, daß es ihr gefallen würde, und ich hatte recht gehabt. Nachdem wir uns nach allen Seiten umgesehen hatten, setzten wir uns und sprachen miteinander. Die Akustik war ausgezeichnet.

Dann gingen wir weiter, Hand in Hand, über unzählige Pfade unter einem vielfarbigen Himmel, und kamen schließlich zu einem stillen See, an dessen gegenüberliegendem Ufer eine Sonne den Abend einleitete. Zu meiner Rechten lag ein glitzerndes Felsmassiv. Wir gingen auf eine schmale Landzunge hinaus, die mit Moos und Farn gepolstert war.

Ich legte die Arme um sie, und wir standen lange Zeit so da; der Wind in den Bäumen sang ein Lautenlied, kontrapunktiert von unsichtbaren Vögeln. Noch später knöpfte ich ihre Bluse auf.

»Hier?« fragte sie.

»Mir gefällt es hier. Dir nicht?«

»Es ist wunderschön. Wart einen Augenblick.«

Also legten wir uns nieder und liebten uns, bis die Schatten uns zudeckten. Nach einer Weile schlief sie ein, wie ich es mir gewünscht hatte.

Ich belegte sie mit einem Zauberbann, damit sie weiterschlief, denn allmählich kamen mir Zweifel, ob es weise gewesen war, diese Reise zu unternehmen. Dann kleidete ich uns beide an und hob sie auf, um sie zurückzutragen. Ich nahm eine Abkürzung.

An dem Strand, von dem wir aufgebrochen waren, legte ich sie zu Boden und streckte mich neben ihr aus. Bald schlief ich ebenfalls.

Wir wachten erst auf, als die Sonne bereits hoch am Himmel stand, aufgeschreckt durch die Geräusche von Badenden.

Sie richtete sich auf und starrte mich an.

»Die letzte Nacht«, sagte sie, »kann kein Traum gewesen sein. Aber sie kann auch nicht Wirklichkeit gewesen sein. Oder?«

»Stimmt«, sagte ich.

Sie runzelte die Stirn.

»Was bedeutete diese Bestätigung?« fragte sie.

»Daß ein Frühstück nicht schlecht wäre«, sagte ich. »Laß uns eines auftreiben. Komm!«

»Wart einen Augenblick!« Sie legte mir eine Hand auf den Arm. »Etwas Ungewöhnliches ist geschehen. Was war das?«

»Warum sollten wir den Zauber zerstören, indem wir darüber reden? Laß uns etwas essen.«

Während der folgenden Tage fragte sie mich alles mögliche, aber ich war unnachgiebig in meiner Weigerung, darüber zu sprechen. Dumm, das Ganze war dumm von mir gewesen. Ich hätte diesen Ausflug niemals mit ihr unternehmen sollen. Er trug zu dem endgültigen Streit bei, der uns für immer trennte.

Und jetzt, während des Fahrens, erkannte ich noch etwas anderes als meine eigene Dummheit. Ich erkannte, daß ich sie geliebt hatte, daß ich sie immer noch liebte. Wenn ich diesen Ausflug nicht mir ihr unternommen oder wenn ich ihre späteren Mutmaßungen, ich sei ein Zauberer, anerkannt hätte, dann hätte sie nicht jenen Weg eingeschlagen, den sie wählte, auf der Suche nach ihrer eigenen Macht ... wahrscheinlich zum Selbstschutz. Dann würde sie noch leben.

Ich biß mir auf die Lippe und stieß einen Schrei aus. Ich wich dem bremsenden Wagen vor mir aus und krachte gegen eine Ampel. Wenn ich das, was ich liebte, getötet hatte, dann war ich mir sicher, daß das Gegenteil nicht wahr werden würde.

— 3 —

Kummer und Wut lassen meine Welt schrumpfen, und ich wehre mich dagegen. Sie lähmen meine Erinnerung an glücklichere Zeiten, an Freunde, Orte, Dinge, Möglichkeiten. Umklammert vom Griff eines intensiven, beunruhigenden Gefühls werde ich in meiner Verbissenheit immer kleiner. Ich vermute, das liegt zum Teil daran, daß ich eine Reihe von Alternativen ausgegrenzt und meinen freien Willen bis zu einem gewissen Grad eingeschränkt habe. Das gefällt mir nicht, aber ab einem bestimmten Punkt entzieht es sich meiner Beherrschung. Es gibt mir das Gefühl, daß ich mich einer Art Determinismus unterworfen habe, was mich erst recht stört. Dann – Teufelskreis – löst das wiederum jenes Gefühl aus, das mich so sehr umtreibt, und vertieft es noch. Der schlichte Weg, diese Situation zu beenden, wäre ein ungestümes Vorpreschen, um das verursachende Objekt zu beseitigen. Der schwierige Weg ist philosophischer, ein Rückzug, die Wiederherstellung der Beherrschung. Wie stets ist der schwierige Weg vorzuziehen. Ein ungestümes Vorpreschen könnte auch ein gebrochenes Genick zur Folge haben.

Ich steuerte den Wagen in den ersten freien Parkplatz, den ich sah, öffnete das Fenster und zündete meine Pfeife an. Ich schwor mir, nicht eher weiterzufahren, bevor ich mich beruhigt hatte. Mein ganzes Leben lang neigte ich zu übertriebenen Reaktionen. Anscheinend lag das bei uns in der Familie. Aber ich wollte nicht wie die anderen sein. Sie brachten sich selbst damit in allerlei Schwierigkeiten. Die großange-

legte Alles-oder-nichts-Reaktion ist vielleicht angebracht, wenn man immer gewinnt, doch dieser Weg
birgt auch eine pathetische Dramatik – oder zumindest
den Stoff für eine Oper –, wenn man es zufällig mit
etwas Außergewöhnlichem zu tun hat. Und ich hatte
Indizien dafür, daß das der Fall war. Deshalb war ich
ein Narr. Ich redete mir das so lange ein, bis ich es
glaubte.

Dann hörte ich auf mein besonneneres Ich, das mir
darin zustimmte, daß ich tatsächlich ein Narr war –
weil ich meine eigenen Gefühle nicht erkannt hatte, als
ich noch etwas dagegen hätte tun können, weil ich
eine Macht an den Tag gelegt hatte und mich ihren
Folgen verweigert hatte, weil ich während dieser ganzen Jahre die seltsame Eigenart meines Feindes nicht
zumindest vermutet hatte, weil ich gegenwärtig die
bevorstehende Begegnung herunterspielte. Es würde
nicht genügen, Victor Melman zu packen, sobald ich
ihn zu Gesicht bekäme, und die Wahrheit aus ihm her-
auszuprügeln. Ich beschloß, behutsam vorzugehen
und stets in Deckung zu bleiben. Das Leben ist niemals einfach, ermahnte ich mich. Sitz still und sammle
dich, formiere dich neu.

Allmählich spürte ich, wie die Spannung von mir
wich. Langsam wuchs meine Welt auch wieder, und
ich sah darin die Möglichkeit, daß S mich wirklich
kannte, gut kannte und vielleicht sogar die Ereignisse
so inszeniert hatte, daß ich auf das Denken verzichten
und mich dem Augenblick einfach hingeben würde.
Nein, ich wollte nicht wie die anderen sein...

Ich saß lange so da und dachte nach, bevor ich
schließlich den Motor wieder anließ und langsam da-
vonfuhr.

Es war ein schmutziges Backsteingebäude an einer
Ecke. Es war vier Stockwerke hoch, mit vereinzelten
hingesprühten Sauereien auf der Straßenseite und an

der Mauer zur schmaleren Gasse hin. Ich entdeckte die Graffiti, ein paar zerbrochene Fenster und die Feuertreppe, während ich gemächlich um das Grundstück herumspazierte und es betrachtete. Unterdessen setzte ein leichter Nieselregen ein. Die unteren beiden Etagen wurden von einer Firma BRUTUS – Großlager – eingenommen, wie auf einem Schild neben der Treppe in der kleinen Eingangshalle zu lesen war. Es roch nach Urin, und auf dem staubigen Fensterbrett zu meiner Rechten lag eine leere Jack Daniels-Flasche. Zwei Briefkästen waren an der abblätternden Wand angebracht. Auf dem einen stand ›BRUTUS – Großlager‹, der andere trug die Buchstaben ›V. M.‹ Beide waren leer.

Ich stieg die Treppe hinauf, in der Erwartung, daß sie knarren würde. Sie knarrte nicht.

Im Flur des ersten Stocks gab es vier klinkenlose Türen, alle geschlossen. Die Umrisse von kartonähnlichen Gegenständen waren durch einige der beschlagenen Scheiben im oberen Bereich sichtbar. Aus dem Innern drangen keinerlei Geräusche heraus.

Ich überraschte eine Katze, die auf dem nächsten Treppenabsatz schlief. Sie wölbte den Rücken zum Buckel, zeigte mir die Zähne, gab ein Zischen von sich und wandte sich dann ab, um in großen Sätzen die Stufen hinauf und aus meiner Sichtweite zu springen.

Vom nächsten Flur gingen ebenfalls vier Türen ab – drei davon offensichtlich unbenutzt, die vierte dunkel gefleckt und glänzend lackiert. Sie trug ein kleines Messingschild mit der Inschrift ›Melman‹. Ich klopfte.

Keine Antwort. Ich versuchte es noch ein paarmal, mit dem gleichen Ergebnis. Auch hier drang aus dem Innern kein Laut heraus. Wahrscheinlich befanden sich hier seine Wohnräume, und im vierten Stock, möglicherweise mit Lichteinfall von oben, war vermutlich sein Atelier untergebracht. Also wandte ich mich von der Tür ab und stieg die letzten Stufen hinauf.

Ich kam oben an und sah, daß eine der vier Türen

leicht angelehnt war. Ich hielt inne und lauschte. Von innen waren schwache Geräusche von Bewegung zu vernehmen. Ich trat vor und klopfte einige Male. Ich hörte, wie im Innern plötzlich jemand tief Luft holte. Ich schob die Tür auf.

Er stand etwa sechs Meter von mir entfernt unter einem großen Oberlichtfenster, mit dem Gesicht zu mir – ein breitschultriger großer Mann mit einem dunklen Bart und dunklen Augen. Er hielt einen Pinsel in der linken und eine Palette in der rechten Hand. Er trug eine mit Farbe verschmierte Schürze über seinen Levi's-Jeans und ein kariertes Sporthemd. Auf der Staffelei hinter ihm waren die Umrisse einer Figur zu sehen, die eine Madonna mit Kind hätte darstellen können. Außerdem standen noch viele Leinwände herum, sämtliche zur Wand hin umgedreht oder zugedeckt.

»Hallo«, sagte ich. »Sind Sie Victor Melman?«

Er nickte, weder lächelnd noch stirnrunzelnd, legte die Palette auf einem Tisch in seiner Nähe ab und stellte den Pinsel in ein Glas mit Lösungsmittel. Dann nahm er ein feucht aussehendes Tuch und wischte sich die Hände damit ab.

»Und wer sind Sie?« fragte er, wobei er das Tuch beiseite warf und mir wieder das Gesicht zuwandte.

»Merle Corey. Sie kannten Julia Barnes.«

»Das streite ich nicht ab«, sagte er. »Daß Sie die Vergangenheitsform gewählt haben, scheint anzudeuten...«

»Stimmt, sie ist tot. Ich möchte mit Ihnen darüber sprechen.«

»Gut«, sagte er und löste die Bänder seiner Schürze. »Lassen Sie uns hinuntergehen. Hier oben ist kein Platz zum Sitzen.«

Er hängte die Schürze an einen Nagel neben der Tür und trat hinaus. Ich folgte ihm. Er drehte sich um und schloß das Atelier ab, bevor er die Treppe hinabschritt.

Seine Bewegungen waren geschmeidig, beinahe elegant. Ich hörte den Regen, der auf das Dach tropfte.

Er benutzte denselben Schlüssel wie zuvor, um die dunkle Tür im dritten Stock aufzuschließen. Er stieß die Tür schwungvoll auf und trat zur Seite, wobei er mich mit einer Handbewegung zum Eintreten aufforderte. Ich folgte der Einladung und durchquerte einen Flur, der an einer Küche vorbeiführte, deren Ablagen mit leeren Flaschen, Stapeln von Geschirr und Pizzakartons bedeckt waren. Prallvolle Müllbeutel waren gegen Schränke gelehnt; der Boden wirkte stellenweise klebrig, und der ganze Raum roch wie eine Gewürzfabrik neben einem Schlachthaus.

Das Wohnzimmer, das sich daran anschloß, war geräumig, mit zwei gemütlich aussehenden schwarzen Sofas, die sich über ein Schlachtfeld von Orientteppichen und verschiedenen Tischen mit jeweils einigen übervollen Aschenbechern hinweg gegenüberstanden. In der Ecke stand ein Konzertflügel vor einer Wand, die von schweren roten Vorhängen verdeckt war. Es gab zahlreiche niedrige Bücherregale, gefüllt mit okkultistischen Werken, und Zeitschriften stapelten sich neben, auf und zwischen einigen Sesseln. Ein kleines Stück von etwas, das die Ecke eines Pentagramms hätte sein können, ragte unter dem größten Teppich hervor. Der abgestandene Geruch von Räucherstäbchen und Pot hing in den Textilien. Rechts von mir war ein Bogendurchgang, der in ein zweites Zimmer führte, und links war eine geschlossene Tür. Gemälde mit halbreligiösen Motiven – vermutlich seine Werke – waren an einigen der Wände aufgehängt. Sie erinnerten an den Stil von Chagall. Nicht schlecht, mußte ich insgeheim zugeben.

»Nehmen Sie Platz.«

Er deutete auf einen Sessel, und ich setzte mich.

»Haben Sie Lust auf ein Bier?«

»Danke, nein.«

Er setzte sich auf das näher stehende Sofa, schlug die Hände zusammen und musterte mich.

»Was ist passiert?« fragte er.

Ich musterte ihn meinerseits.

»Julia Barnes hatte angefangen, sich für Okkultismus zu interessieren«, sagte ich. »Sie kam zu Ihnen, um mehr darüber zu erfahren. Sie kam heute morgen unter sehr ungewöhnlichen Umständen ums Leben.«

Sein linker Mundwinkel zuckte leicht. Ansonsten bewegte er sich nicht.

»Ja, sie interessierte sich für solche Dinge«, sagte er. »Sie kam zu mir, um sich Anweisungen zu holen, und ich gab sie ihr.«

»Ich möchte wissen, warum sie gestorben ist.«

Er betrachtete mich weiterhin eindringlich.

»Ihre Zeit war abgelaufen«, sagte er. »So geht es uns allen, letzten Endes.«

»Sie ist von einem Tier umgebracht worden, das es hier eigentlich gar nicht geben dürfte. Wissen Sie etwas darüber?«

»Das Universum ist ein seltsamerer Ort, als die meisten von uns es sich vorstellen können.«

»Wissen Sie etwas oder nicht?«

»Ich weiß von Ihnen«, sagte er und lächelte zum erstenmal. »Sie hat mir natürlich von Ihnen erzählt.«

»Was soll das heißen?«

»Das heißt«, antwortete er, »ich weiß, daß Sie sich selbst ebenfalls mehr als nur ein bißchen dieser Dinge bewußt sind.«

»Na und?«

»Die Künste haben es an sich, die richtigen Menschen im passenden Augenblick zusammenzubringen, wenn irgend etwas im Gange ist.«

»Und Sie glauben, darum geht es bei alledem?«

»Ich weiß es.«

»Wieso?«

»Ich habe eine Verheißung erfahren.«

»Dann haben Sie mich also erwartet?«

»Ja.«

»Interessant. Würden Sie mir vielleicht mehr darüber erzählen?«

»Ich würde Ihnen lieber etwas zeigen.«

»Sie sagen, etwas sei Ihnen verheißen worden. Wie? Durch wen?«

»Das alles wird sich in Kürze aufklären.«

»Und Julias Tod?«

»Auch der, würde ich sagen.«

»Und wie soll mir Ihrer Ansicht nach diese Erleuchtung widerfahren?«

Er lächelte. »Ich möchte, daß Sie sich etwas ansehen«, sagte er.

»Einverstanden. Ich bin willens. Zeigen Sie es mir.«

Er nickte und stand auf.

»Es ist da drin«, erklärte er, drehte sich um und trat zu der geschlossenen Tür.

Ich erhob mich und folgte ihm durch den Raum.

Er griff in den Ausschnitt seines Hemdes und zog eine Kette heraus. Er streifte sie über den Kopf, und ich sah, daß daran ein Schlüssel hing. Mit diesem schloß er die Tür auf.

»Gehen Sie hinein!« sagte er, während er sie aufstieß und zur Seite trat.

Ich betrat den Raum. Er war nicht groß, und es war dunkel darin. Er betätigte einen Schalter, und ein blaues Licht von geringer Wattstärke leuchtete in einer schmucklosen Halterung an der Decke auf. Da sah ich, daß es ein Fenster gab, direkt mir gegenüber, und daß alle Scheiben schwarz gestrichen waren. Es gab keine Möbel, nur ein paar Kissen, die überall am Boden verteilt waren. Ein Teil der Wand zu meiner Rechten war von einem schwarzen Vorhang verdeckt. Die andere Wand war kahl.

»Ich schaue«, sagte ich.

Er schmunzelte.

49

»Einen Augenblick, einen Augenblick«, beschwichtigte er mich. »Haben Sie eine Ahnung, welchem Bereich der okkultistischen Künste mein Hauptinteresse gilt?«

»Sie sind ein Kabbalist«, bemerkte ich.

»Ja«, gab er zu. »Wie sind Sie darauf gekommen?«

»Die Anhänger östlicher Lehren neigen gewöhnlich zu einer straffen Lebensweise«, stellte ich fest. »Während Kabbalisten anscheinend immer Schlamper sind.«

Er blies hörbar Luft durch die Nase.

»Die entscheidende Frage ist, was einem selbst wichtig ist«, erklärte er dann.

»Genau.«

Er stieß mit dem Fuß ein Kissen in die Mitte des Raums.

»Nehmen Sie Platz!« sagte er.

»Ich bleibe lieber stehen.«

Er zuckte mit den Schultern.

»Wie Sie wollen«, sagte er und begann, vor sich hinzumurmeln.

Ich wartete. Nach einer Weile schritt er zu dem schwarzen Vorhang, immer noch leise sprechend. Er öffnete ihn mit einer schwungvollen Bewegung, und ich riß die Augen auf.

Ein Gemälde des kabbalistischen Lebensbaumes war enthüllt worden, die Darstellung der zehn Sephira in einigen ihrer qlipphotischen Erscheinungsformen. Es war wunderschön ausgeführt, und das Gefühl des Erkennens, das mich bei seinem Anblick durchzuckte, war irgendwie aufwühlend. Es war keiner der üblichen Standardartikel aus einem Esoterikladen, sondern ein Originalgemälde. Es war jedoch nicht im gleichen Stil gemalt wie die übrigen Werke, die in dem anderen Raum hingen. Dennoch war es mir vertraut.

Als ich es genau betrachtete, hatte ich keinerlei

Zweifel daran, daß es von derselben Person geschaffen worden war, die die Trümpfe gemalt hatte, die ich in Julias Wohnung gefunden hatte.

Melman setzte seine Inkantation fort, während ich mich in das Bild vertiefte.

»Ist das eine Arbeit von Ihnen?« fragte ich.

Er antwortete nicht. Statt dessen trat er vor und deutete mit ausgestrecktem Finger auf den dritten Sephirot, Binah genannt. Ich betrachtete ihn. Anscheinend zeigte er einen Zauberer vor einem dunklen Altar und ...

Nein! Ich konnte es nicht glauben. Das durfte doch nicht ...

Ich spürte eine Verbindung zu dieser Gestalt. Sie war nicht nur symbolisch. Der Mann war wirklich, und er rief mich zu sich. Er ragte höher auf, wurde dreidimensional. Der Raum um mich herum wich zurück, verblaßte. Es war beinahe ...

Da.

Es war ein Ort des Zwielichts, eine kleine Schneise in einem wirren Wald. Ein beinahe blutiges Licht erhellte die Tafel vor mir. Der Zauberer, dessen Gesicht durch die Kapuze und den Schatten verborgen war, hantierte mit irgendwelchen Gegenständen auf dem Stein herum, wobei sich seine Hände so schnell bewegten, daß ich ihnen nicht folgen konnte. Ich glaubte, von irgendwoher noch immer den Singsang zu hören, sehr schwach.

Schließlich hob er mit der rechten Hand einen einzelnen Gegenstand hoch und hielt ihn still. Es war ein Dolch aus schwarzem Obsidian. Er legte den linken Arm auf den Altar und fuhr damit über die Oberfläche, so daß er alles andere zu Boden fegte.

Zum erstenmal sah er mich an.

»Komm her!« sagte er dann.

Ich lächelte über die Schlichtheit der Aufforderung. Doch dann spürte ich, daß sich meine Füße bewegten, ohne daß ich es wollte, und ich wußte, daß in diesem dunklen Schatten ein Zauberbann auf mir lag.

Ich dankte einem anderen Onkel, der am entferntesten Ort wohnte, den man sich vorstellen konnte, als ich Thari sprach und meinerseits einen Zauberbann erwirkte.

Ein durchdringender Schrei, wie von einem herabstürzenden Nachtvogel, erfüllte die Luft.

Der Zauberer ließ sich davon nicht ablenken, und meine Füße wurden auch nicht befreit, doch es gelang mir wenigstens, die Arme zu heben. Ich hielt sie einigermaßen waagrecht, und als sie die Vorderkante des Altars erreichten, kooperierte ich mit dem mich rufenden Bann, indem ich die Kraft jedes roboterartigen Schrittes verstärkte, den ich tat. Ich winkelte die Ellbogen ab.

Der Zauberer holte bereits mit dem Dolch in Richtung meiner Hände aus, aber das war gleichgültig. Ich stemmte mich mit meinem ganzen Gewicht gegen den Stein.

Der Altar fiel nach hinten um. Der Zauberer tat einen Satz, um ihm auszuweichen, aber der Stein traf eines seiner Beine – oder vielleicht sogar beide. Sofort spürte ich, während er zu Boden stürzte, wie der Bann von mir wich. Ich konnte mich wieder normal bewegen und klar denken.

Er zog die Knie bis zur Brust an und rollte sich ab, während ich über den zerstörten Altar sprang und nach ihm griff. Ich folgte ihm, als er einen kleinen Hang hinunterpurzelte und zwischen zwei stehenden Steinen hindurch in den verdunkelten Wald entschwand.

Sobald ich den Rand der Lichtung erreicht hatte, sah ich Augen, Hunderte von wild blickenden Augen, die in unterschiedlichen Höhen aus der Dunkelheit funkelten. Die Inkantation wurde lauter, schien näher zu sein, hinter mir.

Ich drehte mich schnell um.

Der Altar war immer noch zerstört. Eine zweite Gestalt mit Kapuze stand dahinter, viel größer als die erste. Von diesem Mann kam der Beschwörungssingsang, in einer vertrauten männlichen Stimme. Frakir pochte an meinem Handgelenk. Ich spürte, wie sich ein Bann um mich herum aufbaute, doch diesmal traf er mich nicht unvorbereitet.

Ein meinen Schritten entgegengesetzter Ruf brachte einen eisigen Wind mit sich, der den Bann wie dichten Rauch vertrieb. Meine Kleidung peitschte um mich herum, wechselte Form und Farbe. Purpurn, grau... hell die Hose, dunkel der Umhang, die Hemdbrust. Schwarz meine Stiefel und der breite Gürtel mit den eingesteckten Handschuhen, meine silberne Frakir, eingewoben in ein Armband an meinem linken Handgelenk, jetzt sichtbar und glänzend. Ich hob die linke Hand und schützte die Augen mit der rechten, während ich einen Lichtblitz herbeirief.

»Sei still«, sagte ich dann. »Du beleidigst mich.«

Der Singsang hörte auf.

Die Kapuze wurde von seinem Gesicht zurückgeweht, und ich blickte in Melmans ängstliches Gesicht.

»Also gut. Du wolltest mich«, bemerkte ich, »und jetzt hast du mich, der Himmel möge dir helfen. Du sagtest, daß sich alles aufklären werde. Das hat es nicht. Erklär du es!«

Ich trat einen Schritt vor.

»Sprich!« befahl ich. »Es kann leicht sein, oder es kann schwierig sein. Aber du wirst sprechen. Die Wahl liegt bei dir.«

Er warf den Kopf zurück und brüllte: »Meister!«

»Du kannst deinen Meister ruhig herbeirufen«, sagte ich. »Ich werde warten. Denn auch er muß antworten.«

Er brüllte noch einmal, doch es kam keine Antwort. Dann stürzte er vor, doch ich war mit einem mächtigeren Aufruf darauf vorbereitet. Die Bäume verfielen und stürzten in sich zusammen, bevor er sie erreichen konnte, dann bewegten sie sich und wurden von einem heftigen Windstoß weggeweht, wo eigentlich Stille hätte herrschen sollen. Er umkreiste die Schneise, grau und rot, und errichtete eine undurchdringliche Mauer, unendlich nach oben und nach unten. Wir bewohnten eine runde Insel in der Nacht, mit einem Durchmesser von mehreren hundert Metern, deren Ränder langsam abbröckelten.

»Er wird nicht kommen«, sagte ich, »und du gehst nicht zu ihm hin. Er kann dir nicht helfen. Niemand wird dir helfen. Dies ist ein Ort der hohen Magie, und du erniedrigst ihn durch deine Anwesenheit. Weißt du, was jenseits des nahenden Windes ist? Das Chaos. Ich werde dich jetzt diesem übergeben, wenn du mir nichts über Julia und deinen Meister berichtest und mir nicht sagst, warum du es gewagt hast, mich hierherzubringen.«

Er wich vor dem Chaos zurück und wandte mir das Gesicht zu.

»Bring mich in meine Wohnung zurück, dann werde ich dir alles berichten«, sagte er.

Ich schüttelte den Kopf.

»Töte mich, dann wirst du es niemals erfahren.«

Ich zuckte mit den Schultern.

»In diesem Fall wirst du es mir sagen, damit der Schmerz aufhört. Anschließend werde ich dich dem Chaos übergeben.«

Ich näherte mich ihm.

»Warte!« Er hob die Hand. »Schenk mir das Leben als Gegenleistung dafür, was ich dir berichten werde.«

»Wir machen keinen Tauschhandel. Sprich!«

Der Wind wirbelte um uns herum, und unsere Insel schrumpfte immer mehr. Halbgehörte, halbverständliche Stimmen brabbelten im Wind, und Bruchstücke von Formen schwammen darin. Melman wich vom bröckelnden Rand der Dinge zurück.

»Also gut«, sagte er mit lauter Stimme. »Ja, Julia ist zu mir gekommen, wie es mir angekündigt worden war, und ich brachte ihr einiges bei – nicht das, was ich ihr noch vor einem Jahr beigebracht hätte, sondern Teile einiger neuer Dinge, die ich selbst erst vor kurzer Zeit gelernt hatte. Ich war ebenfalls angewiesen worden, sie auf diese Weise zu unterrichten.«

»Von wem? Nenn deinen Meister!«

Er verzog das Gesicht.

»Er war nicht so töricht, mir seinen Namen zu nennen«, erwiderte er, »damit ich nicht danach trachtete, Beherrschung über ihn zu erlangen. Genau wie du ist er kein Mensch, sondern ein Wesen aus einer anderen Ebene.«

»Gab er dir das Gemälde mit dem Baum?«

Melman nickte.

»Ja, und es transportierte mich wirklich zu jedem Sephiroth. Magie wirkte an jenen Orten. Ich erlangte eine gewisse Macht.«

»Und die Trümpfe? Hat er die auch geschaffen? Er gab sie dir, damit du sie ihr gibst?«

»Ich weiß nichts von irgendwelchen Trümpfen«, antwortete er.

»Diese hier!« schrie ich, wobei ich sie unter meinem Umhang hervorzog, sie wie einen magischen Fächer ausbreitete und auf ihn zuging. Mit vorschnellendem Arm hielt ich sie ihm vor die Augen, damit er sie kurz betrachten konnte, dann zog ich sie zurück, bevor er auf die Idee käme, sie könnten ein Mittel zum Entkommen darstellen.

»Ich habe sie noch nie gesehen«, sagte er.

Der Boden setzte seine ständige Erosion in unsere Richtung fort. Wir wichen zu einem Punkt näher bei der Mitte zurück.

»Und du hast dieses Geschöpf geschickt, das sie umgebracht hat?«

Er schüttelte heftig den Kopf.

»Das habe ich nicht getan. Ich wußte, daß sie sterben würde, denn er hatte mir erzählt, daß das der Anlaß sei, dich zu mir zu bringen. Er hat mir auch gesagt, daß es ein Ungeheuer von Netzach sein werde, das sie umbrächte – aber ich habe es niemals gesehen und habe keinen Anteil an dieser Herbeirufung.«

»Und warum wollte er, daß wir uns begegnen, warum wollte er mich hierherlocken?«

Er stieß ein wildes Lachen aus.

»Warum?« wiederholte er. »Natürlich um dich zu töten. Er sagte, wenn ich dich an diesem Ort tötete, ginge deine Macht auf mich über. Er sagte, du seist Merlin, Sohn der Hölle und des Chaos, und daß ich der größte aller Magier sein würde, wenn es mir gelänge, dich hier zu töten.«

Unsere Welt maß nun noch bestenfalls hundert Meter im Durchmesser, und die Geschwindigkeit, mit der sie schrumpfte, nahm zu.

»Stimmt das?« fragte er. »Hätte ich Macht erlangt, wenn ich erfolgreich gewesen wäre?«

»Mit der Macht ist es wie mit dem Geld«, antwortete ich. »Man bekommt sie gewöhnlich, wenn man die entsprechenden Fähigkeiten besitzt und nichts anderes im Leben will. Hättest du dadurch allerdings etwas gewonnen? Ich glaube nicht.«

»Ich spreche über die Bedeutung des Lebens. Das weißt du.«

Ich schüttelte den Kopf.

»Nur ein Narr glaubt, daß das Leben nur eine einzige Bedeutung hat«, sagte ich. »Genug davon! Beschreib deinen Meister!«

»Ich habe ihn noch nie gesehen.«

»Wie bitte?«

»Ich meine, ich habe ihn gesehen, aber ich weiß nicht, wie er aussieht. Er trug jedesmal eine Kapuze und einen schwarzen Trenchcoat. Und Handschuhe. Ich weiß nicht einmal, welcher Rasse er angehört.«

»Wie habt ihr euch kennengelernt?«

»Eines Tages erschien er in meinem Atelier. Es war einfach so, daß ich mich umdrehte und er dastand. Er bot mir Macht an, versprach, mir bestimmte Dinge beizubringen, als Gegenleistung für meine Dienste.«

»Woher wußtest du, daß er sein Versprechen würde einhalten können?«

»Er nahm mich auf eine Reise durch Orte mit, die nicht von dieser Welt sind.«

»Ich verstehe.«

Die Insel unserer Existenz hatte jetzt noch ungefähr die Größe eines geräumigen Wohnzimmers. Die Stimmen des Windes waren höhnisch, dann mitleidig, ängstlich, traurig und auch wütend. Unsere Rundumsicht veränderte sich ständig. Der Boden bebte ohne Unterlaß. Das Licht war immer noch unheilvoll. Ein Teil von mir hätte Melman am liebsten gleich in diesem Augenblick getötet, doch wenn er nicht der eigentliche Mörder Julias war ...

»Hat dein Meister dir gesagt, warum er mich tot sehen wollte?« fragte ich.

Er fuhr sich mit der Zunge über die Lippen und warf einen Blick nach hinten zu dem sich nähernden Chaos.

»Er sagte, du seist sein Feind«, erklärte er, »aber er hat mir nicht gesagt warum. Und er sagte, daß es heute geschehen müsse; er bestand darauf, daß es heute geschehe.«

»Warum heute?«

Er lächelte flüchtig.

»Ich glaube, weil Walpurgisnacht ist«, antwortete er, »obwohl er das nicht so ausdrücklich gesagt hat.«

»Ist das alles?« wollte ich wissen. »Hat er nicht erwähnt, woher er kommt?«

»Er sprach einmal von dem Hort der Vier Welten, so als ob es für ihn wichtig sei.«

»Und du hattest nie das Gefühl, daß er dich benutzt?«

Er lächelte. »Natürlich benutzte er mich«, entgegnete er. »Wir alle benutzen irgend jemanden. So ist das nun mal auf der Welt. Doch er bezahlte für diese Benutzung mit Wissen und Macht. Und ich glaube, sein Versprechen erfüllt sich immer noch.«

Er tat so, als ob er etwas hinter mir anstarre. Das war der älteste Trick der Welt, doch ich drehte mich um. Es war niemand da. Sofort wandte ich den Blick wieder ihm zu.

Er hielt den schwarzen Dolch in der Hand. Er mußte ihn im Ärmel versteckt gehabt haben. Er stürzte sich mit vorschnellender Klinge auf mich und murmelte neue Inkantationen.

Ich trat zurück und schwenkte meinen Umhang um ihn herum. Er befreite sich davon, tat um sich schlagend einen Schritt zur Seite, drehte sich um und ging erneut auf mich los. Diesmal griff er tiefer an und versuchte, mich einzukreisen, wobei sich seine Lippen immer noch bewegten. Ich wollte der Hand mit dem Dolch einen Fußtritt versetzen, doch er zuckte damit zurück. Dann hob ich den linken Rand meines Umhangs hoch und wickelte ihn mir um den Arm. Als er erneut angriff, fing ich den Stoß ab und packte ihn am Bizeps. Ich zog ihn vorwärts und ließ mich gleichzeitig tiefer sinken, so daß ich mit der rechten Hand seinen linken Schenkel zu fassen bekam, dann richtete ich mich wieder auf, hob ihn hoch und schleuderte ihn durch die Luft.

Während ich mich zur Vollendung des Wurfs um mich selbst drehte, wurde mir bewußt, was ich getan hatte. Zu spät. Da meine ganze Aufmerksamkeit auf meinen Gegner gerichtet gewesen war, hatte ich das schnelle, zermalmende Herannahen des zerstörerischen Windes aus den Augen verloren. Die Ausläufer des Chaos waren viel näher, als ich gedacht hatte, und

Melman hatte gerade noch Zeit für den allerkürzesten Fluch, als der Tod ihn dorthin abholte, wo er niemals mehr inkantieren würde.

Auch ich fluchte, denn ich war überzeugt davon, daß ich noch viel mehr Informationen von ihm hätte bekommen können; und ich schüttelte den Kopf, dort im Mittelpunkt meiner schwindenden Welt.

Der Tag war noch nicht vorüber, und es war bereits die erinnerungswürdigste Walpurgisnacht meines ganzen Lebens.

— 4 —

Es war ein langer Rückweg. Ich zog mich unterwegs um.

Mein Ausgang aus dem Labyrinth nahm die Form einer schmalen Gasse zwischen zwei schmutzigen Backsteingebäuden an. Es regnete immer noch, und der Tag hatte die Strecke bis zum Abend zurückgelegt. Ich sah meinen geparkten Wagen auf der anderen Straßenseite am Rand einer Lichtpfütze, die von einer der nicht zerbrochenen Straßenlaternen stammte. Ich dachte einen Augenblick lang sehnsüchtig an meine trockenen Kleider im Schrank, dann kehrte ich zurück zu dem Schild mit der Aufschrift ›BRUTUS – Großlager‹.

In dem Büro im ersten Stock brannte ein schwaches Licht und warf ein wenig Helligkeit in die ansonsten dunkle Eingangshalle. Ich schleppte mich die Stufen hinauf, endgültig durchnäßt und einigermaßen wachsam. Die Wohnungstür ließ sich durch ein Drehen des Knopfes und durch Drücken öffnen. Ich knipste das Licht an, trat hinein und verriegelte die Tür hinter mir.

Eine flüchtige Durchsuchung ergab, daß niemand in der Wohnung war, und ich tauschte mein nasses Hemd gegen eines aus Melmans Schrank. Seine Hosen waren mir allerdings in der Taille zu weit und ein wenig zu lang. Ich verstaute meine Trümpfe in einer Brusttasche, wo sie trocken untergebracht waren.

Zweiter Schritt. Ich machte mich an das systematische Durchwühlen der Wohnung. Nach einigen Minuten stieß ich auf sein okkultistisches Tagebuch, das in einer geschlossenen Schublade seines Nachttischs lag. Es war ebenso unordentlich wie alles andere an diesem Ort, mit Schreibfehlern, ausgestrichenen Worten und einigen Bier- und Kaffeeflecken. Anscheinend enthielt es eine Menge abwegiger Hirngespinste, vermischt mit dem üblichen persönlichen Kram – Träumen und Meditationen. Ich blätterte weiter, auf der Suche nach der Stelle, wo er seinen Meister kennengelernt hatte. Ich fand sie und überlas sie flüchtig. Es war ein langatmiger Erguß, der hauptsächlich aus enthusiastischen Schwelgereien über die Wirkung des Baumes bestand, den er bekommen hatte. Ich beschloß, das Lesen auf später zu verschieben, und war im Begriff, das Buch einzustecken, als mir beim letzten Durchblättern der Seiten ein kurzes Gedicht auffiel. Es war im Stil Swinburnes verfaßt, gespickt mit blumigen Vergleichen und voller Verzückung, und die ersten Zeilen, auf die mein Blick fiel, lauteten: ›... die unendlichen Schatten von Amber, berührt von ihrem heimtückisch herben Hauch.‹ Ein übertriebener Stabreim, aber es war der Gedanke, der zählte. Dadurch wurde mein vorheriges Gefühl der Verletzbarkeit wiederbelebt und meine Durchsuchung beschleunigt. Plötzlich wollte ich nur noch von diesem Ort verschwinden, weit weg, und nachdenken.

Der Raum bot keine weiteren Überraschungen. Ich verließ ihn, sammelte eine Armladung herumliegender Zeitungen auf, trug sie ins Badezimmer, warf sie in die Wanne, steckte sie in Brand und öffnete beim Hinausgehen das Fenster. Dann besuchte ich das Allerheiligste, nahm das Gemälde des Lebensbaums an mich, trug es zurück und gab es zu dem Brennmaterial. Ich schaltete das Licht im Badezimmer aus und schloß die Tür hinter mir. Als Kunstkritiker tauge ich nicht viel.

Dann begab ich mich zu den Stapeln verschiedener Papiere in den Bücherregalen und begann mit einer enttäuschenden Suche. Ich hatte den zweiten Haufen etwa zur Hälfte durchgesehen, als das Telefon klingelte.

Die Welt schien zu Eis zu erstarren, während meine Gedanken rasten. Natürlich. Heute war der Tag, an dem ich meinen Weg hierher finden und getötet werden sollte. Ich hielt die Wahrscheinlichkeit für ziemlich groß, daß es, wenn es geschehen sollte, inzwischen bereits geschehen wäre. Der Anrufer konnte also gut S sein, der nachfragte, ob meine Todesanzeige bereits aufgegeben sei. Ich drehte mich um und machte das Telefon ausfindig, hinten an der düsteren Wand in der Nähe des Schlafzimmers. Ich hatte gleich gewußt, daß ich abheben würde. Während ich mich zu ihm hinbewegte, ließ ich es zwei- oder dreimal klingeln – zwölf bis achtzehn Sekunden, während ich die Entscheidung darüber traf, ob meine Antwort aus einer witzigen Bemerkung, einer Beleidigung oder einer Drohung bestehen sollte, oder ob ich versuchen sollte, meine Stimme zu verstellen und zu sehen, was ich vielleicht in Erfahrung bringen könnte. So befriedigend die ersten Versionen auch gewesen wären, der Spielverderber Klugheit diktierte mir das letztere Vorgehen und empfahl mir außerdem, daß ich mich auf eine wortkarge, einsilbige Rede beschränken und so tun sollte, als sei ich verletzt und außer Atem. Ich nahm den Hörer ab, bereit, endlich S' Stimme zu hören und herauszufinden, ob ich ihn kannte.

»Ja?« sagte ich.

»Nun? Ist es erledigt?« kam die Antwort.

Verdammtes Pronomen. Es war eine Frau. Das falsche Geschlecht, aber eine Frage, die sich richtig anhörte. Eine Trefferquote von eins aus zwei ist trotzdem gar nicht so schlecht.

Ich atmete schwer aus und sagte dann: »Ja.«

»Was ist los?«

»Ich bin verletzt«, krächzte ich.

»Schlimm?«

»Glaub schon. Aber … ich hab hier was. Du solltest kommen … und es dir ansehen.«

»Was denn? Etwas von ihm?«

»Ja. Kann nich reden. Mir wird schwindelig. Komm!«

Ich legte den Hörer auf und lächelte. Ich hielt meine schauspielerische Leistung für gelungen. Ich hatte das Gefühl, daß sie mir auf den Leim gegangen war.

Ich durchquerte das Zimmer und ging zu demselben Sessel, auf dem ich zuvor gesessen hatte, zog einen der kleinen Tische heran, auf dem ein großer Aschenbecher stand, setzte mich und griff nach meiner Pfeife. Zeit zum Ausruhen, um sich in Geduld zu üben und ein bißchen nachzudenken.

Kurz darauf empfand ich ein vertrautes, beinahe elektrisches Kribbeln. Im selben Augenblick war ich auf den Beinen, schnappte mir den Aschenbecher, wobei mir Zigarettenstummel wie Geschosse um die Ohren flogen, und verfluchte wieder einmal meine Dummheit, während ich den Blick aufgeregt durch den Raum schweifen ließ.

Dort! Vor dem roten Vorhang, neben dem Klavier, Form annehmend …

Ich wartete, bis sich die Umrisse insgesamt abzeichneten, dann schleuderte ich den Aschenbecher mit aller Kraft.

Einen Augenblick später war sie da – groß, rothaarig, dunkeläugig – und hielt etwas in der Hand, das eine 38er Automatik hätte sein können.

Der Aschenbecher traf sie am Bauch, und sie sackte mit einem Japsen nach vorn.

Ich war bei ihr, bevor sie sich wieder aufrichten konnte.

Ich entwand ihr die Waffe und warf sie quer durch den Raum. Dann packte ich sie an beiden Handgelenken, drehte sie unsanft herum und drückte sie in den nächststehenden Sessel. In der linken Hand hielt sie noch immer einen Trumpf. Ich schnippte ihn weg. Es war eine Wiedergabe dieser Wohnung, und sie war im selben Stil ausgeführt wie der Baum und die Karten in meiner Tasche.

»Wer bist du?« fuhr ich sie an.

»Jasra«, fauchte sie zurück. »Toter!«

Sie öffnete den Mund weit, und ihr Kopf fiel nach vorn. Ich spürte die feuchte Berührung ihrer Lippen auf dem Rücken meines linken Unterarms, mit dem ich immer noch ihr rechtes Handgelenk gegen die Armlehne des Sessels drückte. In der nächsten Sekunde spürte ich an der Stelle einen unbeschreiblichen Schmerz. Es war kein Biß, sondern ich hatte vielmehr das Gefühl, als ob mir ein feuriger Nagel ins Fleisch getrieben worden wäre.

Ich ließ ihr Handgelenk los und entriß ihr meinen Arm. Die Bewegung war seltsam träge, geschwächt. Eine kribbelnde Kälte verbreitete sich bis in die Hand und den ganzen Arm entlang. Die Hand sackte mir schlaff an die Seite und schien nicht mehr vorhanden zu sein. Sie befreite sich mühelos aus meinem Griff, lächelte, legte mir die Fingerspitzen leicht auf die Brust und schob mich weg.

Ich fiel nach hinten. Ich war lächerlich schwach und hatte keine Beherrschung über meine Bewegungen. Ich empfand keinen Schmerz, als ich zu Boden ging, und es war eine echte Anstrengung für mich, den Kopf zu wenden und zuzusehen, wie sie sich erhob.

»Genieß es!« sagte sie. »Wenn du aufwachst, werden die Überreste deiner flüchtigen Existenz schmerzerfüllt sein.«

Sie verschwand aus meinem Sichtfeld, und gleich darauf hörte ich, wie sie den Telefonhörer aufnahm.

Ich war überzeugt davon, daß sie S anrufen würde, und ich glaubte das, was sie soeben gesagt hatte. Zumindest würde ich den geheimnisvollen Künstler kennenlernen ...

Künstler! Ich schnippte mit den Fingern der rechten Hand: Sie gehorchten mir noch, wenn auch träge. Ich strengte jede Faser meines Willens und meiner Anatomie, die mir noch gehorchten, in dem Versuch an, die Hand zur Brust zu führen. Die daraus folgende Bewegung war ein Zeitlupenzappeln. Wenigstens war ich auf die linke Seite gefallen, und mein Rücken verbarg diese schwache Aktivität vor der Frau, die mich hereingelegt hatte.

Meine Hand zitterte und wurde noch langsamer, als sie sich der Brusttasche näherte. Mir kam es vor, als brauchte ich eine Ewigkeit, um die Ecken der Pappkarten zu ergreifen. Endlich löste sich eine der Karten, und es gelang mir, sie weit genug herauszuziehen, damit sie zu sehen war. Inzwischen war mir schrecklich schwindlig, und die Sicht verschwamm mir. Ich war nicht sicher, ob ich den Transfer bewerkstelligen würde. Aus weiter Ferne hörte ich Jasras Stimme; sie unterhielt sich mit jemandem, aber ich war nicht in der Lage, die einzelnen Worte zu verstehen.

Ich konzentrierte die Reste meiner Aufmerksamkeit auf die Karte. Es war eine Sphinx, die auf einem blauen Felssims kauerte. Ich griff danach. Nichts. Mein Geist kam mir vor wie in Watte gepackt. Mein Bewußtsein reichte kaum noch für einen weiteren Versuch.

Ich empfand eine gewisse Kälte und glaubte zu sehen, wie die Sphinx sich auf ihrem steinernen Regalbrett bewegte. Ich hatte das Gefühl, nach vorn in eine schwarze Welle zu fallen, die zu mir hochschwappte.

Und das war alles.

Ich brauchte lange, um wieder zu mir zu kommen. Mein Bewußtsein tröpfelte zurück, aber meine Glieder waren immer noch bleiern, und meine Sicht blieb vernebelt. Der Stachel der Dame hatte mir offenbar ein Nervengift eingeflößt. Ich versuchte, die Finger und

Zehen zu krümmen, und war mir nicht sicher, ob ich erfolgreich wäre. Ich versuchte weiter, meine Bewegungen zu beschleunigen und tiefer durchzuatmen. Das gelang jedenfalls.

Nach einer Weile hörte ich etwas wie ein Dröhnen. Kurz darauf dämpfte es sich etwas, und mir wurde klar, daß es mein eigenes Blut war, das mir in den Ohren rauschte. Kurze Zeit später spürte ich mein Herzklopfen, und meine Sicht klärte sich allmählich. Licht, Dunkelheit und Formlosigkeit lösten sich in Sand und Stein auf. Ich fröstelte an verschiedenen Stellen meines Körpers. Dann fing ich an zu zittern, und als das vorüber war, stellte ich fest, daß ich mich bewegen konnte. Aber ich fühlte mich sehr schwach, also ließ ich es sein. Jedenfalls fürs erste.

Ich hörte Geräusche – ein Rascheln und Rumoren –, die mir von irgendwo über und vor mir ans Ohr drangen. Außerdem stieg mir ein sonderbarer Geruch in die Nase.

»Aha, bist du wach?« Diese Worte kamen aus derselben Richtung wie das Rascheln und Rumoren.

Ich kam zu dem Schluß, daß ich noch nicht ganz so weit war, um die Voraussetzungen für diesen Zustand zu erfüllen, also antwortete ich nicht. Ich wartete darauf, daß mehr Leben in meine Glieder flösse.

»Ich wäre dir wirklich dankbar, wenn du mich wissen ließest, ob du mich hörst«, setzte die Stimme wieder ein. »Ich möchte es gern hinter mich bringen.«

Meine Neugier überwog schließlich mein Urteilsvermögen, und ich hob den Kopf.

»Da! Ich habe es gewußt!«

Auf dem blaugrauen Sims über mir kauerte eine Sphinx, ebenfalls blau – ein Löwenkörper mit großen, eng angelegten, gefiederten Flügeln und ein geschlechtsloses Gesicht, das auf mich herabsah. Das Wesen leckte sich die Lippen und entblößte eine Reihe erschreckender Zähne.

»Was möchtest du hinter dich bringen?« fragte ich, während ich mich langsam in eine sitzende Stellung hochquälte und mehrmals tief Luft holte.

»Das Aufgeben eines Rätsels«, antwortete das Wesen. »Das, was ich am besten kann.«

»Ich hebe mir das Vergnügen für später auf, wenn du mir eine Gutschrift gibst«, sagte ich und wartete, daß die Krämpfe in meinen Armen und Beinen aufhörten.

»Tut mir leid. Ich muß darauf bestehen.«

Ich rieb mir den perforierten Unterarm und musterte das Geschöpf. Die meisten Geschichten von Sphingen, die mir erinnerlich waren, handelten davon, wie sie Leute vernichteten, die keine Rätsel lösen konnten. Ich schüttelte den Kopf.

»Ich werde dein Spiel nicht mitspielen«, sagte ich.

»In dem Fall verwirkst du deine Erfolgsaussichten von vornherein«, sagte es, und seine Schultermuskeln strafften sich.

»Augenblick mal«, entgegnete ich und hob eine Hand hoch. »Gib mir eine Minute oder zwei zum Erholen, dann sehe ich die Dinge wahrscheinlich anders.«

Es lehnte sich zurück und sagte: »Na gut. Dadurch wird die Sache offizieller. Nimm dir fünf Minuten Zeit. Sage mir Bescheid, wenn du bereit bist.«

Ich erhob mich mühsam, schwang die Arme und streckte mich. Währenddessen ließ ich einen forschenden Blick über meine Umgebung wandern.

Wir befanden uns in einer sandigen Erosionsrinne, hier und da mit orangefarbenen, grauen und blauen Felsen gesprenkelt. Die Steinmauer, deren Sims die Sphinx einnahm, ragte steil zu einer Höhe von vielleicht sieben Metern auf; eine zweite Mauer von derselben Höhe erhob sich etwa in gleicher Entfernung hinter mir. Das Schwemmland stieg rechts von mir steil an und verlief auf der linken Seite sanfter. Grüne

Dornenbüsche wuchsen in Spalten und Ritzen. Die Zeit schien auf die Stunde der Abenddämmerung zuzugehen. Der Himmel war von einem blassen Gelb, ohne sichtbare Sonne. Ich hörte den Wind in der Ferne, spürte ihn jedoch nicht. Es war kalt, aber nicht eisig.

Ich entdeckte in der Nähe am Boden einen Stein von der Größe einer Hantel. Zwei gemächliche Schritte – während ich weiterhin die Arme schwang und mich reckte und streckte –, und er lag neben meinem rechten Fuß.

Die Sphinx räusperte sich.

»Bist du bereit?«

»Nein«, sagte ich. »Aber ich bin sicher, daß dich das nicht abhalten wird.«

»Da hast du recht.«

Ich verspürte den unbezwingbaren Drang zu gähnen und gab ihm nach.

»Anscheinend fehlt dir irgendwie die richtige geistige Einstellung«, bemerkte sie. »Aber jetzt geht es los: Ich erhebe mich in Flammen von der Erde. Der Wind bestürmt mich, das Wasser peitscht mich. Bald werde ich alle Dinge überblicken.«

Ich wartete. Es verging vielleicht eine Minute.

»Nun?« sagte die Sphinx schließlich.

»Nun – was?«

»Weißt du die Lösung?«

»Zu was?«

»Natürlich zu dem Rätsel!«

»Ich habe gewartet. Du hast keine Frage gestellt, nur eine Reihe von Feststellungen geäußert. Ich kann keine Frage beantworten, wenn ich gar nicht weiß, wie sie lautet.«

»Es handelt sich um die von alters her überlieferte Rätselform. Der Fragesatz ergibt sich durch den Zusammenhang. Offenkundig lautet die Frage: ›Wer bin ich?‹«

»Sie hätte genausogut heißen können: ›Wer liegt in

Grants Grab begraben?‹ Aber gut. Was ist das? Natürlich der Phönix – ausgebrütet auf der Erde, sich in Flammen darüber erhebend, durch die Luft, auf den Wolken gleitend, zu einer großen Höhe aufsteigend...«

»Falsch.«

Ich lächelte und bewegte mich langsam.

»Moment mal«, sagte ich. »Das ist nicht falsch. Es paßt. Es ist vielleicht nicht die von dir gewünschte Antwort, aber es ist eine Antwort, die die Erfordernisse erfüllt.«

Sie schüttelte den Kopf.

»Mir obliegt die endgültige Entscheidung bezüglich der Antworten. Ich gebe die Definitionen.«

»Dann bescheißt du!«

»Tue ich nicht!«

»Ich trinke den halben Inhalt einer Flasche. Ist sie danach halb voll oder halb leer?«

»Keines von beiden. Beides.«

»Genau. Das ist genau dasselbe. Wenn mehr Antworten als nur eine Antwort passen, dann mußt du alle gelten lassen. Das ist wie mit Wellen und Teilchen.«

»Mir gefällt diese Betrachtungsweise nicht«, bemerkte sie. »Sie öffnet der Doppeldeutigkeit Tür und Tor. Damit könnte die gesamte Rätselbranche kaputtgemacht werden.«

»Dafür kann ich nichts«, entgegnete ich, wobei ich die Hände zusammenballte und wieder öffnete.

»Aber du wirfst da einen interessanten Aspekt auf.«

Ich nickte heftig.

»Aber es *dürfte* nur eine einzige richtige Antwort geben.«

Ich zuckte mit den Schultern.

»Wir leben in einer alles andere als vollkommenen Welt«, gab ich zu bedenken.

»Hm.«

»Wir könnten uns auf ein Unentschieden einigen«, bot ich an. »Keiner hat gewonnen, keiner hat verloren.«

»Ich finde das ästhetisch unbefriedigend.«

»Bei vielen anderen Spielen haut es ganz gut hin.«

»Außerdem habe ich Hunger bekommen.«

»Die Wahrheit steigt an die Oberfläche.«

»Aber ich bin nicht unfair. Ich diene der Wahrheit, auf meine Weise. Deine Erwähnung eines Gleichstandes wirft die Möglichkeit einer Lösung auf.«

»Gut. Ich bin froh, daß die Dinge ...«

»Nämlich die eines Entscheidungsspiels. Gib du mir ein Rätsel auf.«

»Das ist Unsinn«, erwiderte ich. »Ich habe keine Rätsel auf Lager.«

»Dann laß dir besser schnell eines einfallen. Denn das ist der einzige Ausweg aus deiner mißlichen Lage – andernfalls werde ich in meiner Eigenschaft als Schiedsrichter dich zum Verlierer erklären.«

Ich schwenkte die Arme und machte einige tiefe Kniebeugen. Mein Körper fühlte sich an, als ob er in Flammen stünde. Ich fühlte mich außerdem kräftiger.

»Also gut«, sagte ich. »Gut. Nur noch eine Sekunde.«

Was, zum Teufel ...

»Was ist grün und rot und dreht sich rundherum und immer wieder rundherum?«

Die Sphinx blinzelte zweimal, dann runzelte sie die Stirn. Ich benutzte die folgende Zeit für einige weitere tiefe Atemzüge und ein paar Laufschritte auf der Stelle. Die Flammen wurden schwächer, mein Denken klärte sich, der Puls ging gleichmäßiger ...

»Nun?« fragte ich nach einigen Minuten.

»Ich überlege.«

»Laß dir ruhig Zeit.«

Ich übte mich im Schattenboxen. Machte auch einige

isometrische Übungen. Der Himmel hatte sich noch etwas mehr verdunkelt, und zu meiner Rechten waren jetzt ein paar Sterne zu sehen.

»Ach, es widerstrebt mir wirklich, dich zu drängen«, sagte ich, »aber ...«

Die Sphinx schnaubte. »Ich überlege noch.«

»Vielleicht sollten wir uns auf eine zeitliche Begrenzung einigen.«

»Ich brauche nicht mehr lange.«

»Stört es dich, wenn ich es mir unterdessen bequem mache?«

»Nur zu!«

Ich streckte mich im Sand aus, schloß die Augen und erteilte Frakir murmelnd einen Wachbefehl, bevor ich einschlief.

Ich erwachte zitternd; Licht fiel mir in die Augen, und ein Lufthauch strich mir durchs Gesicht. Ich brauchte eine Weile, bis mir bewußt wurde, daß es Morgen war. Der Himmel zu meiner Linken wurde hell, rechts von mir verblaßten die Sterne. Ich hatte Durst. Und auch Hunger.

Ich rieb mir die Augen. Ich stand auf. Ich suchte und fand meinen Kamm und fuhr mir damit durch die Haare. Ich betrachtete die Sphinx.

»... dreht sich rundherum und immer wieder rundherum«, murmelte sie vor sich hin.

Ich räusperte mich. Keine Reaktion. Das Tierwesen starrte an mir vorbei. Ich fragte mich, ob es mir vielleicht gelingen würde, einfach davonzuschleichen ...

Nein. Der Blick schweifte zu mir.

»Guten Morgen«, sagte ich fröhlich.

Es kam ein kurzes Zähneknirschen.

»Na gut«, sagte ich. »Du hast wesentlich mehr Zeit in Anspruch genommen als ich. Wenn du die Lösung bis jetzt nicht gefunden hast, dann habe ich keine Lust mehr weiterzuspielen.«

»Dein Rätsel gefällt mir nicht«, sagte die Sphinx schließlich.

»Das tut mir leid.«

»Wie lautet die Lösung?«

»Gibst du auf?«

»Ich bin dazu gezwungen. Wie lautet die Lösung?« Ich hob eine Hand.

»Moment mal«, sagte ich. »Solche Dinge sollten nach bestimmten Regeln ablaufen. Ich hätte es vorgezogen, zuerst deine Lösung zu erfahren, bevor ich dir meine verrate.«

Sie nickte.

»Darin steckt eine gewisse Gerechtigkeit. Also gut – der Hort der Vier Welten.«

»Wie bitte?«

»Das ist die Lösung. Der Hort der Vier Welten.«

Ich dachte an Melmans Worte. »Warum?« fragte ich.

»Er liegt an der Wegkreuzung der Welten der vier Elemente, wo er in Flammen von der Erde aufsteigt, von Wind und Wasser bestürmt.«

»Und was hat es mit dieser Sache des ›alles Überblickens‹ auf sich?«

»Das könnte sich auf die Aussicht beziehen oder auf die imperialistischen Absichten seines Herrn. Oder auf beides.«

»Wer ist sein Herr?«

»Das weiß ich nicht. Diese Information ist für die Lösung unbedeutend.«

»Wo hast du dieses Rätsel überhaupt aufgeschnappt?«

»Bei einem Reisenden, vor einigen Monaten.«

»Warum hast du von den vielen Rätseln, die du sicherlich kennst, ausgerechnet dieses ausgewählt, um es mir zu stellen?«

»Es hat mich zum Innehalten veranlaßt, also mußte es gut sein.«

»Was wurde aus dem Reisenden?«

»Er setzte seinen Weg fort, ohne aufgefressen worden zu sein. Er hatte mein Rätsel gelöst.«

»Hatte er einen Namen?«

»Den wollte er mir nicht nennen.«

»Bitte, beschreib ihn mir.«

»Das kann ich nicht. Er war gut vermummt.«

»Und er sagte nichts weiter über den Hort der Vier Welten?«

»Nein.«

»Nun denn«, sagte ich, »ich denke, ich werde seinem Beispiel folgen und mich meinerseits auf die Socken machen.«

Ich wandte mich um, in Richtung des Hanges zu meiner Rechten.

»Warte!«

»Was ist?« fragte ich.

»Dein Rätsel«, sagte das Wesen. »Ich habe dir die Lösung zu meinem verraten. Jetzt mußt du mir sagen, was das ist – grün und rot, das sich rundherum und immer wieder rundherum dreht.«

Ich senkte den Blick, suchte den Boden ab. O ja, da war er, mein hantelförmiger Stein. Ich tat ein paar Schritte und stand neben ihm.

»Ein Frosch in der Feinen Küche«, sagte ich.

»Wie bitte?«

Die Schultermuskeln der Sphinx zogen sich zusammen, die Augen wurden schmal, und die vielen Zähne zeigten sich sehr deutlich. Ich sagte ein paar Worte zu Frakir und spürte, wie sie sich bewegte, während ich in die Hocke ging und mit der rechten Hand nach dem Stein griff.

»So ist es«, sagte ich, während ich mich wieder erhob. »Es ist eine dieser bildhaften Beschreibungen…«

»Das ist ein beschissenes Rätsel!« verkündete die Sphinx.

Mit dem linken Zeigefinger vollführte ich zwei flinke Bewegungen in der Luft vor mir.

73

»Was machst du da?« fragte das Wesen.

»Ich ziehe Linien von deinen Ohren zu deinen Augen«, sagte ich.

Etwa in diesem Augenblick wurde Frakir sichtbar, wie sie von meinem linken Handgelenk zu meiner Hand glitt und sich mit meinen Fingern verflocht. Die Augen der Sphinx schossen in diese Richtung. Ich hob den Stein auf die Höhe meiner rechten Schulter. Ein Ende von Frakir fiel lose herab und hing zappelnd an meiner ausgestreckten Hand. Sie leuchtete auf und glühte dann wie ein heißer Silberdraht.

»Ich glaube, das Spiel steht eins zu eins«, bemerkte ich. »Was meinst du?«

Die Sphinx leckte sich die Lippen.

»Ja«, sagte sie schließlich seufzend. »Vermutlich hast du recht.«

»Dann wünsche ich dir einen guten Tag«, sagte ich.

»Ja. Schade. Sei es, wie es sei. Guten Tag. Bevor du gehst – dürfte ich deinen Namen erfahren? Für meinen Bericht?«

»Warum nicht?« sagte ich. »Ich bin Merlin vom Chaos.«

»Ah«, sagte das Wesen. »Dann wird jemand kommen müssen, um dich zur Revanche herauszufordern.«

»Das ist möglich.«

»In diesem Fall ist ein Unentschieden am besten. Geh jetzt!«

Ich tat noch ein paar Schritte rückwärts, bevor ich mich umdrehte und den Hang zu meiner Rechten hinaufstieg. Ich blieb wachsam, bis ich diesen Ort vollends hinter mir gelassen hatte, doch ich wurde nicht verfolgt.

Ich lief los. Ich war durstig und hungrig, doch es war unwahrscheinlich, daß ich an diesem trostlosen steinigen Ort unter einem zitronenfarbenen Himmel ein Frühstück auftreiben würde. Frakir rollte sich zusammen und verblaßte. Ich atmete in tiefen Zügen, während ich mich der aufgehenden Sonne entgegen entfernte.

Wind in meinem Haar, Staub in meinen Augen... Ich näherte mich einer Gruppe von Felsbrocken, ging zwischen ihnen hindurch. Aus der Mitte ihrer Schatten betrachtet, nahm der Himmel über mir eine grünliche Färbung an. Als ich daraus hervortrat, gelangte ich auf eine sanftere Ebene, mit einem Glitzern in der Ferne und einigen Wolken, die zu meiner Linken aufstiegen.

Ich behielt eine gleichmäßige Geschwindigkeit meiner Schritte bei, erreichte eine kleine Erhebung, erklomm sie und stieg auf der anderen Seite, wo spärliches Gras wogte, wieder hinab. Ein Wäldchen von wuschelwipfeligen Bäumen in der Ferne... Ich ging darauf zu und schreckte ein kleines Geschöpf mit orangefarbenem Fell auf, das quer über meinen Weg hüpfte und nach links weghuschte. Kurz darauf flatterte ein dunkler Vogel auf, wobei er einen klagenden Ton ausstieß und in derselben Richtung verschwand. Ich lief weiter, und der Himmel verdunkelte sich immer mehr.

Grün der Himmel und dichter das Gras, ebenfalls grün... Heftige Windböen in unregelmäßigen Abständen... Näher die Bäume... Etwas wie ein Gesang ertönt im Geäst... Die Wolken ziehen weiter...

Die Anspannung weicht aus meinen Muskeln, und eine vertraute Geschmeidigkeit fließt hinein... Ich komme am ersten Baum vorbei, trete auf abgefallene Blätter... Ich schreite zwischen Baumstämmen mit haariger Rinde hindurch... Der Weg, den ich verfolge, ist festgestampft, wird zu einem Pfad mit seltsamen Fußspuren... Er führt steil nach unten, schlängelt sich in engen Kurven dahin, verbreitert sich, verengt sich wieder... Der Boden steigt zu beiden Seiten an... Die Bäume geben tiefe Bratschentöne von sich... Himmelsfetzen zwischen den Bäumen haben eine Morinci-

Türkisfärbung... Wolkenstreifen fließen wie silberne Ströme dahin... Kleine Bündel blauer Blumen erscheinen an den Mauern, die den Pfad säumen... Die Mauern ragen immer höher auf, ziehen an meinem Kopf vorbei... Der Weg wird steinig... Ich laufe weiter...

Mein Pfad wird breiter, immer breiter, steigt beständig bergan... Noch bevor ich es sehe oder höre, rieche ich das Wetter... Ich muß jetzt vorsichtig sein, wegen der Steine... Hier ein bißchen langsamer... Ich wende mich um und sehe den Fluß, steile, felsige Böschungen zu beiden Seiten, davor ein Uferstreifen von einem oder zwei Metern Breite...

Noch langsamer, neben dem gurgelnden, funkelnden Wasserlauf... Seinem Zickzackkurs folgend... Biegungen, Kurven, hoch aufragende Bäume, freigelegte Wurzeln in der Wand zu meiner Rechten, graue und gelbe Steilhänge entlang des bröseligen Untergrunds...

Meine Spalte wird breiter, die Wände werden niedriger... Mehr Sand und weniger Steine unter meinen Füßen... Flacher, flacher... Kopfhoch, schulterhoch... Eine weitere Wegbiegung, Gefälle, hüfthoch... Grünbeblätterte Bäume rings um mich herum, blauer Himmel über mir, rechts ein festgestampfter Pfad... Ich steige den Hang hinauf, folge ihm...

Bäume und Gestrüpp, Vogelgezwitscher und eine kühle Brise... Ich sauge die Luft tief ein, beschleunige meinen Gang... Ich überquere eine Holzbrücke mit widerhallenden Schritten; ein Bach mündet in den zugewucherten Fluß, moosüberzogene Steine neben seinem kühlen Lauf... Niedrige Steinmauern zu meiner Rechten... Wagenrinnen vor mir...

Wildblumen zu beiden Seiten... Fernes Lachen, widerhallend... Das Wiehern eines Pferdes... Das Knarren einer Kutsche... Eine Biegung nach links... Der Weg verbreitert sich... Schatten und Sonnenschein, Schatten und Sonnenschein... Sprenkel, Sprenkel...

Der Fluß zur Linken, jetzt breiter, glitzernd ... Rauchdunst über dem nächsten Hügel ...

Ich verlangsame meine Schritte, als ich mich der Kuppe nähere. Ich erreiche sie gehend, wische mir den Staub von der Kleidung, streiche das Haar zurecht, alles mit kribbelnden Gliedern, pumpender Lunge, überströmt von kühlendem Schweiß. Ich spucke feinen Sand aus. Unter mir, rechts, liegt ein ländliches Wirtshaus, mit einigen Tischen auf der geräumigen, rohgezimmerten Veranda, die zum Fluß hinausgeht, und einigen im nahegelegenen Garten. Leb wohl, Gegenwart. Ich bin angekommen.

Ich ging weiter hinunter und entdeckte eine Wasserpumpe auf der gegenüberliegenden Seite des Gebäudes, wo ich mir Gesicht, Hände und Arme wusch; mein linker Unterarm schmerzte und brannte immer noch an der Stelle, wo Jasra mich angegriffen hatte. Dann betrat ich die Veranda und nahm an einem kleinen Tisch Platz, nachdem ich einer Kellnerin zugewunken hatte, die ich im Innern entdeckt hatte. Nach einer Weile brachte sie mir Hafergrütze und Würstchen und Eier und Brot und Butter und Erdbeerkonfitüre und Tee. Ich verzehrte alles schnell und bestellte eine zweite Runde vom gleichen. Beim zweiten Mal stellte sich jedoch ein Gefühl zurückkehrender Normalität ein, und meine Hast legte sich, und ich genoß es und betrachtete den vorbeiströmenden Fluß.

Es war eine seltsame Art, etwas zu erledigen. Ich hatte mich auf eine gemächliche Reise gefreut, einen langen, faulen Urlaub, nun, nachdem meine Arbeit getan war. Die Kleinigkeit mit S war das einzige, das mir im Weg stand – eine Angelegenheit, von deren schnellen Erledigung ich überzeugt gewesen war. Jetzt befand ich mich mittendrin in einer Geschichte, die ich nicht verstand, etwas Gefährlichem und Absonderlichem. Während ich an meinem Tee nippte und spürte, wie sich der Tag um mich herum erwärmte, gab ich mich einem vorübergehenden inneren Frieden hin. Doch ich wußte, daß das etwas Flüchtiges war. Es konnte für mich keine wirkliche Ruhe, keine Sicherheit geben, bevor diese Angelegenheit nicht erledigt war. Als ich mir die zurückliegenden Ereignisse vor Augen rief, erkannte ich, daß ich mich nicht mehr allein auf meine Reaktionen verlassen konnte, was meine Errettung, was eine Lösung dieses Problems betraf. Es war an der Zeit, einen Plan auszuarbeiten.

Die Erforschung der Identität von S und S' Beseitigung standen ganz oben auf meiner Liste der zu erledigenden Dinge. Noch weiter oben stand die Ergründung von S' Motiv. Meine Vorstellung, daß ich es mit einem einfältigen Psychopathen zu tun haben könnte, hatte sich aufgelöst. S' Vorgehen war wohldurchdacht und organisiert, und er besaß einige sehr ungewöhnliche Fähigkeiten. Ich machte mich daran, in meiner Vergangenheit nach möglichen Kandidaten zu forschen. Doch obwohl mir einige Leute einfielen, die ich für fähig hielt, das zuwege zu bringen, was bisher geschehen war, hegte niemand von ihnen mir gegenüber eine besondere Feindseligkeit. Doch immerhin war Amber tatsächlich in diesem sonderbaren Tagebuch Melmans erwähnt worden. Theoretisch machte das die ganze Angelegenheit zu etwas Vertrautem und erlegte mir vermutlich in gewisser Weise die Verpflichtung auf, sie den anderen zur Kenntnis zu bringen. Doch das zu tun, wäre gleichbedeutend mit einem Hilferuf gewesen; damit hätte ich aufgegeben und kundgetan, daß ich mit meinen eigenen Angelegenheiten nicht zurechtkam. Und die Bedrohung meines Lebens war meine ureigene Angelegenheit. Julia war ebenfalls meine Angelegenheit. Die Vergeltung für ihren Tod oblag mir. Ich mußte noch weiter darüber nachdenken...

Das Geistrad?

Ich drehte und wendete den Gedanken in alle Richtungen, verwarf ihn, dachte wieder darüber nach. Das Geistrad? Nein. Es war unerprobt. Noch im Entwicklungsstadium. Es war mir überhaupt nur deshalb in den Sinn gekommen, weil es mein ganz persönliches Schätzchen war, die größte Errungenschaft meines Lebens, meine Überraschung für die anderen. Ich suchte einfach nach einem leichten Ausweg. Ich mußte noch sehr viel mehr Erkenntnisse vorlegen, und das bedeutete, daß ich natürlich nicht lockerlassen durfte.

Das Geistrad…

Zunächst brauchte ich noch mehr Informationen. Ich besaß die Karten und das Tagebuch. Ich wollte an diesem Punkt nicht weiter mit den Trümpfen herumexperimentieren, da sich der erste als eine Falle erwiesen hatte. Bald würde ich mich eingehend mit dem Tagebuch beschäftigen, obwohl es meiner ersten Einschätzung nach zu subjektiv war, um eine große Hilfe darzustellen. Ich würde jedoch nicht darum herumkommen, zu Melmans Wohnung zurückzukehren, um mich noch einmal gründlich umzusehen, für den Fall, daß mir etwas entgangen war. Dann mußte ich Luke aufsuchen und herausfinden, ob er mir noch irgend etwas sagen konnte – und sei es nur eine Nebensächlichkeit –, das für mich vielleicht nützlich wäre. Ja…

Ich seufzte und reckte mich. Ich betrachtete den Fluß noch eine Weile und trank meinen Tee aus. Ich fuhr mit Frakir über eine Handvoll Geld und wählte ausreichend umgewandelte Münzen aus, damit ich meine Mahlzeit bezahlen konnte. Dann machte ich mich wieder auf den Weg. Es war Zeit, die Rückkehr fortzusetzen.

— 5 —

Ich rannte im Licht des späten Nachmittags die Straße entlang und hielt an, als ich auf gleicher Höhe mit meinem Wagen war. Fast hätte ich ihn nicht erkannt. Er war bedeckt von Staub, Asche und Wasserflecken. Wie lange war ich eigentlich weg gewesen? Ich hatte versucht, die Zeitdifferenz zwischen hier und dort, wo ich gewesen war, nicht auszurechnen, doch mein Auto sah aus, als ob es über einen Monat lang im Freien gestanden hätte. Es machte jedoch einen unversehrten Eindruck. Es war nicht von Wandalen beschädigt worden und ...

Mein Blick schweifte über die Motorhaube und darüber hinaus. Das Gebäude, das die Firma Brutus und den verstorbenen Victor Melman beherbergt hatte, stand nicht mehr. Ein ausgebranntes, zusammengestürztes Skelett hielt die Ecke besetzt, Teile von zwei Mauern standen noch. Ich ging zu dem Grundstück.

Ich spazierte darauf herum und untersuchte, was übriggeblieben war. Die verkohlten Überbleibsel des Gebäudes waren erkaltet und zusammengesackt. Graue Streifen und Rußkreise deuteten an, daß Wasser hineingepumpt worden und inzwischen verdunstet war. Der Aschegeruch war nicht besonders stark.

Hatte ich mit der Zündelei in der Badewanne den Brand gelegt? fragte ich mich. Ich konnte es mir nicht vorstellen. Mein Feuer war klein und begrenzt gewesen, ohne die geringsten Anzeichen einer Ausbreitung, jedenfalls solange ich gewartet hatte.

Ein Junge auf einem grünen Fahrrad fuhr vorbei,

während ich die Ruine durchsuchte. Einige Minuten später kam er zurück und hielt etwa drei Meter von mir entfernt an. Meiner Schätzung nach war er etwa zehn Jahre alt.

»Ich habe es gesehen«, verkündete er. »Ich habe gesehen, wie es gebrannt hat.«

»Wann war das?« wollte ich von ihm wissen.

»Vor drei Tagen.«

»Weiß man, wie das Feuer entstanden ist?«

»Etwas bei dieser Lagerfirma, etwas Flammiges...«

»Leicht Entflammbares?«

»Ja«, antwortete er mit einem zahnlückigen Lächeln. »Vielleicht war es Brandstiftung. Irgendwas wegen der Versicherung.«

»Ach, wirklich?«

»Hm-hm. Mein Dad hat gesagt, vielleicht liefen die Geschäfte schlecht.«

»So etwas passiert bekanntlicherweise«, sagte ich. »Wurde irgend jemand bei dem Brand verletzt?«

»Man vermutete, daß der Künstler, der oben gewohnt hat, verbrannt ist, weil ihn niemand gefunden hat. Aber man hat auch keine Knochen oder so was entdeckt. Es war ein gutes Feuer. Hat lange gebrannt.«

»War das am Tag oder bei Nacht?«

»Bei Nacht. Ich habe von dort drüben zugesehen.« Er deutete zu einer Stelle auf der anderen Straßenseite und zurück in die Richtung, aus der ich gekommen war.

»Sie haben viel Wasser draufgegossen.«

»Hast du irgend jemanden aus dem Gebäude kommen sehen?«

»Nein«, sagte er. »Ich bin erst hergekommen, als es schon ziemlich gut brannte.«

Ich nickte und wandte mich zu meinem Wagen um.

»Man kann doch normalerweise annehmen, daß Munition bei einem solchen Feuer explodiert, nicht wahr?« sagte er.

»Ja«, bestätigte ich.

»Ist aber nicht.«

Ich drehte mich wieder zu ihm um.

»Was meinst du damit?« fragte ich.

Er wühlte bereits in einer seiner Taschen.

»Ich und ein paar Freunde haben gestern hier gespielt«, erklärte er, »und wir fanden jede Menge Patronen.«

Er öffnete die Hand und brachte mehrere metallene Gegenstände zum Vorschein.

Während ich auf ihn zuging, kauerte er sich nieder und legte einen der Zylinder auf den Gehsteig. Dann streckte er plötzlich die Hand aus, griff nach einem Stein, der in der Nähe lag, und holte zum Schlag aus.

»Nicht!« schrie ich.

Der Stein prallte auf die Patrone, und nichts geschah.

»Du hättest dich auf diese Weise verletzen können...«, setzte ich an, doch er unterbrach mich.

»Nö. Diese Mistdinger explodieren einfach nicht. Man kann das rosafarbene Zeug nicht einmal anzünden. Haben Sie ein Streichholz?«

»Rosafarbenes Zeug?« fragte ich, während er den Stein wegnahm und eine zerdrückte Hülse und eine kleine Spur rosafarbenen Pulvers freilegte.

»Das da«, sagte er und deutete darauf. »Komisch, was? Ich dachte immer, Schießpulver sei grau.«

Ich kniete nieder und berührte das Pulver. Ich zerrieb es zwischen den Fingern, schnupperte daran. Ich schmeckte es sogar. Ich hätte um keinen Preis zu sagen vermocht, was es war.

»Das haut mich um«, erklärte ich. »Es brennt nicht einmal, sagst du?«

»So ist es. Wir haben etwas davon auf eine Zeitung gelegt und das Papier angezündet. Es schmilzt und zerläuft, das ist alles.«

»Hast du etwas davon übrig?«

»Na ja … ja.«

»Ich kaufe es dir für einen Dollar ab«, sagte ich.

Er zeigte mir erneut seine Zähne und Zahnlücken, während seine Hand in der Seite seiner Jeans verschwand. Ich fuhr mit Frakir über einige kleine Münzen Schatten-Geld und nahm einen Dollar von dem Stapel. Er reichte mir zwei rußgestreifte doppelte Dreißiger im Austausch dafür.

»Danke«, sagte er.

»Meinerseits. Gibt es hier sonst noch was Interessantes?«

»Nö. Alles andere ist Asche.«

Ich stieg in meinen Wagen und fuhr davon. Ich ließ ihn durch die erste Waschanlage laufen, zu der ich kam, da die Scheibenwischer lediglich den Dreck auf der Windschutzscheibe verschmiert hatten. Während die Gummitentakel durch ein Meer von Schaum auf mich einklatschten, sah ich nach, ob ich das Streichholzheftchen noch hatte, das Luke mir gegeben hatte. Ich hatte es noch. Gut. Draußen hatte ich eine Telefonzelle gesehen.

»Hallo. Hier New Line Motel«, sagte eine junge Männerstimme beim Abheben.

»Bei Ihnen wohnte vor ein paar Tagen ein Lucas Raynard«, sagte ich. »Ich wüßte gern, ob er eine Nachricht für mich hinterlassen hat. Mein Name ist Merle Corey.«

»Einen Augenblick bitte.«

Pause. Ein Scharren und Rascheln.

Dann: »Ja, hat er.«

»Was steht da?«

»Es ist ein verschlossener Umschlag. Ich möchte nicht …«

»Okay. Ich komme vorbei.«

Ich fuhr hin. Ich machte den Mann, zu dem die Stimme am Telefon paßte, an der Theke in der Eingangshalle aus. Ich wies mich aus und verlangte den Umschlag. Der Hotelangestellte – ein schmächtiger blonder Kerl mit einem dürftigen Schnauzbart – musterte mich einen Moment lang, dann fragte er: »Werden Sie Mr. Raynard treffen?«

»Ja.«

Er öffnete eine Schublade und zog einen kleinen braunen Umschlag heraus, dessen Seiten sich nach außen wölbten, als ob sich etwas Dickeres als Papier darin befände. Lukes Name und seine Zimmernummer standen darauf geschrieben.

»Er hat keine Nachsendeadresse hinterlassen«, erklärte er, während er den Umschlag öffnete, »und das Zimmermädchen fand diesen Ring auf der Badezimmerablage, nachdem er bereits abgereist war. Würden Sie ihn ihm geben?«

»Selbstverständlich«, sagte ich, und er reichte ihn mir.

Ich nahm in der Sitzecke auf der linken Seite Platz. Der Ring bestand aus Rotgold und war mit einem blauen Stein verziert. Ich konnte mich nicht erinnern, ihn jemals an ihm gesehen zu haben. Ich schob ihn auf den Ringfinger meiner linken Hand, und er paßte wie angegossen. Ich beschloß, ihn zu tragen, bis ich Gelegenheit hätte, ihn ihm zu geben.

Ich öffnete den Brief, der auf dem Papier des Motels geschrieben war, und las:

> Merle,
> es tut mir leid wegen unseres Abendessens. Ich habe auf Dich gewartet. Ich hoffe, bei Dir ist alles okay. Morgen früh reise ich nach Albuquerque ab. Dort bleibe ich drei Tage. Dann geht es für drei weitere Tage nach Santa Fe. In beiden Städten wohne ich im Hilton. Ich hätte gern noch einiges mit Dir besprochen. Bitte laß von Dir hören.
>
> Luke

Hm.

Ich rief mein Reisebüro an und stellte fest, daß ich den Nachmittagsflug nach Albuquerque noch bekommen konnte, wenn ich mich beeilte. Da ich ein Gespräch von Angesicht zu Angesicht einem Telefonat vorzog, unternahm ich das Entsprechende. Ich hielt vor dem Büro an, nahm mein Ticket in Empfang, zahlte bar, fuhr zum Flughafen und verabschiedete mich von meinem Wagen, als ich ihn in der Parkgarage abgestellt hatte. Ich bezweifelte, daß ich ihn jemals wiedersehen würde. Ich warf mir den Rucksack über die Schulter und ging in die Abflughalle.

Der Rest verlief glatt und problemlos. Während ich beobachtete, wie der Boden unter mir wegsackte, wußte ich, daß eine Phase meines Lebens endgültig vorbei war. Wie in so vielen anderen Fällen war sie nicht ganz nach meinen Wünschen verlaufen. Ich hatte mir vorgenommen, die Sache mit S recht schnell zu erledigen oder sie andernfalls zu vergessen, um dann einige Leute zu besuchen, die ich seit langem mal wiedersehen wollte, und an einigen Orten haltzumachen, die mich schon lange interessierten. Dann würde ich via Schatten abheben, um Geistrad einer letzten Prüfung zu unterziehen, und danach zum helleren Pol meiner Existenz zurückkehren. Jetzt waren meine Prioritäten durcheinandergeraten – nur weil S und Julias Tod irgendwie in Zusammenhang standen und weil im Schatten eine Macht von irgendwoher wirksam geworden war, die ich nicht verstand.

Es war die letztere Überlegung, die mich am meisten beunruhigte. Grub ich mir einerseits mein eigenes Grab, und gefährdete ich andererseits aufgrund meines Stolzes meine Beziehung zu Freunden und Bekannten? Ich wollte mit dieser Sache allein fertigwerden, verdammt noch mal, doch je mehr ich darüber nachdachte, desto deutlicher wurde ich mir der Kraft der feindlichen Mächte, denen ich mich gegenübersah, und der Dürftigkeit meines Wissens bewußt, was S betraf. Es war nicht richtig, die anderen darüber in Unkenntnis zu lassen – erst recht deshalb, weil sie womöglich selbst in Gefahr schwebten. Am liebsten hätte ich das Ganze still und heimlich verpackt und ihnen als Geschenk überreicht. Vielleicht würde ich das auch tun, aber ...

Verdammt. Ich *mußte* sie unterrichten. Wenn S mich erwischen und sich gegen sie wenden würde, müßten sie Bescheid wissen. Wenn die Angriffe auf mich Teil von etwas Größerem waren, mußten sie ebenfalls Bescheid wissen. Sosehr mir der Gedanke auch mißfiel, ich mußte sie einweihen.

Ich beugte mich vor, und meine Hand schwebte über meinem Rucksack, der auf dem Sitz vor mir lag. Ich kam zu dem Schluß, daß es nicht schaden würde, wenn ich wartete, bis ich mit Luke gesprochen hatte. Ich war nicht mehr in der Stadt und befand mich jetzt vermutlich außer Gefahr. Es bestand die Möglichkeit, daß Luke mich auf den einen oder anderen aufschlußreichen Gedanken bringen würde. Ich hätte ihnen gerne mehr geboten, wenn ich ihnen meine Geschichte erzählte. Ich würde noch etwas warten.

Ich seufzte. Ich ließ mir von der Stewardeß einen Drink geben und nippte daran. Auf normalem Weg nach Albuquerque zu fahren, hätte zuviel Zeit in Anspruch genommen. Eine Abkürzung via Schatten hätte nicht funktioniert, denn ich war noch nie zuvor dort gewesen und hätte den Ort nicht gefunden. Sehr schade. Ich hätte meinen Wagen gern dort dabeigehabt. Luke war inzwischen wahrscheinlich bereits in Santa Fe.

Ich nippte an meinem Drink und suchte nach Formen in den Wolken. Die Dinge, die ich entdeckte, entsprachen meiner Stimmung, also nahm ich mein Taschenbuch heraus und las, bis wir zum Landeanflug ansetzten. Als ich wieder aufblickte, füllten Reihen von Bergen eine Zeitlang mein Sichtfeld. Eine brüchige Stimme versicherte mir, daß das Wetter erfreulich sei. Ich machte mir Gedanken über meinen Vater.

Ich wanderte von meinem Ausgang in die Ankunftshalle, vorbei an einem Geschenkeladen voll mit indianischem Schmuck, mexikanischer Keramik und grellbunten Souvenirs, entdeckte ein Telefon und rief im örtlichen Hilton an. Luke war bereits wieder abgereist, erfuhr ich. Daraufhin rief ich das Hilton in Santa Fe an. Hier war er abgestiegen, befand sich jedoch nicht in seinem Zimmer, als man ihn dort anläutete. Ich ließ für mich selbst ebenfalls ein Zimmer reservieren und hängte ein. Eine Frau am Informationsstand sagte mir, daß es in einer halben Stunde einen Shuttlebus nach Santa Fe gebe, und schickte mich in die entsprechende Richtung, damit ich ein Ticket kaufen konnte. Santa Fe ist eine der wenigen Hauptstädte eines Bundesstaates ohne einen größeren Flughafen, hatte ich irgendwo gelesen.

Während wir auf der I-25 nach Norden fuhren, irgendwo zwischen länger werdenden Schatten in der Nähe des Sandia Peak, straffte sich Frakir an meinem Handgelenk leicht und minderte den Druck gleich darauf. Und noch einmal. Und dann noch einmal. Ich ließ den Blick schnell durch den kleinen Bus schweifen und suchte nach der Gefahr, vor der ich soeben gewarnt worden war.

Ich saß im hinteren Teil des Fahrzeugs. Ziemlich weit vorne saß ein mittelaltes Paar, das mit texanischem Akzent sprach und eine auffällige Menge von Türkis- und Silberschmuck zu Schau stellte; etwa in der Mitte saßen drei ältere Frauen und unterhielten sich darüber, wie es früher in New York gewesen war; ihnen gegenüber auf der anderen Seite des Gangs saß ein junges Paar, das intensiv mit sich selbst beschäftigt war; zwei junge Männer mit Tennisschlägern saßen schräg hinter ihnen und sprachen übers College; dahinter saß eine Nonne, die las. Ich blickte wieder aus dem Fenster und bemerkte auf dem Highway oder in seiner Nähe nichts besonders Bedrohliches. Ich wollte auch nicht dadurch Aufmerksamkeit auf mich lenken, daß ich einen Lokalisierungsversuch unternahm.

Also sagte ich ein einziges Wort auf Thari, während ich mir das Handgelenk rieb, und die Warnung hörte auf. Auch wenn der Rest der Fahrt ereignislos verlief, war ich beunruhigt, denn gelegentlich war ein Fehlalarm allein aufgrund der Eigenart des Nervensystems möglich. Während ich beobachtete, wie roter Schiefer und rote und gelbe Erde, von Brücken überspannte Flußbetten, ferne Berge und nähere Hänge, von Pinien gesprenkelt, vorbeizogen, dachte ich nach. S? Ist S irgendwo dort hinten, lauernd, wartend? Und wenn ja, warum? Könnten wir uns nicht einfach zusammensetzen und bei ein paar Bierchen über alles reden? Vielleicht beruhte das Ganze ja auf einer Art Mißverständnis.

Ich hatte allerdings das Gefühl, daß es sich um kein Mißverständnis handelte. Aber ich hätte einiges darum gegeben, einfach nur zu wissen, was da vor sich ging, auch wenn damit nichts gelöst wäre. Ich hätte sogar das Bier ausgegeben.

Das Licht der untergehenden Sonne berührte die aufblitzende Helligkeit der Schneestreifen am Sangre de Christo, während wir in die Stadt fuhren; Schatten glitten über graugrüne Hänge; die meisten Gebäude in Sichtweite waren gekalkt. Beim Aussteigen aus dem Bus kam es mir ungefähr zehn Grad kälter vor, als ich es beim Einsteigen in Albuquerque empfunden hatte. Aber schließlich war ich jetzt auch etwa sechshundert Meter höher, und der Tag hatte sich um eineinviertel Stunden weiter dem Abend genähert.

Ich meldete mich an und fand mein Zimmer. Ich versuchte, Luke anzurufen, doch es meldete sich niemand. Dann duschte ich und zog meine zweite Garnitur Kleidung an. Ich läutete noch einmal sein Zimmer an, doch noch immer antwortete niemand. Ich bekam allmählich Hunger und hatte gehofft, mit ihm abendessen zu können.

Ich beschloß, die Bar ausfindig zu machen und mich für eine Weile an einem Bier festzuhalten, um es dann noch einmal zu versuchen. Ich hoffte, daß er keine schwerwiegende Verabredung hatte.

Ein Mr. Brazda, den ich in der Eingangshalle ansprach, um mich nach der Richtung zu erkundigen, erwies sich als der Geschäftsführer des Hotels. Er fragte mich nach meinem Zimmer, wir wechselten einige Höflichkeiten, und er zeigte mir den Gang, der in den Salon führte. Ich setzte mich in die angegebene Richtung in Bewegung, kam aber nicht ganz bis an mein Ziel.

»Merle! Was, zum Teufel, machst du denn hier?« ertönte eine vertraute Stimme.

Ich drehte mich um und sah Luke, der gerade eben die Eingangshalle betreten hatte. Er war verschwitzt und lächelte; er trug staubige Arbeitskleidung, Stiefel und eine Arbeitsmütze, und sein Gesicht war von Schmutzstreifen durchzogen. Wir schüttelten uns die Hände, und ich sagte: »Ich wollte mit dir reden.« Und dann: »Und was machst du – hast du dich zu irgendeinem Dienst verpflichtet?«

»Nein, ich bin den ganzen Tag in den Pecos gewandert«, antwortete er. »Das tue ich jedesmal, wenn ich hier in der Gegend bin. Es ist großartig.«

»Dann muß ich es auch irgendwann mal probieren«, sagte ich. »Jetzt bin ich vermutlich dran, ein Abendessen auszugeben.«

»Da hast du recht«, antwortete er. »Laß mich eben kurz duschen und mich umziehen. Wir treffen uns in fünfzehn bis zwanzig Minuten an der Bar. Okay?«

»Okay. Bis gleich.«

Ich schritt weiter durch den Korridor und fand den Salon. Er war von mittlerer Größe, dämmrig beleuchtet, kühl und verhältnismäßig gut besucht, unterteilt in zwei mit einem breiten Durchgang verbundene Räume mit niedrigen, bequem aussehenden Sesseln und kleinen Tischen.

Ein junges Paar verließ soeben einen Ecktisch zu meiner Linken, die Gläser in der Hand, um einem Ober in den angrenzenden Speisesaal zu folgen. Ich nahm an dem freigewordenen Tisch Platz. Kurze Zeit später trat eine Getränkekellnerin zu mir, und ich bestellte ein Bier.

Während ich so dasaß, an meinem Bier nippend, und meinen Geist über die auf absonderliche Weise miteinander verquickten Ereignisse der vergangenen Tage schweifen ließ, bemerkte ich, daß eine der vorbeiziehenden Gestalten nicht weitergegangen war. Sie war neben mir stehengeblieben – gerade weit genug im Hintergrund, um nur als dunkle Erscheinung am Rande wahrgenommen zu werden.

Sie sprach leise. »Entschuldigen Sie. Darf ich Ihnen eine Frage stellen?«

Ich wandte den Kopf um und erblickte einen schmächtigen kleinen Mann von spanischem Aussehen, dessen Haupt- und Schnauzbarthaare von Grau durchzogen waren. Er war einigermaßen gut gekleidet und gepflegt, um wie ein ortsansässiger Geschäftsmann zu erscheinen. Ich bemerkte einen abgebrochenen Vorderzahn, als er ein flüchtiges Lächeln aufsetzte – nur ein Zucken, das Nervosität andeutete.

»Mein Name ist Dan Martinez«, sagte er, ohne mir die Hand anzubieten. Er warf einen Blick auf den Sessel mir gegenüber. »Darf ich mich für einen Augenblick setzen?«

»Worum geht es? Wenn Sie etwas verkaufen wollen – ich bin nicht interessiert. Ich erwarte jemanden und ...«

Er schüttelte den Kopf.

»Nein, nein, nichts dergleichen. Ich weiß, daß Sie jemanden erwarten – einen Mr. Lucas Raynard. Genaugenommen hat er auch damit zu tun.«

Ich deutete auf den Sessel.

»Okay. Nehmen Sie Platz, und stellen Sie Ihre Frage.«

Er folgte der Aufforderung, verschränkte die Hände und legte sie auf den Tisch zwischen uns. Er beugte sich vor.

»Ich habe Ihre Unterhaltung in der Eingangshalle mitangehört«, fing er an, »und ich hatte den Eindruck, daß Sie ihn ziemlich gut kennen. Würde es Ihnen etwas ausmachen, mir zu sagen, wie lange Sie ihn schon kennen?«

»Wenn das alles ist, was Sie wissen möchten«, antwortete ich. »Seit etwa acht Jahren. Wir besuchten zusammen das College, und danach arbeiteten wir einige Jahre lang bei derselben Firma.«

»Grand Design«, warf er ein, »eine Computerfirma in San Francisco. Und vor dem College, kannten Sie ihn da nicht auch schon?«

»Anscheinend wissen Sie schon so einiges«, entgegnete ich. »Was wollen Sie überhaupt? Sind Sie so etwas wie ein Bulle?«

»Nein«, sagte er, »weit gefehlt. Ich versichere Ihnen, es geht mir nicht darum, Ihren Freund in Schwierigkeiten zu bringen. Ich versuche lediglich, mir selbst einige zu ersparen. Darf ich Sie noch fragen...«

Ich schüttelte den Kopf.

»Sie haben keine Frage mehr frei«, unterbrach ich ihn. »Ich habe keine Lust, mit Fremden über meine Freunde zu reden, wenn es keinen sehr guten Grund dafür gibt.«

Er entfaltete die Hände und spreizte sie weit.

»Ich habe nichts dagegen«, sagte er, »wenn Sie ihn davon unterrichten. Genauer gesagt, ich möchte es

91

sogar. Er kennt mich. Ich möchte, daß er weiß, daß ich mich nach ihm erkundige, okay? Es wird ihm sogar zum Vorteil gereichen. Verdammt, ich spreche doch mit einem Freund von ihm, oder nicht? Mit jemandem, der vielleicht sogar bereit wäre, seinetwegen zu lügen, um ihm aus der Patsche zu helfen. Und ich brauche nur ein paar einfache Fakten...«

»Und ich brauche einen einfachen Grund: Warum wollen Sie diese Information?«

Er seufzte. »Okay«, sagte er. »Er bot mir – unter Vorbehalt, nicht daß Sie mich falsch verstehen – eine sehr interessante Investment-Gelegenheit an. Dabei geht es um eine große Summe Geld. Die Sache ist nicht ohne Risiko, wie meistens, wenn neue Firmen in einer heiß umkämpften Branche mitmischen wollen, aber der voraussichtliche Profit macht sie verlockend.«

Ich nickte.

»Und Sie möchten wissen, inwieweit er ehrlich ist.«

Er schmunzelte. »Es ist mir eigentlich gleichgültig, ob er ehrlich ist«, antwortete er. »Mir geht es lediglich darum, ob er ein Produkt ohne Haken liefern kann.«

Etwas an der Art, wie dieser Mann sprach, erinnerte mich an jemanden. Ich strengte mein Gedächtnis an, doch mir fiel nicht ein, an wen.

»Aha«, sagte ich und trank einen Schluck Bier. »Ich bin heute etwas schwer von Begriff. Tut mir leid. Natürlich geht es bei diesem Geschäft um Computer.«

»Natürlich.«

»Sie möchten wissen, ob sein gegenwärtiger Arbeitgeber ihn belangen kann, wenn er hier draußen mit dem, was immer er anzubieten hat, auf eigene Rechnung auf den Markt geht.«

»Mit einem Wort gesagt: ja.«

»Ich gebe auf«, entgegnete ich. »Es bedarf eines besseren Mannes, als ich es bin, um diese Frage zu beantworten. Geistiges Eigentum stellt einen tückischen

Rechtsbereich dar. Ich weiß nicht, was er verkauft, und ich weiß nicht, woher er es hat – er kommt ja sehr viel rum. Doch selbst wenn ich es wüßte, hätte ich keine Ahnung, wie die rechtliche Lage ist.«

»Mehr als das habe ich nicht erwartet«, sagte er und lächelte.

Ich lächelte zurück.

»Damit haben Sie also vorgebracht, was Sie auf dem Herzen hatten«, sagte ich.

Er nickte und machte Anstalten, sich zu erheben.

»Oh, noch eines«, begann er.

»Ja?«

»Hat er jemals Orte erwähnt«, sagte er und sah mir dabei eindringlich in die Augen, »die Amber oder Burgen des Chaos hießen?«

Meine Verblüffung konnte ihm nicht entgangen sein, wodurch er einen völlig falschen Eindruck bekommen mußte. Ich war sicher, er glaubte, daß ich log, als ich ihm wahrheitsgemäß antwortete.

»Nein, ich habe niemals gehört, daß er sie erwähnt hat. Warum fragen Sie?«

Er schüttelte den Kopf, schob seinen Sessel zurück und trat vom Tisch weg. Er lächelte wieder.

»Es ist nicht wichtig. Ich danke Ihnen, Mr. Corey. *Nus a dhabzhun dhuilsha.*«

Er ergriff förmlich die Flucht und bog um die Ecke.

»Warten Sie!« rief ich so laut, daß für einen Augenblick Stille herrschte und viele Köpfe sich in meine Richtung umwandten.

Ich sprang auf, um ihm nachzurennen, als ich jemanden meinen Namen rufen hörte.

»He, Merle! Lauf nicht weg, ich bin schon da!«

Ich drehte mich um. Luke war soeben durch den Eingang hinter mir gekommen, die Haare vom Duschen noch feucht. Er kam auf mich zu, versetzte mir einen Klaps auf die Schulter und ließ sich in den Sessel sinken, den Martinez gerade frei gemacht hatte. Er nickte in Richtung meines halbgeleerten Bierglases, während ich mich wieder setzte.

»Ich brauche jetzt auch so was!« sagte er. »Herrje, habe ich einen Durst!« Und dann: »Wohin wolltest du denn so schnell, als ich hereinkam?«

Ich stellte fest, daß ich zögerte, ihm von meiner soeben erlebten Begegnung zu berichten, nicht zuletzt wegen des merkwürdigen Schlußsatzes. Offenbar war er eine Sekunde zu spät gekommen, um Martinez noch zu sehen.

Also: »Ich war auf dem Weg zum Klo.«

»Es ist dort hinten«, erklärte er und nickte in die Richtung, aus der er gekommen war. »Ich bin beim Herkommen daran vorbeigegangen.«

Sein Blick fiel auf meine Hand.

»Sag mal, der Ring, den du da trägst ...«

»Ach ja«, sagte ich, »du hast ihn im New Line Motel liegengelassen. Ich habe ihn für dich mitgenommen, als ich deine Nachricht abholte. Hier, ich will ihn ...«

Ich zog daran, aber er ließ sich nicht vom Finger streifen.

»Er scheint festzusitzen«, stellte ich fest. »Komisch. Er hat sich sehr leicht draufschieben lassen.«

»Vielleicht ist dein Finger angeschwollen«, bemerkte er. »Das könnte etwas mit der Höhenlage zu tun haben. Wir sind hier ziemlich weit oben.«

Er zog die Aufmerksamkeit der Serviererin auf sich und bestellte ein Bier, während ich weiter an dem Ring drehte.

»Schätze, mir bleibt nichts anderes übrig, als ihn dir zu verkaufen«, sagte er. »Ich mache dir einen Freundschaftspreis.«

»Wir werden sehen«, antwortete ich. »Bin gleich wieder da.«

Er hob mit einer schlaffen Bewegung die Hand und ließ sie wieder fallen, als ich mich zur Toilette begab.

Außer mir war niemand in den sanitären Räumlichkeiten, also sprach ich die Worte, die Frakir von dem Bann befreiten, den ich zuvor in dem Shuttlebus über sie verhängt hatte und der sie zwang, im verborgenen zu bleiben. Sofort entstand Bewegung. Bevor ich einen weiteren Befehl vorbringen konnte, wurde Frakir während des Entfaltungsvorgangs schimmernd sichtbar, kroch mir über den Handrücken und wickelte sich um meinen Ringfinger. Ich sah fasziniert zu, während der Finger sich dunkel verfärbte und unter der ständig zunehmenden Einengung zu schmerzen begann.

Gleich darauf folgte die Lockerung, nach der mein Finger aussah, als ob er mit einer straffen Schnur abgebunden worden wäre. Ich verstand. Ich schraubte den Ring entlang der Spiralspur, die mir ins Fleisch gedrückt worden war, vom Finger. Frakir bewegte sich wieder, als wolle sie ihn schnappen, und ich schlug nach ihr.

»Okay«, sagte ich. »Danke. Zieh dich zurück.«

Sie zögerte offenbar für einen Augenblick, doch mein Willen erwies sich als ausreichend stark, auch ohne einen formellen Befehl. Sie wich über meine Hand zurück, wickelte sich wieder um mein Handgelenk und wurde unsichtbar.

Ich erledigte meine Angelegenheiten an dieser Örtlichkeit und begab mich an die Bar zurück. Ich reichte Luke seinen Ring, während ich Platz nahm, und trank einen Schluck Bier.

»Wie hast du ihn abbekommen?« wollte er wissen.

»Mit ein bißchen Seife«, antwortete ich.

Er wickelte ihn in sein Taschentuch und steckte es in die Tasche.

»Dann kann ich wohl kein Geld von dir dafür verlangen, schätze ich.«

»Das schätze ich auch. Trägst du ihn nicht?«

»Nein, er ist ein Geschenk. Weißt du, ich hatte eigentlich nicht damit gerechnet, daß du hier auftauchst«, erklärte er, wobei er sich eine Handvoll Erdnüsse aus einem Schälchen schaufelte, das während meiner Abwesenheit gebracht worden war. »Ich dachte, daß du anrufen würdest, nachdem du meine Nachricht bekommen hast, und daß wir uns für irgendwann verabreden würden. Ich bin allerdings froh, daß es nicht so gelaufen ist. Wer weiß, wann irgendwann gewesen wäre. Verstehst du, ich habe einige Pläne in die Tat umgesetzt, und jetzt sind die Dinge schneller in Bewegung geraten, als ich angenommen hatte – und darüber wollte ich mit dir reden.«

Ich nickte.

»Auch ich wollte ein paar Sachen mit dir besprechen.«

Er erwiderte mein Nicken.

Ich war auf der Toilette zu dem endgültigen Entschluß gekommen, Martinez und die Dinge, die er anfangs gesagt und angedeutet hatte, vorerst noch nicht zu erwähnen. Obwohl die ganze Geschichte sich nicht so anhörte, als enthalte sie etwas, das für mich irgendwo von Bedeutung sein könnte, fühle ich mich in Gesprächen mit anderen Menschen – selbst mit Freunden – stets sicherer, wenn ich zumindest eine kleine Extra-Information habe, von der sie nichts wissen. Ich beschloß, es im Augenblick weiterhin so zu halten.

»Dann wollen wir uns also wie zivilisierte Leute benehmen und alles Wichtige bis nach dem Essen aufheben«, sagte er, während er langsam seine Serviette zerfetzte und die Stücke zusammenknüllte. »Wir können dann irgendwo hingehen, wo wir uns ungestört unterhalten können.«

»Gute Idee«, stimmte ich ihm zu. »Möchtest du hier essen?«

Er schüttelte den Kopf.

»Ich habe hier schon mal gegessen. Es ist nicht schlecht, aber mir ist nach etwas Abwechslung. Es wäre mein Herzenswunsch, in einem Restaurant gleich um die Ecke zu speisen. Ich gehe mal kurz rüber und sehe, ob sie einen Tisch für uns haben.«

»Okay.«

Er kippte den Rest seines Drinks in sich hinein und entfernte sich.

… Und dann die Erwähnung von Amber. Wer, zum Teufel, war dieser Martinez? Es war unbedingt erforderlich, daß ich das herausfand, denn ganz offensichtlich war er etwas anderes, als er darzustellen versuchte. Seine letzten Worte waren Thari gewesen, meine Muttersprache. Wie das sein konnte und warum es so war, war mir ein Rätsel. Ich verfluchte meine eigene Trägheit, weil ich mich so lange Zeit nur recht halbherzig mit S beschäftigt hatte. Das war allein die Folge meiner Arroganz. Ich hatte einfach nicht vorausgesehen, zu welchem verschlungenen Durcheinander sich die Sache entwickeln würde. Das geschah mir recht, obwohl ich für diese Lehre nicht dankbar war.

»Okay«, sagte Luke, als er um die Ecke kam, in seiner Tasche wühlte und etwas Geld auf den Tisch warf. »Sie haben einen Tisch für uns reserviert. Trink aus, und laß uns einen Spaziergang machen.«

Ich leerte mein Glas, stand auf und folgte ihm. Er führte mich durch die Flure und zurück in die Eingangshalle und weiter durch einen breiten Gang zum hinteren Ausgang. Wir traten in einen milden Abend hinaus und überquerten den Parkplatz zum Gehsteig entlang der Guadaloupe-Straße. Von da aus war es nur ein kurzes Stück zu der Kreuzung mit der Alameda. Dort überquerten wir zweimal die Fahrbahn und setzten unseren Weg fort, vorbei an einer großen Kirche, und bogen an der nächsten Ecke nach rechts ab. Luke deutete auf ein Restaurant mit dem Namen La Tertulia, das ein bißchen weiter vorn auf der anderen Straßenseite lag.

»Da«, sagte er.

Wir gingen hinüber und fanden den Eingang. Es

war ein flaches Lehmziegelgebäude im spanischen Stil, ehrwürdig und im Innern einigermaßen elegant. Wir brachten eine Karaffe Sangria, ordentliche Portionen von Pollo Adova, Brotpudding und viele Tassen Kaffee hinter uns und hielten uns an unsere Vereinbarung, während des Essens keine ernsten Themen anzuschneiden.

Während der Mahlzeit wurde Luke zweimal gegrüßt, von unterschiedlichen Typen, die durchs Lokal gingen und in beiden Fällen an unserem Tisch stehenblieben und ein paar höfliche Worte sprachen.

»Du kennst wohl alle Leute hier in der Stadt?« bemerkte ich eine Weile später.

Er schmunzelte. »Ich habe hier ziemlich viel geschäftlich zu tun.«

»Wirklich? Ich habe den Eindruck, daß das hier eine recht kleine Stadt ist.«

»Ja, so scheint es, aber das täuscht. Es *ist* die Hauptstadt. Es gibt hier viele Käufer für das, was wir verkaufen.«

»Dann kommst du also oft hierher?«

Er nickte. »Das ist mit das heißeste Pflaster auf meiner Tour.«

»Wie schaffst du es, allen deinen geschäftlichen Verpflichtungen nachzukommen, obwohl du so oft im Wald wanderst?«

Er blickte von der kleinen Schlachtformation, die er mit den Gegenständen auf dem Tisch schuf, zu mir auf. Er lächelte.

»Ich brauche ein bißchen Erholung«, sagte er. »Ich habe das Stadtleben und die Büros satt. Ich muß raus und wandern oder Kanu fahren oder irgend so etwas machen – sonst drehe ich durch. Tatsächlich ist das einer der Gründe, warum ich das Geschäft in dieser Stadt aufgebaut habe – wegen der schnellen Erreichbarkeit vieler guter Absatzmärkte für das Zeug.«

Er nahm einen Schluck Kaffee.

»Weißt du«, fuhr er fort, »es ist ein so schöner Abend, daß wir eine kleine Spazierfahrt unternehmen sollten, damit du ein Gefühl dafür bekommst, was ich meine.«

»Klingt nicht schlecht«, sagte ich, reckte die Schultern und hielt Ausschau nach unserem Kellner. »Aber ist es nicht schon zu dunkel, als daß wir noch viel zu sehen bekommen?«

»Nein. Der Mond steht am Himmel, die Sterne leuchten, die Luft ist ganz klar. Du wirst sehen.«

Ich bekam die Rechnung, zahlte, und wir schlenderten hinaus. Tatsächlich war der Mond inzwischen aufgegangen.

»Mein Wagen steht auf dem Hotel-Parkplatz«, sagte er, als wir auf die Straße traten. »Hier entlang.«

Er deutete auf einen Kombiwagen, als wir zum Parkplatz zurückgekehrt waren, schloß ihn auf und bedeutete mir mit einer Handbewegung, einzusteigen. Er fuhr hinaus, bog bei der nächsten Ecke ab, folgte der Alameda bis zur Paseo und fuhr in eine aufwärts führende Straße mit dem Namen Otero und dann in eine weitere, die in die Hyde Park Road mündete. Von da an herrschte nur noch schwacher Verkehr. Wir kamen an einem Schild vorbei, das besagte, daß wir auf dem Weg in ein Wintersportgebiet waren.

Während wir eine Strecke mit vielen Kurven zurücklegten und die meiste Zeit bergauf fuhren, spürte ich, wie eine gewisse Spannung von mir wich. Bald hatten wir alle Merkmale einer bewohnten Gegend hinter uns gelassen, und die Nacht und die Stille senkten sich vollends auf uns herab. Hier gab es keine Straßenbeleuchtung. Durch das offene Fenster roch ich die Pinien. Die Luft war kühl. Ich erholte mich, weit weg von S und allem anderen.

Ich warf einen Blick zu Luke hinüber. Er blickte starr geradeaus, die Stirn gefurcht. Offenbar spürte er jedoch meinen Blick, denn plötzlich schien er sich zu entspannen, und er bedachte mich mit einem Grinsen.

»Wer fängt an?« fragte er.

»Mach du!« antwortete ich.

»Okay. Als wir neulich morgens darüber sprachen, daß du von Grand D weggehen wolltest, sagtest du, daß du nicht die Absicht hättest, irgendwo anders zu arbeiten, und auch nicht unterrichten wolltest.«

»Stimmt.«

»Du sagtest, du wolltest einfach nur herumreisen.«

»Genau.«

»Etwas anderes ist mir kurze Zeit danach in den Sinn gekommen.«

Ich schwieg, als er mir einen Blick zuwarf.

»Ich habe mich gefragt«, fuhr er nach einer Weile fort, »ob du nicht vielleicht vorhaben könntest, da und dort geschäftliche Kontakte anzuleiern – entweder um dir selbst die Basis für eine eigene Firma zu schaffen, oder im Auftrag eines Käufers, der sich für die Dinge interessiert, die du zu verkaufen hast. Du weißt, was ich meine?«

»Du meinst, ich habe etwas geschaffen – etwas Innovatives –, von dem ich nicht will, daß Grand Design es vermarktet?«

Er schlug auf das Sitzpolster neben sich.

»Ich habe immer gewußt, daß du kein Dummkopf bist«, sagte er. »Deshalb treibst du dich jetzt eine Zeitlang herum, um genügend Zeit für die Entwicklung herauszuschinden. Dann suchst du dir den Käufer mit dem meisten Pulver.«

»Klingt vernünftig«, sagte ich, »wenn es so wäre. Ist es aber nicht.«

Er schmunzelte.

»Ist schon gut«, entgegnete er. »Nur weil ich für Grand D arbeite, bin ich noch lange nicht deren Spitzel. Das solltest du doch wissen.«

»Ich weiß.«

»Und ich wollte dich nicht ausfragen, um zu spionieren. Tatsächlich waren meine Absichten ganz andere. Es würde mich freuen, wenn du den großen Wurf landen würdest.«

»Danke.«

»Ich könnte dir sogar eine Hilfe – wertvolle Hilfe – in dieser Hinsicht sein.«

»Allmählich dämmert mir, worauf du hinaus willst, Luke, aber ...«

»Laß mich ausreden, ja? Doch beantworte mir zunächst eine Frage, wenn du möchtest: Du hast bis jetzt noch mit niemandem hier in der Gegend irgendeinen Vertrag unterschrieben, oder?«

»Nein.«

»Das hätte ich mir auch nicht vorstellen können. So voreilig würdest du bestimmt nicht handeln.«

Die Bäume entlang der Straße waren jetzt höher, die nächtliche Brise wurde ein wenig kühler. Der Mond erschien größer und strahlender als in der Stadt unten. Wir bogen um einige weitere Kurven, die den Anfang einer langen Serpentinenstrecke darstellten, auf der wir immer höher hinauf fuhren. Gelegentlich erhaschte ich einen Blick auf den steil abfallenden Hang zur Linken. Es gab keine Leitplanke.

»Sieh mal«, sagte er. »Ich versuche nicht, mich auf die laue Tour an dich ranzumachen. Ich bitte dich nicht um ein Stück von der Torte um der alten Zeiten willen oder irgend so was. Das ist eine Sache, Geschäft eine andere – obwohl es niemals schaden kann, wenn man sich mit jemandem einläßt, dem man vertrauen kann. Ich will dir ein paar Tatsachen des Lebens verraten. Sicher, wenn du eine wirklich tolle Erfindung hast, kannst du sie für eine Stange Geld an viele Leute in der Branche verkaufen – wenn du aufpaßt, verdammt gut aufpaßt. Aber das ist alles. Deine Goldader ist damit vergeben. Wenn du wirklich absahnen willst, mußt du deinen eigenen Laden aufmachen. Nimm

101

Apple als Beispiel. Wenn du wirklich keine Lust mehr dazu hast, kannst du immer noch alles verkaufen, dann bekommst du entschieden mehr, als wenn du nur die Idee verhökerst. Du bist vielleicht ein Magier im Erfinden, aber ich kenne den Markt. Und ich kenne viele Menschen – überall im Land –, Menschen, die mir genügend vertrauen, um uns mit ausreichend Geld zu polstern, damit das Ding vom Stapel läuft und unters Volk kommt. Scheiße! Ich habe nicht vor, mein ganzes Leben lang bei Grand D zu bleiben. Beteilige mich an der Sache, und ich besorge uns die Finanzen. Du schmeißt den Laden, und ich führe das Geschäft. Das ist der einzige Weg, um etwas Großes richtig an den Mann zu bringen.«

»Ach je«, seufzte ich. »Mann, das hört sich wirklich gut an. Aber du bist völlig auf dem Holzweg. Ich habe nichts zu verkaufen.«

»Komm jetzt!« sagte er. »Du weißt, daß du mit mir offen reden kannst. Und wenn es dir ganz und gar widerstrebt, diesen Weg zu beschreiten, dann werde ich zu niemandem ein Sterbenswörtchen sagen. Ich haue meine Freunde nicht in die Pfanne. Ich denke nur, du begehst einen Fehler, wenn du die Sache nicht auf eigene Rechnung machst.«

»Luke, was ich gesagt habe, war so gemeint.«

Er schwieg eine Zeitlang. Dann spürte ich erneut seinen Blick auf mir. Als ich zu ihm hinübersah, bemerkte ich, daß er lächelte.

»Wie lautet die zweite Frage?« wollte ich von ihm wissen.

»Was ist Geistrad?« sagte er.

»Wie bitte?«

»Streng geheim, pscht, pscht! Das Projekt Merle Corey. Geistrad«, entgegnete er. »Computer-Design mit einem Innenleben, wie es noch nie jemand gesehen hat. Flüssige Halbleiter, kryogenetische Tanks, Plasma...«

Ich lachte.

»Mein Gott!« rief ich. »Das ist ein Scherz, mehr nicht. Nur eine verrückte Hobby-Bastelei. Es war eine Konstruktionsspielerei – eine Maschine, die niemals auf der Erde hätte gebaut werden können. Na ja, das meiste davon hätte schon gebaut werden können. Doch sie hätte niemals funktioniert. Das ist wie mit den Escher-Zeichnungen – auf dem Papier sehr eindrucksvoll, doch in Wirklichkeit niemals umsetzbar.« Dann fragte ich, nachdem ich kurz überlegt hatte: »Wieso weißt du überhaupt etwas davon? Ich habe noch nie mit einem anderen Menschen darüber gesprochen.«

Er räusperte sich, während er um eine weitere Kurve fuhr. Der Mond war von Baumwipfeln durchharkt. Ein paar Feuchtigkeitsperlen erschienen auf der Windschutzscheibe.

»Nun, ganz so ein Geheimnis hast du nicht daraus gemacht«, erwiderte er. »Jedesmal, wenn ich an deinen Arbeitsplatz gekommen bin, waren überall auf deinem Schreibtisch und deinem Zeichenbrett Entwürfe und Diagramme und Notizen verteilt – ich konnte gar nicht umhin, sie zu bemerken. Die meisten davon waren sogar mit der Bezeichnung ›Geistrad‹ beschriftet. Und etwas Derartiges tauchte bei Grand D niemals offiziell auf, deshalb vermutete ich einfach, daß es sich um dein Lieblingsprojekt und dein Ticket in eine sichere Zukunft handelte. Du hast auf mich niemals den Eindruck eines wirklichkeitsfernen Träumers gemacht. Bist du sicher, daß du mir reinen Wein eingeschenkt hast?«

»Wenn wir uns jetzt und hier hinsetzen und so viel von dem Ding zusammenbauen würden, wie sich von dem Konstruktionsplan verwirklichen läßt«, entgegnete ich völlig wahrheitsgemäß, »dann stünde es einfach da, sähe komisch aus und würde nicht das Geringste leisten.«

Er schüttelte den Kopf.

»Das hört sich abartig an«, sagte er. »Das paßt überhaupt nicht zu dir, Merle. Warum, zum Teufel, solltest du deine Zeit darauf vergeuden, eine Maschine zu konstruieren, die nicht funktioniert?«

»Es war eine Übung in Konstruktionstheorie...«, setzte ich an.

»Entschuldige, aber das hört sich wie verdammter Schwachsinn an«, unterbrach er mich. »Willst du damit sagen, daß es keinen Ort im ganzen Universum gibt, an dem deine blöde Maschine auf irgendeine Weise einsetzbar ist?«

»Das habe ich nicht gesagt. Ich versuchte zu erklären, daß ich sie für den Betrieb unter völlig abwegigen hypothetischen Bedingungen konstruiert habe.«

»Oh! Mit anderen Worten, wenn ich in einer fremden Welt einen solchen Ort fände, könnten wir den großen Reibach machen?«

»Ähm – ja.«

»Du hast sie nicht alle, Merle, weißt du das?«

»Hm.«

»Wieder mal ein Traum, der sich als Schuß in den Pudding erweist. Na ja... Sag mal, gibt es irgend etwas Ungewöhnliches an dem Ding, das man im Hier und Jetzt anwenden könnte?«

»Nein. Seine Funktionen lassen sich hier nicht nutzen.«

»Was ist denn so Besonderes an seinen Funktionen?«

»Allerlei theoretischer Mist, der Raum und Zeit und einige Erkenntnisse von zwei Typen namens Everett und Wheeler in sich vereint. Das Ganze wird nur durch eine mathematische Erläuterung zugänglich.«

»Bist du sicher?«

»Überhaupt – welchen Unterschied macht das schon? Ich habe kein Produkt, wir haben keine Firma. Tut mir leid. Berichte Martinez und seinen Kompagnons, daß sie in eine Sackgasse gerannt sind.«

»Hä? Wer ist Martinez?«

»Einer deiner potentiellen Investoren in die Firma Corey und Raynard«, sagte ich. »Dan Martinez – mittelalt, ein bißchen klein geraten, irgendwie vornehm aussehend, mit einem abgebrochenen Vorderzahn ...«

Er runzelte die Stirn. »Merle, ich weiß nicht, von wem du sprichst, verdammt noch mal!«

»Er hat mich angesprochen, während ich auf dich in der Bar wartete. Anscheinend wußte er allerlei über dich. Er stellte Fragen zu der potentiellen Situation, die du gerade beschrieben hast. Er tat so, als ob du an ihn herangetreten seist, damit er in die Sache investiere.«

»Hm-hm«, machte er. »Ich kenne ihn nicht. Wieso hast du mir nicht früher davon erzählt?«

»Er hat sich schnell wieder aus dem Staub gemacht, und du hast doch gesagt, keine geschäftlichen Themen bis nach dem Essen. Ich habe das Ganze sowieso nicht so wichtig gefunden. Er bat mich sogar darum, dir zu erzählen, daß er sich nach dir erkundigt hat.«

»Was genau wollte er denn wissen?«

»Ob du ein unbelastetes Computer-Eigentum liefern und die Investoren aus dem Gerichtssaal heraushalten könntest, so habe ich ihn verstanden.«

Er schlug auf das Lenkrad. »Das ergibt überhaupt keinen Sinn«, sagte er. »Wirklich nicht.«

»Mir kommt es so vor, daß er vielleicht als Kundschafter angeheuert worden ist – oder um dir ein bißchen Angst einzujagen und dich zur Ehrlichkeit zu veranlassen –, und zwar von den Leuten, die du angebaggert hast, damit sie für diese Sache Geld lockermachen.«

»Merle, hältst du mich wirklich für so verdammt blöd, daß ich eine Menge Zeit vergeude, um Investoren aufzutreiben, bevor ich mich überzeugt habe, daß es tatsächlich etwas gibt, in das man Geld stecken könnte? Ich habe über diese Geschichte bisher mit nie-

105

mandem außer mit dir gesprochen, und ich denke, das werde ich auch jetzt nicht mehr. Wer könnte er deiner Meinung nach gewesen sein? Was wollte er?«

Ich schüttelte den Kopf, aber mir fielen die Worte wieder ein, die er auf Thari gesagt hatte.

Warum nicht?

»Er hat mich außerdem gefragt, ob ich jemals gehört hätte, daß du einen Ort namens Amber erwähntest.«

Er blickte in den Rückspiegel, während ich das sagte, und er riß das Steuer herum, um eine unvermittelt scharfe Kurve zu erwischen.

»Amber? Du machst Witze.«

»Nein.«

»Seltsam. Das muß Zufall sein ...«

»Was?«

»Ich habe tatsächlich jemanden über ein Traumland mit dem Namen Amber sprechen hören, letzte Woche. Aber ich habe es niemandem gegenüber erwähnt. Es war nichts als das Geplapper eines Betrunkenen.«

»Wer war das? Wer hat es gesagt?«

»Ein Maler, den ich kenne. Ein echter Verrückter, aber ein großes Talent. Er heißt Melman. Mir gefallen seine Arbeiten sehr gut, und ich habe einige seiner Bilder gekauft. Als ich das letzte Mal in der Stadt war, habe ich ihn besucht, um zu sehen, ob er was Neues hat. Er hatte nichts, aber ich blieb trotzdem bis ziemlich spät in die Nacht bei ihm; wir redeten und tranken und rauchten irgend so einen Stoff, den er hatte. Nach einer Weile war er ziemlich high, und er fing an, über Magie zu reden. Ich meine keine Kartentricks oder so was. Rituelles Zeug, verstehst du?«

»Ja.«

»Na ja, nach einiger Zeit fing er an, einiges davon zu praktizieren. Wenn ich damals nicht selbst irgendwie bekifft gewesen wäre, würde ich schwören, daß es funktioniert hat – er vollführte Levitationen, ließ durch Beschwörung Feuerfelder entstehen, rief eine Anzahl von Ungeheuern herbei und ließ sie wieder verschwinden. In dem Zeug, das er mir gegeben hat, muß irgendein starkes Halluzinationsmittel gewesen sein. Aber verdammt, mir kam das alles ganz echt vor!«

»Hm-hm.«

»Jedenfalls«, fuhr er fort, »erwähnte er eine Art archetypische Stadt. Ich könnte nicht sagen, ob es sich mehr nach Sodom und Gomorrah oder Camelot anhörte – bei den vielen Adjektiven, die er gebrauchte. Er nannte den Ort Amber und erzählte, daß er von einer halbverrückten Familie beherrscht werde, während die Stadt selbst von deren Bastarden und Leuten besiedelt sei, deren Vorfahren sie von anderen, weit entfernten Orten mitgebracht hätten. Schatten der Familie und der Stadt hatten sich in den meisten größeren Legenden und ähnlichem niedergeschlagen – was immer das bedeuten soll. Ich war mir bei ihm nie sicher, ob er in Metaphern redete – was er häufig tat – oder was er eigentlich meinte. Jedenfalls habe ich bei dieser Gelegenheit den Namen des Ortes gehört.«

»Interessant«, sagte ich. »Melman ist tot. Das Haus, in dem er wohnte, ist vor ein paar Tagen abgebrannt.«

»Ach, das wußte ich nicht.« Er blickte wieder in den Rückspiegel. »Hast du ihn gekannt?«

»Ich bin ihm einmal begegnet – nachdem du letztesmal gegangen warst. Kinsky erzählte mir, daß Julia ihn aufgesucht habe, und ich ging zu dem Typen, um herauszufinden, ob er mir vielleicht etwas über sie erzählen könnte. Verstehst du – nun, Julia ist tot.«

»Wie ist das passiert? Ich habe sie letzte Woche noch gesehen.«

»Auf eine unfaßbare Weise. Sie wurde von einem sehr sonderbaren Tier umgebracht.«

»Du lieber Gott!«

Er trat plötzlich auf die Bremse und steuerte den Wagen auf den breiten Seitenstreifen an der linken Seite. Von dort aus blickte man einen steilen, von Bäumen bestandenen Abhang hinab. Über den Bäumen sah ich über eine weite Entfernung hinweg die winzigen Lichter der Stadt.

Er schaltete den Motor und die Scheinwerfer aus. Er zog einen Beutel Durham's aus der Tasche und rollte sich eine Zigarette. Ich beobachtete, wie er abwechselnd nach oben und nach vorn sah.

»Du schaust schon die ganze Zeit über ziemlich oft in den Spiegel.«

»Ja«, antwortete er. »Ich war mir fast sicher, daß uns ein Wagen während der gesamten Strecke vom Hilton-Parkplatz gefolgt ist. Er war ständig ein paar Kurven hinter uns. Jetzt scheint er verschwunden zu sein.«

Er steckte sich seine Zigarette an und öffnete die Tür.

»Laß uns etwas Luft schnappen.«

Ich folgte ihm, und wir standen eine Weile schweigend da und blickten in die Weite hinaus; das Mondlicht war kräftig genug, daß einige Bäume in unserer Nähe Schatten warfen. Er schnippte die Zigarette zu Boden und stampfte sie aus.

»Scheiße!« sagte er. »Das wird allmählich zu verzwickt. Ich wußte, daß Julia zu Melman ging, okay? Ich besuchte sie an dem Abend, nachdem ich bei ihm gewesen war, okay? Ich überbrachte ihr sogar ein kleines Päckchen, das er mir für sie mitgegeben hatte, okay?«

»Karten«, sagte ich.

Er nickte. Ich zog sie aus der Tasche und hielt sie ihm hin. Er sah sie dort in der schwachen Beleuchtung kaum an, doch er nickte wieder.

»Eben diese Karten«, sagte er. Und dann: »Du mochtest sie immer noch, nicht wahr?«

»Ja, ich glaube schon.«

»Ach, verflucht«, seufzte er. »Na gut. Es gibt da noch ein paar Dinge, die ich dir sagen muß, alter Freund. Manche davon sind nicht ganz angenehm.

Laß mir eine Minute Zeit, um klare Gedanken zu fassen. Du hast mir soeben ein großes Problem bereitet – oder ich habe es mir selbst bereitet, weil ich gerade einen Entschluß gefaßt habe.«

Er stieß mit dem Fuß gegen einen kleinen Kieshaufen, und Steine polterten den Hang hinab.

»Okay«, sagte er. »Zuerst gib mir mal die Karten.«

»Warum?«

»Ich werde sie zu Konfetti zerreißen.«

»Das wirst du, verdammt noch mal, nicht tun. Warum?«

»Sie sind gefährlich.«

»Das weiß ich bereits. Trotzdem werde ich mich nicht von ihnen trennen.«

»Du begreifst nicht.«

»Dann erklär es mir.«

»Das ist nicht so leicht. Ich muß entscheiden, was ich dir sage und was nicht.«

»Warum sagst du mir nicht einfach alles?«

»Das geht nicht. Glaub mir …«

Ich warf mich zu Boden, sobald ich den ersten Schuß hörte, der an einem Fels zu unserer Rechten abprallte. Luke tat das nicht. Er rannte in einem Zickzackmuster auf eine Gruppe von Bäumen zu unserer Linken zu, von wo aus zwei weitere Schüsse gefeuert wurden. Er hielt etwas in der Hand, und er hob es hoch.

Luke feuerte dreimal. Unser Angreifer eröffnete die nächste Runde. Nach Lukes zweitem Schuß hörte ich jemanden keuchen. Inzwischen war ich aufgesprungen und rannte zu ihm, einen Stein in der Hand. Nach seinem dritten Schuß hörte ich einen Körper zu Boden fallen.

Ich erreichte ihn genau in dem Augenblick, als er den Körper umdrehte, rechtzeitig, um etwas zu sehen, das wie eine schwache Wolke aus blauem oder grauem Nebel aussah und aus dem Mund des Mannes aufstieg, vorbei an dem abgebrochenen Zahn, und davonzog.

»Was, zum Teufel, war das?« fragte Luke, während es wegschwebte.

»Hast du es auch gesehen? Ich weiß es nicht.«

Er sah hinunter auf die schlaffe Gestalt, auf deren Hemdbrust sich ein dunkler Fleck ausbreitete und deren rechte Hand noch immer einen 38er Revolver umklammert hielt.

»Ich wußte gar nicht, daß du eine Waffe bei dir hast«, sagte ich.

»Wenn du so viel unterwegs bist wie ich, dann sorgst du vor«, antwortete er. »Ich kaufe mir in jeder Stadt, in der ich mich aufhalte, eine neue und verkaufe sie vor der Abreise wieder. Wegen der Sicherheitsbestimmungen der Luftlinien. Aber ich schätze, die hier werde ich nicht verkaufen. Ich habe diesen Typen noch nie zuvor gesehen, Merle. Du?«

Ich nickte.

»Das ist Dan Martinez, der Kerl, von dem ich dir erzählt habe.«

»O Mann!« sagte er. »Eine weitere verdammte Komplikation. Vielleicht sollte ich in irgendein Zen-Kloster irgendwo weitab vom Weltlichen eintreten und mir einreden, daß das alles völlig unbedeutend ist. Ich ...«

Plötzlich hob er die linken Fingerspitzen an die Stirn.

»Oh-oh«, machte er. »Merle, der Autoschlüssel steckt. Steig ein, und fahr sofort zurück zum Hotel. Laß mich hier zurück. Schnell!«

»Was ist los? Was ...«

Er hob seine Waffe, eine stumpfnasige Automatikpistole, und richtete sie auf mich.

»Los! Halt den Mund und hau ab!«

»Aber ...«

Er senkte den Lauf und feuerte ein Geschoß in den

Boden zwischen meinen Füßen. Dann richtete er ihn auf meine Magengegend.

»Merlin, Sohn des Corwin«, preßte er zwischen zusammengekniffenen Zähnen hervor, »wenn du dich nicht sofort in Bewegung setzt, bist du ein toter Mann!«

Ich befolgte seinen Rat, löste ein Kieselsteingestöber aus und hinterließ ein paar Streifen von abgeriebenem Gummi, als ich den Wagen scharf wendete. Ich dröhnte den Hügel hinab und schlidderte um eine Rechtskurve. Ich bremste, um die folgende Linkskurve zu erwischen. Dann verlangsamte ich die Fahrt.

Am Fuße einer Felsklippe zog ich nach rechts, nahe an ein Gestrüpp. Ich schaltete den Motor und die Scheinwerfer aus und zog die Handbremse an. Ich öffnete leise die Tür und warf sie nicht wieder ganz ins Schloß, nachdem ich ausgestiegen war. Geräusche tragen allzugut an Orten wie diesem.

Ich machte mich wieder auf den Weg nach oben und hielt mich dabei auf der dunkleren rechten Straßenseite. Es herrschte beinahe vollkommene Stille. Ich bog um die erste Kurve und marschierte weiter zur nächsten. Etwas flog von einem Baum zu einem anderen. Vielleicht eine Eule. Ich kam langsamer voran, als es mir lieb gewesen wäre, da ich möglichst leise sein wollte. Dann näherte ich mich der zweiten Kurve.

Die letzte Biegung legte ich auf allen vieren zurück und machte mir die Deckung zunutze, die die Felsen und das Laub der Bäume boten. Dann hielt ich inne und erkundete das Gebiet, wo wir uns zuvor aufgehalten hatten. Nichts war in Sicht. Ich bewegte mich langsam voran, behutsam, stets bereit, zu erstarren, mich zu Boden fallen zu lassen, abzutauchen oder aufzuspringen, um davonzurennen, je nachdem, was die Situation erforderte.

Nichts rührte sich, abgesehen von den Zweigen im Wind. Niemand war zu sehen.

111

Ich erhob mich in eine geduckte Haltung und setzte meinen Weg fort, noch langsamer und mich immer noch in Deckung haltend.

Er war nicht da. Er hatte sich an irgendeine andere Stelle entfernt. Ich schlich näher heran, hielt inne und lauschte mindestens eine Minute lang. Kein Laut verriet die Anwesenheit von irgend etwas, das sich bewegt hätte.

Ich überquerte den Platz, wo Martinez zu Boden gefallen war. Der Körper war verschwunden. Ich schritt die Gegend ab, entdeckte jedoch nichts, das mir irgendeinen Hinweis darauf gegeben hätte, was geschehen war, nachdem ich weggefahren war. Mir fiel kein Grund ein, warum ich hätte rufen sollen, also unterließ ich es.

Ich kehrte ohne unliebsame Zwischenfälle zurück zum Wagen, stieg ein und fuhr in die Stadt zurück. Ich hatte nicht die entfernteste Ahnung, was das alles zu bedeuten hatte.

Ich stellte den Wagen auf dem Hotel-Parkplatz ab, in der Nähe der Stelle, wo er zuvor gestanden hatte. Dann ging ich hinein, begab mich zu Lukes Zimmer und klopfte an. Ich erwartete nicht wirklich eine Antwort, doch es erschien mir als angemessene vorbereitende Handlung vor einem gewaltsamen Einbrechen.

Ich war vorsichtig darauf bedacht, nur das Schloß aufzubrechen und die Tür und den Rahmen unversehrt zu lassen, denn Mr. Brazda hatte einen sympathischen Eindruck auf mich gemacht. Dadurch dauerte die Sache ein wenig länger, aber es war niemand in Sicht. Ich griff mit ausgestrecktem Arm hinein und schaltete das Licht an, ließ schnell einen prüfenden Blick durch den Raum schweifen und huschte rasch hinein. Ich blieb ein paar Minuten lang lauschend stehen, hörte jedoch keine Geräusche, die auf irgendwelche Bewegungen im Flur hätten schließen lassen.

Klar Schiff. Koffer auf der Gepäckablage, leer. Kleidung im Schrank aufgehängt – nichts in den Taschen außer zwei Streichholzschachteln, einem Kugelschreiber und einem Bleistift. Einige Kleidungsstücke und etwas Unterwäsche in einer Schublade, sonst nichts. Toilettenartikel im Kulturbeutel oder ordentlich auf der Ablage angeordnet. Auch dort nichts Besonderes. Ein Exemplar von G. H. Liddell Harts *Strategy* auf dem Nachttisch, ein Lesezeichen nach etwa drei Vierteln der Seiten darin.

Sein Arbeitsanzug war über einen Stuhl geworfen worden, die staubigen Stiefel standen davor, die Socken lagen daneben. In den Stiefeln war nichts außer einem Paar Schnürsenkeln. Ich durchsuchte die Hemdentaschen, die zunächst leer erschienen, doch dann entdeckten meine Fingerspitzen in einer davon eine Anzahl von kleinen weißen Papierkügelchen. Verdutzt entknüllte ich einige von ihnen. Seltsame geheime Botschaften? Nein … Es hatte keinen Sinn, vollkommen paranoid zu werden, wenn ein paar braune Flecken auf einem Papier die Frage beantworteten. Tabak. Es waren Fetzen von Zigarettenpapier. Offensichtlich nahm er die Papierreste seiner Kippen mit, wenn er in der Wildnis wanderte. Ich erinnerte mich an einige frühere Wanderungen mit ihm. Er war nicht immer so ordentlich gewesen.

Ich durchsuchte die Hose. In einer der Gesäßtaschen fand ich ein feuchtes Schweißtuch und in der anderen einen Kamm. In der rechten vorderen Tasche war gar nichts, in der linken eine Patrone. Einer Eingebung gehorchend steckte ich sie ein, dann machte ich mich daran, unter der Matratze und hinter den Schubladen nachzusehen. Ich untersuchte sogar den Spülkasten der Toilette. Nichts. Nichts, das sein sonderbares Verhalten erklärt hätte.

Ich legte den Autoschlüssel auf den Nachttisch, verließ den Raum und ging in mein eigenes Zimmer. Es

war mir egal, ob er merkte, daß ich bei ihm einge-
drungen war. Tatsächlich gefiel mir der Gedanke. Es
störte mich, daß er in meinen Geistrad-Papieren her-
umgeschnüffelt hatte. Außerdem schuldete er mir eine
verdammt gute Erklärung für sein Benehmen auf dem
Berg.

Ich zog mich aus, duschte, legte mich ins Bett und
löschte das Licht. Ich hätte ihm auch eine Nachricht
hinterlassen, doch ich lieferte nicht gern Beweisstücke,
und ich hatte ein deutliches Gefühl, daß er nicht zurückkehren würde.

– 6 –

Er war ein gedrungener, kräftig gebauter Mann mit einer ziemlich blühenden Gesichtsfarbe; sein dunkles Haar war von weißen Streifen durchzogen und vielleicht oben herum ein wenig dünn. Ich saß im Arbeitszimmer seines halbländlichen Hauses in der Provinz des Staates New York, trank ein Bier und berichtete ihm von meinen Schwierigkeiten. Draußen vor dem Fenster herrschte eine windige, sternengesprenkelte Nacht, und er war ein guter Zuhörer.

»Sie sagten, daß Luke am nächsten Tag nicht auftauchte«, sagte er. »Ließ er Ihnen eine Nachricht zukommen?«

»Nein.«

»Was genau haben Sie an jenem Tag gemacht?«

»Am Morgen inspizierte ich sein Zimmer. Es war alles noch so, wie ich es verlassen hatte. Ich ging zur Rezeption. Nichts, wie ich bereits sagte. Dann nahm ich ein Frühstück ein und versuchte es noch einmal. Auch diesmal nichts. Also unternahm ich einen ausgedehnten Spaziergang durch die Stadt. Kurz nach Mittag kehrte ich zurück, aß etwas und sah noch einmal in seinem Zimmer nach. Wieder dasselbe. Daraufhin borgte ich mir den Wagenschlüssel und fuhr zu der Stelle hinauf, wo wir die Nacht zuvor gewesen waren. Dort gab es keine Anzeichen von irgend etwas Ungewöhnlichem, bei Tage betrachtet. Ich stieg sogar zu Fuß den Hang hinunter und erforschte die Gegend. Niemand, keine Hinweise. Ich fuhr zurück, legte den Schlüssel wieder an seinen Platz, vertrieb mir die Zeit

115

bis zum Abendessen im Hotel, aß etwas, dann rief ich Sie an. Nachdem Sie mich aufgefordert hatten, zu Ihnen zu kommen, reservierte ich einen Platz in der nächsten Maschine und ging früh zu Bett. Heute morgen nahm ich den Shuttlebus und flog von Albuquerque hierher.«

»Haben Sie heute morgen noch einmal nachgesehen?«

»Ja. Nichts Neues.«

Er schüttelte den Kopf und zündete seine Pfeife wieder an.

Sein Name war Bill Roth, und er war sowohl ein Freund meines Vaters als auch sein Rechtsanwalt gewesen, damals, als er in dieser Gegend gewohnt hatte. Er war möglicherweise der einzige Mann auf der Erde, dem Dad vertraut hatte, und auch ich vertraute ihm. Ich hatte ihn während meiner acht Jahre mehrmals besucht – das letzte Mal vor anderthalb Jahren, unseligerweise genau zu der Zeit, als seine Frau Alice beerdigt wurde. Ich hatte ihm die Geschichte meines Vaters erzählt, so wie ich sie aus dessen eigenem Mund erfahren hatte, außerhalb der Burgen des Chaos, denn ich hatte den Eindruck gewonnen, daß seinem Wunsch entsprechend Bill wissen sollte, was vorgefallen war, und ich hatte das Gefühl, daß er ihm für die Hilfe, die er ihm gewährt hatte, eine Art Erklärung schuldete. Und Bill verstand allem Anschein nach und glaubte es. Aber schließlich hatte er Dad auch viel besser gekannt als ich.

»Ich habe mich vorhin bereits über die bemerkenswerte Ähnlichkeit zwischen Ihnen und Ihrem Vater geäußert.«

Ich nickte.

»Sie geht über das Äußere hinaus«, fuhr er fort. »Eine Zeitlang hatte er die Angewohnheit, wie ein abgeschossener Kampfpilot hinter der feindlichen Linie aufzutauchen. Ich werde niemals jene Nacht vergessen, als er zu Pferde mit einem Schwert an der Seite erschien und mich aufforderte, einen abhanden gekommenen Komposthaufen für ihn ausfindig zu machen.« Er schmunzelte. »Jetzt kommen Sie mit einer Geschichte daher, die mich zu der Vermutung drängt, die Büchse der Pandora sei wieder einmal geöffnet worden. Warum wollen Sie nicht einfach eine Scheidung wie ein vernünftiger junger Mann? Oder die Niederlegung eines Testamentes oder das Aufsetzen eines Vertrages? Eine partnerschaftliche Vereinbarung? Irgend etwas in dieser Art? Nein, das hört sich eher nach einem von Carls Problemen an. Selbst das andere Zeug, das ich für Amber erledigt habe, erscheint vergleichsweise harmlos.«

»Das andere Zeug? Sie sprechen wohl von Concord – damals, als Random Fiona mit einem Exemplar des Mustersturz-Vertrags mit Swayvil, König des Chaos, zu Ihnen schickte, damit sie ihn übersetzte und Sie ihn auf eventuelle Hintertürchen untersuchten?«

»Genau, das meine ich«, bestätigte er. »Obwohl ich unterdessen selbst Ihre Sprache erlernt hatte. Dann wollte Flora, daß ihre Bibliothek wiedererrichtet werden sollte – keine leichte Aufgabe – und daß eine alte Flamme von ihr ausfindig gemacht werden sollte – ob zur Wiedervereinigung oder damit sie sich rächen konnte, habe ich nie erfahren. Sie bezahlte mich jedoch in Gold. Damit habe ich das Anwesen in Palm Beach gekauft. Dann – ach je! Eine Zeitlang trug ich mich mit dem Gedanken, meiner Geschäftskarte die Bezeichnung ›Ratgeber des Hofes von Amber‹ hinzuzufügen. Aber diese Art von Arbeit war begreifbar. Ich beschäftige mich ständig mit ähnlichen Dingen auf weltlicher Ebene. Ihr Anliegen jedoch hat einen Hauch von Schwarzer Magie und Stichkampf an sich, der Ihren Vater zu verfolgen schien. Davor fürchte ich mich entsetzlich, und ich wüßte nicht einmal, wie ich Sie beraten sollte.«

117

»Nun, überlassen Sie den Schwarze-Magie-und-Stichkampf-Teil mir, das ist mein Gebiet«, entgegnete ich. »Tatsächlich färbt er womöglich mein Denken zu sehr. Sie werden die Dinge unweigerlich anders sehen als ich. Ein toter Winkel ist per definitionem etwas, dessen man nicht gewahr wird. Was könnte mir also entgangen sein?«

Er nippte an seinem Bier und zündete seine Pfeife wieder an.

»Also gut«, sagte er. »Ihr Freund Luke – woher stammt er?«

»Irgendwo aus dem Mittelwesten. Ich glaube, er sprach einmal von Nebraska, Iowa, Ohio – irgendwo von dort.«

»Mm-hm. Welchen Beruf hatte sein Vater?«

»Das hat er nie erwähnt.«

»Hat er irgendwelche Geschwister?«

»Ich weiß nicht. Er hat nie etwas darüber erzählt.«

»Kommt Ihnen das nicht auch irgendwie seltsam vor – daß er während der ganzen acht Jahre, die Sie ihn kannten, niemals seine Familie erwähnte oder über seine Heimatstadt sprach?«

»Nein. Schließlich habe ich selbst auch nicht über solche Dinge gesprochen.«

»Das ist nicht normal, Merle. Sie sind an einem fremdartigen Ort aufgewachsen, über den Sie nicht sprechen *konnten*. Sie hatten allen Grund, diesem Thema auszuweichen. Bei ihm war es offensichtlich ebenso. Und außerdem, damals, als Sie hierherkamen, wußten Sie nicht einmal genau, wie sich die meisten Leute hier benahmen. Aber haben Sie sich niemals über Luke Gedanken gemacht?«

»Natürlich. Aber er respektierte meine Zurückhaltung. Also konnte ich mich ihm gegenüber nicht anders verhalten. Man könnte sagen, es herrschte eine Art stillschweigendes Übereinkommen zwischen uns, daß solche Dinge tabu waren.«

»Wie haben Sie ihn kennengelernt?«

»Wir begannen gemeinsam unser Studium und besuchten vielfach dieselben Vorlesungen.«

»Und Sie beide waren fremd in der Stadt, hatten keine anderen Freunde. Sie schlossen sich von Anfang an einander an...«

»Nein. Wir sprachen kaum miteinander. Ich hielt ihn für ein arrogantes Arschloch, das sich einbildete, zehnmal besser zu sein als alle anderen um ihn herum. Ich mochte ihn nicht, und er mochte mich ebensowenig.«

»Warum mochte er Sie nicht?«

»Er dachte das gleiche über mich wie ich über ihn.«

»Dann erkannten Sie beide also erst ganz allmählich, daß jeder von Ihnen sich getäuscht hatte?«

»Nein. Keiner von uns hatte sich getäuscht. Wir lernten uns dadurch kennen, daß jeder sich vor dem anderen aufspielte und versuchte, ihn zu übertreffen. Wenn ich etwas – sagen wir mal – Herausragendes tat, dann versuchte er, noch eins draufzusetzen. Und umgekehrt. Wir waren so besessen davon, daß wir uns in denselben Sportarten übten, mit denselben Mädchen auszugehen versuchten, den anderen hinsichtlich der Leistungen am College ausstechen wollten.«

»Und?«

»Irgendwann im Lauf der Zeit fingen wir an, einander zu achten, schätze ich. Als wir beide olympische Reife erreicht hatten, war das Eis gebrochen. Wir fingen an, uns auf den Rücken zu schlagen, wir lachten miteinander, wir gingen zusammen aus und zum Essen und saßen die ganze Nacht beisammen und redeten, und er sagte, die Olympischen Spiele interessierten ihn einen Scheißdreck, und ich sagte, mir gehe es nicht anders. Er sagte, er habe mir nur zeigen wollen, daß er der Bessere sei, und jetzt sei ihm das egal. Er sei zu dem Schluß gekommen, daß wir beide sehr

119

gut seien, und damit wollte er es auf sich beruhen lassen. Ich empfand genau dasselbe und sagte ihm das. Daraufhin wurden wir Freunde.«

»Das verstehe ich«, warf Bill ein. »Das ist eine besondere Art der Freundschaft. Sie sind Freunde in bestimmten Bereichen.«

Ich lachte und trank einen Schluck.

»Ist das nicht bei allen so?«

»Anfangs, ja. Manchmal bleibt es für immer so. Es ist nichts dagegen einzuwenden. Es ist nur so, daß Ihre Freundschaft noch mehr spezialisiert erscheint als die meisten.«

Ich nickte langsam. »Kann sein.«

»Das ergibt jedoch noch immer keinen Sinn. Zwei Kerle, die sich so verbunden sind, wie Sie es schließlich waren – ohne Vergangenheit, um sie dem anderen vorzuführen.«

»Vermutlich haben Sie recht. Was bedeutet das?«

»Sie sind kein normales menschliches Wesen.«

»Stimmt, bin ich nicht.«

»Und ich bin nicht sicher, ob Luke vielleicht auch keines ist.«

»Na und?«

»Das ist Ihre Abteilung.«

Ich nickte.

»Abgesehen von diesem Aspekt«, fuhr Bill fort, »ist mir noch etwas anderes aufgefallen.«

»Was denn?«

»Dieser Martinez. Er folgte Ihnen hinaus in die finstere Wildnis, hielt an, als Sie anhielten, pirschte sich an Sie heran und eröffnete das Feuer. Auf wen hatte er es abgesehen? Auf Sie beide? Nur auf Luke? Nur auf Sie?«

»Ich weiß es nicht. Ich bin nicht sicher, auf wen der erste Schuß gezielt war. Danach schoß er auf Luke – weil inzwischen Luke seinerseits ihn angriff und er sich verteidigte.«

»Genau. Wenn er S gewesen wäre – oder S' Mittelsmann –, warum hätte er sich dann die Mühe machen sollen, diese Unterhaltung mit Ihnen in der Bar zu führen?«

»Ich habe jetzt den Eindruck, daß das Ganze ein geschickter Aufbau für die Frage war, um die es ihm letztendlich ging: ob nämlich Luke etwas von Amber wußte.«

»Und Ihre Reaktion, mehr als Ihre Antwort, überzeugten ihn, daß es so sei.«

»Nun, anscheinend wußte Luke wirklich etwas – der Art nach zu urteilen, wie er mich zum Schluß ansprach. Glauben Sie, Luke ist wirklich der verlängerte Waffenarm für jemanden von Amber?«

»Vielleicht. Luke ist jedoch kein Amberite, oder?«

»Ich habe während der Zeit, die ich nach dem Krieg dort verbrachte, niemals etwas über jemanden wie ihn gehört. Ich habe ausgiebigen Unterricht in Genealogie genossen. Meine Verwandtschaft gleicht einem Nähkränzchen, wenn es darum geht, solchen Dingen auf die Spur zu kommen; sie sind zwar weniger ordentlich als im Chaos – es läßt sich nicht einmal eindeutig feststellen, wer der Älteste ist, weil sie in unterschiedlichen Zeitströmen geboren wurden –, aber sie sind ziemlich gründlich ...«

»Chaos! Das stimmt! Man nimmt es dort mit der Verwandtschaft auch nicht so genau! Könnte ...?«

Ich schüttelte den Kopf. »Bestimmt nicht. Ich kenne mich mit den Familien dort noch viel besser aus. Ich glaube, ich bin so ziemlich mit allen verwandt, die in der Lage sind, Schatten zu manipulieren, zu durchqueren. Luke gehört nicht dazu, und ...«

»Einen Augenblick! Gibt es auch in den Burgen Leute, die das Schatten-Wandeln beherrschen?«

»Ja. Oder die an einem Ort verweilen und Dinge aus dem Schatten zu sich rufen können. Das ist eine Art Umkehrung ...«

»Ich dachte, man müsse das Muster durchlaufen, um diese Macht zu erlangen.«

»Es gibt eine Art Äquivalent, das Logrus heißt. Das ist so etwas wie ein chaotisches Labyrinth. Ständig in Bewegung. Sehr gefährlich. Bringt einen vorübergehend auch geistig aus dem Gleichgewicht. Kein Spaß.«

»Dann haben Sie es also hinter sich gebracht?«

»Ja.«

»Und Sie haben auch das Muster durchlaufen?«

Bei der Erinnerung daran fuhr ich mir mit der Zunge über die Lippen.

»Ja. Das hätte mich beinahe umgebracht. Suhuy hatte gedacht, daß ich daran zugrunde gehen würde, doch Fiona meinte, ich könnte es schaffen, wenn sie mir hilft. Ich war ...«

»Wer ist Suhuy?«

»Er ist der Meister des Logrus. Er ist ebenfalls ein Onkel von mir. Er war der Ansicht, daß das Muster von Amber und der Logrus des Chaos nicht miteinander vereinbar seien, daß ich nicht die Bilder von beidem in mir tragen könne. Random, Fiona und Gérard hatten mich mit hinunter genommen, um mir das Muster zu zeigen. Dann nahm ich Verbindung zu Suhuy auf und führte es ihm vor. Er sagte, daß er glaube, das eine schließe das andere aus, und daß ich entweder bei dem Versuch vernichtet würde oder daß das Muster das Bild des Logrus von mir vertreiben würde – wahrscheinlich das erstere. Doch Fiona entgegnete, daß das Muster fähig sein müsse, alles zu umfassen, sogar den Logrus, und wie sie es verstehe, müßte der Logrus fähig sein, sich um alles herumzuwinden, sogar um das Muster. Also überließen sie die Entscheidung mir, und ich wußte, daß ich es durchlaufen mußte. Also tat ich es. Ich schaffte es, und ich trage immer noch sowohl das Muster als auch den Logrus in mir. Suhuy gab zu, daß Fi recht gehabt hatte, und er stellte die Mutmaßung auf, daß es mit meinen gemischten Eltern zu tun haben könnte. Sie war allerdings anderer Meinung ...«

Bill hob die Hand. »Moment mal! Ich verstehe nicht, wie Sie Ihren Onkel Suhuy von einem Augenblick zum anderen in den Keller von Schloß Amber hinunterbringen konnten.«

»Oh, ich habe sowohl einen Satz Chaos-Trümpfe als auch einen Satz Amber-Trümpfe, dank meiner Verwandtschaft in den Burgen.«

Er schüttelte den Kopf. »Das alles ist faszinierend, aber wir kommen nicht zur Sache. Gibt es noch jemanden, der das Schatten-Wandeln beherrscht? Oder gibt es andere Möglichkeiten, es zu tun?«

»Ja, es gibt verschiedene Wege, wie es getan werden kann. Es gibt eine Anzahl von magischen Wesen, wie das Einhorn, die überall herumwandeln können, ganz nach ihrem Belieben. Und man kann einem Schatten-Gänger oder einem magischen Wesen so lange durch den Schatten folgen, wie man ihm auf der Spur zu bleiben vermag, gleichgültig, wer man ist. So ähnlich wie Thomas Thymer in der Ballade. Ein einziger Schatten-Gänger könnte eine ganze Armee hindurchführen. Und dann gibt es noch die Bewohner der verschiedenen Schatten-Reiche, die Amber und Chaos am nächsten sind. Jene an den beiden Enden bringen mächtige Magier hervor, allein aufgrund ihrer Nähe zu den beiden Machtzentren. Einige der besten von ihnen erreichen eine gewisse Meisterschaft – doch ihre Bilder des Musters oder des Logrus sind unvollkommen, deshalb erreichen sie niemals die Qualität des Echten. Doch an den beiden Enden bedürfen sie keiner Einweihung, um darin zu wandeln. Die Schatten-Grenzen sind an diesen Stellen am durchlässigsten. Wir betreiben sogar Handel mit ihnen. Auf eingefahrenen Wegen kommt man im Laufe der Zeit immer leichter voran. Das Hinausgehen ist allerdings schwieriger. Doch es ist bekannt, daß große Angriffskräfte durchgekommen sind.

Deshalb behalten wir die Patrouillen bei. Julian in Arden, Gérard zur See – und so weiter.«

»Und die anderen Möglichkeiten?«

»Zum Beispiel ein Schatten-Sturm.«

»Was ist das?«

»Das ist ein natürliches, aber nicht leicht zu verstehendes Phänomen. Der beste Vergleich, der mir einfällt, ist ein Tropensturm. Eine Theorie bezüglich seines Ursprungs hat mit der Schlagfrequenz der Wellen zu tun, die von Amber und den Burgen nach außen pulsieren und die Natur des Schattens prägen. Wie auch immer, wenn ein solcher Sturm aufkommt, vermag er durch eine große Anzahl von Schatten zu fließen, bevor er sich erschöpft. Manchmal richtet er große Schäden an, manchmal nur wenig. Doch häufig bringt er bei seinem Vordringen irgendwelche Dinge mit sich.«

»Auch Menschen?«

»Es ist bekannt, daß das hin und wieder geschehen ist.«

Ich trank mein Bier aus, und er tat dasselbe mit seinem.

»Was hat es mit den Trümpfen auf sich?« fragte er. »Könnte irgend jemand den Umgang damit erlernen?«

»Ja.«

»Wieviel Sätze sind davon im Umlauf?«

»Ich weiß es nicht.«

»Wer stellt sie her?«

»Es gibt mehrere Experten in den Burgen. Dort habe ich es gelernt. Und in Amber gibt es Fiona und Bleys – ich glaube, sie haben Random unterrichtet ...«

»Diese Magier, von denen Sie sprachen – von den angrenzenden Reichen ... Könnte irgendeiner von ihnen einen Satz Trümpfe zustande bringen?«

»Ja, aber die von ihnen geschaffenen wären weit entfernt von der Vollkommenheit. Soweit ich weiß, muß man entweder in das Muster oder in den Logrus eingeweiht sein, um sie richtig zu machen. Einige von

ihnen bringen allerdings vielleicht eine Art von halb-
garen Sätzen zustande, deren Gebrauch reine Glück-
sache ist – kann sein, daß man dabei umkommt oder
in einer Vorhölle landet, kann sein, daß man zu dem
Ziel gelangt, das man angestrebt hat.«

»Und die Karten, die Sie in Julias Wohnung gefunden haben …?«

»Sie waren von der echten Sorte.«

»Welchen Reim machen Sie sich darauf?«

»Jemand, der zu ihrer Schaffung in der Lage war,
brachte es jemandem bei, der fähig war zu lernen, und
ich hatte nie etwas davon erfahren. Das ist alles.«

»Ich verstehe.«

»Ich fürchte, nichts von alledem bringt uns recht viel
weiter.«

»Dennoch muß ich alles wissen, um Denkstoff zu
haben«, entgegnete er. »Worauf sollte ich denn sonst
meine Erkundigungen gründen? Haben Sie Lust auf
ein weiteres Bier?«

»Warten Sie.«

Ich schloß die Augen und visualisierte ein Bild des
Logrus – wabernd, unaufhörlich wabernd. Ich gab
meinem Begehr einen Rahmen, und zwei der schwim-
menden Linien innerhalb des Eidolon wurden heller
und kräftiger. Ich bewegte die Arme langsam und
ahmte ihr Wogen und Zucken nach. Schließlich schienen die Linien und meine Arme eins zu sein, und ich
öffnete die Hände und erweiterte die Linien durch den
Schatten hindurch nach außen.

Bill räusperte sich.

»Ähm … was tun Sie da, Merle?«

»Ich suche etwas«, antwortete ich. »Einen Augenblick noch.«

Die Linien wollten sich immer weiter verlängern,
durch eine Unendlichkeit des Schattens, bis sie auf die
Objekte meines Begehrens trafen – oder bis sich meine
Geduld oder Konzentration erschöpfte. Endlich spürte

ich die Zuckungen, als ob Fische an zwei Angeln angebissen hätten.

»Da sind sie«, sagte ich und holte sie schnell ein.

In meinen beiden Händen erschien jeweils eine eiskalte Flasche Bier. Ich umklammerte sie und reichte eine an Bill weiter.

»Das meinte ich mit Umkehrung des Schatten-Wandelns«, erklärte ich und atmete ein paarmal tief durch. »Ich habe aus dem Schatten zwei Bier bringen lassen. Das ersparte Ihnen den Weg in die Küche.«

Er betrachtete das orangefarbene Etikett mit dem seltsamen grünen Schriftzug darauf.

»Ich kenne die Marke nicht«, sagte er, »ganz zu schweigen von der Sprache. Sind Sie sicher, man kann es gefahrlos trinken?«

»Ja, ich habe echtes Bier bestellt.«

»Ach – Sie haben nicht zufällig auch einen Öffner bringen lassen, oder?«

»Verflixt!« sagte ich. »Tut mir leid. Ich werde gleich...«

»Macht nichts.«

Er stand auf, schlenderte in die Küche und kam gleich darauf mit einem Öffner wieder. Als er die erste Flasche öffnete, stieg etwas Schaum daraus hoch, und er hielt sie über den Papierkorb, bis er sich gesetzt hatte. Dasselbe wiederholte sich bei der zweiten Flasche.

»Die Dinge werden unter Umständen etwas durchgeschüttelt, wenn man sie so schnell heranzieht, wie ich es getan habe«, erklärte ich. »Ich besorge mir mein Bier normalerweise nicht auf diese Art, und ich vergaß...«

»Schon gut«, sagte Bill, während er sich die Hand an seinem Taschentuch abwischte.

Dann kostete er sein Bier.

»Wenigstens ist es gutes Bier«, bemerkte er. »Ich frage mich... ach nein.«

»Was denn?«

»Könnten Sie vielleicht eine Pizza kommen lassen?«

»Was möchten Sie drauf haben?« fragte ich.

Am nächsten Morgen unternahmen wir einen langen Spaziergang entlang eines Baches, auf den wir hinter einem landwirtschaftlichen Anwesen stießen, das einem Nachbarn und Klienten von ihm gehörte. Wir schlenderten gemächlich dahin, Bill mit einem Stock in der Hand und einer Pfeife im Mund und die Befragung des Vorabends fortsetzend.

»Etwas aus Ihrem Bericht habe ich im ersten Moment nicht richtig zur Kenntnis genommen«, bekannte er, »weil ich mehr an anderen Aspekten der Situation interessiert war. Sie sagten, daß Sie und Luke es tatsächlich bis in die Endausscheidung für die Olympischen Spiele schafften und dann ausstiegen?«

»Ja.«

»In welcher Sportart?«

»In mehreren Leichtathletik-Disziplinen. Wir waren beide Läufer und ...«

»Und seine Zeit kam dicht an die Ihre heran?«

»Verdammt nahe. Und manchmal kam meine dicht an seine heran.«

»Seltsam.«

»Was?«

Das Ufer wurde steiler, und wir durchquerten den Bach über einige Trittsteine zur anderen Seite, wo der Weg um einiges breiter, verhältnismäßig flach und gut ausgetreten war.

»Das scheint mir ein bemerkenswerter Zufall zu sein«, sagte er, »daß dieser Mann annähernd so gute sportliche Leistungen wie Sie erbracht haben soll. Soweit ich gehört habe, sind Sie Amberiten um ein Mehrfaches kräftiger als ein normales menschliches Wesen, ausgestattet mit einem aufwendigen Stoffwechselsystem, das ihnen eine außergewöhnliche Zähigkeit und regenerative und kräfteerneuernde Eigenschaften verleiht. Wie kann es sein, daß Luke sich mit Ihnen im Hochleistungssport messen konnte?«

»Er ist ein ausgezeichneter Athlet, und er hält sich bestens in Form«, antwortete ich. »Es gibt dort noch mehr Leute dieser Art – sehr stark und schnell.«

Er schüttelte den Kopf, während wir auf dem Weg weiterschritten.

»Das möchte ich nicht bestreiten«, sagte er. »Mit kommt das lediglich wie ein Zufall zuviel vor. Dieser Typ verheimlichte seine Vergangenheit ebenso wie Sie, und dann stellte sich heraus, daß er ohnehin weiß, wer Sie sind. Sagen Sie, ist er wirklich ein Kunstbesessener?«

»Wie bitte?«

»Kunst. Lag ihm tatsächlich so viel an Kunst, um sie zu sammeln?«

»O ja. Wir besuchten ziemlich regelmäßig Vernissagen von Galerien und Ausstellungen in Museen.«

Er schnaubte und schlug mit seinem Stock gegen einen Kieselstein, der ins Wasser platschte.

»Nun«, stellte er fest, »das schwächt einen Punkt ab, macht aber wohl kaum das Muster zunichte.«

»Ich kann Ihnen nicht ganz folgen…«

»Es erschien mir anfangs merkwürdig, daß er diesen verrückten okkultistischen Maler ebenfalls kannte. Es ist jedoch weniger merkwürdig, wenn Sie sagen, daß der Kerl gut war und Luke tatsächlich Kunst sammelte.«

»Er hätte mir nicht zu sagen brauchen, daß er Melman kannte.«

»Stimmt. Doch all das und dazu seine körperlichen Fähigkeiten… Ich konstruiere natürlich lediglich einen hypothetischen Fall, aber ich werde das Gefühl nicht los, daß dieser Mann sehr ungewöhnlich ist.«

Ich nickte.

»Ich habe seit gestern abend diesen Gedanken viele

Male in meinem Kopf gewälzt«, sagte ich. »Wenn er tatsächlich nicht von hier ist, dann weiß ich nicht, woher er stammen sollte.«

»Dann sind wir vielleicht am Ende dieser Erkundungsstrecke angekommen«, sagte Bill; er führte mich um eine Biegung und blieb stehen, um einigen Vögeln nachzublicken, die von einem sumpfigen Gebiet auf der anderen Seite des Baches aufflogen. Er schaute zurück in die Richtung, aus der wir gekommen waren, und fuhr dann fort: »Klären Sie mich doch bitte auf – ich schweife völlig vom Thema ab –, welchen... äh... Rang Sie bekleiden.«

»Wie meinen Sie das?«

»Sie sind der Sohn eines Prinzen von Amber. Was sind Sie damit?«

»Sie meinen, welchen Titel ich habe? Ich bin Herzog der Westlichen Marschen und Graf von Kolvir.«

»Was bedeutet das?«

»Das bedeutet, daß ich kein Prinz von Amber bin. Niemand braucht sich zu fürchten, ich könnte irgendwelche Ränke schmieden, es gibt keine Blutrache bezüglich der Nachfolge...«

»Hm.«

»Was meinen Sie mit ›hm‹?«

Er zuckte mit den Schultern. »Ich habe zuviel über Geschichte gelesen. Niemand ist sicher.«

Ich zuckte meinerseits mit den Schultern. »Nach meinen letzten Informationen war an der Heimatfront alles friedlich.«

»Nun, das ist jedenfalls eine gute Nachricht.«

Einige weitere Biegungen brachten uns zu einer ausgedehnten Fläche mit Kieselsteinen und Sand, die vielleicht neun Meter weit sanft anstieg bis zu der Stelle, wo sie an eine steile Böschung von zwei bis zweieinhalb Metern stieß. Ich sah die hohe Wasserlinie und einige freiliegende Wurzeln der Bäume, die oben drauf wuchsen. Bill setzte sich auf einen großen Stein in ihrem Schatten und zündete seine Pfeife wieder an. Ich ruhte mich auf einem anderen Stein zu seiner Linken aus. Das Wasser rauschte und plätscherte in einer angenehmen Tonart, und wir betrachteten eine Zeitlang das glitzernde Naß.

»Hübsch«, sagte ich nach einer Weile. »Ein schönes Plätzchen.«

»Hm-hm.«

Ich sah zu ihm hinüber. Bill blickte in die Richtung zurück, aus der wir gekommen waren.

Ich dämpfte die Stimme. »Ist da was?«

»Ich habe vorhin einen kurzen Blick auf jemanden erhascht«, flüsterte er, »der ebenfalls auf diesem Weg spazierengeht – ein Stück hinter uns. Bei den vielen Biegungen, denen wir gefolgt sind, habe ich ihn aus den Augen verloren.«

»Vielleicht sollte ich ein Stück zurückgehen.«

»Wahrscheinlich hat das nichts zu bedeuten. Es ist ein wunderschöner Tag. Viele Leute mögen diese Gegend zum Wandern. Ich dachte nur, wenn wir ein paar Minuten warten, taucht er entweder auf, oder wir wissen, daß er einen anderen Weg eingeschlagen hat.«

»Können Sie ihn beschreiben?«

»Nein. Ich habe ihn nur ganz kurz gesehen. Ich glaube nicht, saß wir uns deswegen aufregen sollten. Vermutlich hat mich Ihre Geschichte ein wenig wachsam gemacht – oder paranoid. Ich weiß nicht, was von beidem.«

Ich holte ebenfalls meine Pfeife hervor, stopfte und entzündete sie, und wir warteten. Etwa fünfzehn Minuten lang warteten wir. Doch niemand tauchte auf.

Schließlich stand Bill auf und streckte sich. »Falscher Alarm«, verkündete er.

»Kommt mir auch so vor.«

Er ging weiter, und ich schritt neben ihm her.

»Außerdem bereitet mir diese Dame Jasra Kopfzerbrechen«, sagte er. »Sie hatten den Eindruck, sie habe einen Trumpf in der Hand gehabt – und dann diesen Stachel im Mund, der Sie völlig durcheinanderbrachte.«

»Richtig.«

»Sind Sie jemals jemandem wie ihr begegnet?«

»Nein.«

»Haben Sie irgendeine Vermutung?«

Ich schüttelte den Kopf.

»Und warum dann dieses Walpurgisnacht-Theater? Ich verstehe zwar, daß ein bestimmtes Datum für einen Psychopathen eine Bedeutung haben kann, und ich verstehe, daß bei verschiedenen primitiven Religionen der Jahreszeitenwechsel eine wichtige Rolle spielt. Aber S erscheint mir zu planmäßig vorzugehen, als daß man einen Geisteskranken dahinter vermuten könnte. Und was den anderen ...«

»Melman hielt es für wichtig.«

»Ja, aber er beschäftigte sich auch mit solchem Zeug. Es würde mich wundern, wenn er nicht mit einem solchen Zusammenhang dahergekommen wäre, ob er beabsichtigt war oder nicht. Sein Meister hatte ihm niemals gesagt, daß das der Fall sei. Es war seine eigene Idee. Aber Sie sind schließlich derjenige, der sich auf diesem Gebiet auskennt. Kennen Sie irgendeine besondere Bedeutung oder gibt es eine Macht, die man dadurch erlangt, daß man jemanden vom eigenen Blut zu dieser speziellen Zeit im Jahr umbringt?«

»Nicht daß ich wüßte. Aber natürlich gibt es viele Dinge, von denen ich nichts weiß. Ich bin noch sehr jung im Vergleich zu den meisten Adepten. Doch in welcher Richtung beabsichtigen Sie weiterzuforschen? Sie glauben nicht, daß es sich um einen Wahnsinnigen handelt, aber die Walpurgis-Geschichte kaufen Sie auch nicht ab.«

»Ich weiß nicht. Ich denke einfach nur laut. Beides kann ich mir nicht recht vorstellen. Da fällt mir ein: Die französische Fremdenlegion gab allen Männern am 30. April frei, damit sie sich betrinken konnten, und danach noch ein paar Tage, damit sie wieder nüchtern wurden. Es ist der Jahrestag der Schlacht von Kamerun, einer ihrer größten Triumphe. Aber ich bezweifle, daß uns das weiterbringt.

Und warum die Sphinx?« fragte er plötzlich. »Warum ein Trumpf, der Sie irgendwohin verschleppt, damit Sie blöde Rätsel austauschen oder sich den Kopf abbeißen lassen?«

»Ich hatte so ein Gefühl, als sei mehr das letztere beabsichtigt gewesen.«

»Das glaube ich auch irgendwie. Aber auf jeden Fall ist das Ganze recht eigenartig. Wissen Sie was? Ich wette, die ganzen Karten sind so etwas ... wie Fallen.«

»Könnte sein.«

Ich schob die Hand in die Tasche und griff danach.

»Lassen Sie sie!« sagte er. »Wir wollen keine Scherereien heraufbeschwören. Vielleicht sollten Sie sie ruhenlassen, zumindest für eine Weile. Ich könnte sie in meinem Safe unterbringen, im Büro.«

Ich lachte.

»Safes sind nicht allzu sicher. Nein, danke. Ich möchte sie bei mir tragen. Vielleicht gibt es eine Möglichkeit, sie gefahrlos unter die Lupe zu nehmen.«

»Sie sind der Fachmann. Aber sagen Sie, könnte etwas aus der Darstellung auf der Karte entschlüpfen, ohne daß Sie ...«

»Nein. Dafür sind sie nicht geschaffen. Sie erfordern Aufmerksamkeit, um zu funktionieren. Und zwar mehr als nur ein bißchen.«

»Das ist immerhin etwas. Ich ...«

Er sah sich wieder nach hinten um. Jemand näherte sich. Meine Hände ballten sich unwillkürlich zu Fäusten.

Dann hörte ich, wie er einen langen Atemzug ausließ.

»Alles in Ordnung«, sagte er. »Ich kenne den Mann.

Es ist George Hansen. Er ist der Sohn des Besitzers des landwirtschaftlichen Anwesens, hinter dem wir uns befinden. Hallo, George!«

Die sich nähernde Gestalt winkte. Es war ein mittelgroßer Mann von stämmigem Körperbau und mit sandfarbenem Haar. Er trug Levi's Jeans und ein Grateful-Dead-T-Shirt, in dessen linken Ärmel eine Packung Zigaretten eingedreht war. Er sah wie Mitte Zwanzig aus.

»Hallo«, sagte er, während er auf uns zu trat. »Toller Tag, was?«

»Und ob«, antwortete Bill. »Deshalb sind wir im Freien und gehen spazieren, anstatt zu Hause rumzusitzen.«

Georges Blick wanderte zu mir.

»Ich auch«, sagte er und schob die Zähne über die Unterlippe. »Ein echt schöner Tag.«

»Das ist Merle Corey. Er ist bei mir zu Besuch.«

»Merle Corey«, wiederholte George und streckte die Hand aus. »Hallo, Merle.«

Ich nahm sie und schüttelte sie. Sie war ein klein wenig feucht.

»Sagt dir der Name etwas?«

»Äh ... Merle Corey«, wiederholte er noch einmal.

»Du kanntest seinen Vater.«

»Ja? Ach ja, sicher.«

»Sam Corey«, ergänzte Bill und warf mir über Georges Schulter hinweg einen Blick zu.

»Sam Corey«, plapperte George nach. »Ein Teufelskerl! Freut mich, Sie kennenzulernen. Bleiben Sie lange hier?«

»Ein paar Tage, schätze ich«, antwortete ich. »Ich wußte gar nicht, daß Sie meinen Vater gekannt haben.«

»Ein großartiger Mann«, sagte er. »Woher kommen Sie?«

»Aus Kalifornien, aber mir schien es allmählich an der Zeit für eine andere Umgebung zu sein.«

»Wohin wollen Sie?«

»Eigentlich ins Ausland.«

»Europa?«

»Weiter weg.«

»Hört sich toll an. Ich würde auch mal gern verreisen.«

»Vielleicht klappt es eines Tages.«

»Vielleicht. Also, ich muß mich jetzt wieder auf den Weg machen. Ich wünsche Ihnen beiden noch viel Spaß beim Spazierengehen. Hat mich gefreut, Sie kennenzulernen, Merle.«

»Ganz meinerseits.«

Er trat einen Schritt zurück, winkte, drehte sich um und entfernte sich.

Dann sah ich Bill an und bemerkte, daß er zitterte.

»Was ist los?« flüsterte ich.

»Ich kenne diesen Jungen schon sein ganzes Leben lang«, sagte er. »Glauben Sie, er nimmt Drogen?«

»Nicht die Art, für die man sich Löcher in den Arm stechen muß. Ich habe keine Spuren davon bemerkt. Und er kam mir auch nicht besonders weggetreten vor.«

»Stimmt schon. Aber Sie kennen ihn auch nicht so gut wie ich. Er erschien mir sehr ... verändert. Es war eine pure Eingebung, daß ich den Namen Sam für Ihren Vater benutzte, denn irgend etwas kam mir nicht koscher vor. Sein Sprachmuster hat sich verändert, seine Gesten, sein Gang ... nichts Greifbares. Ich wartete darauf, daß er mich berichtigen würde, dann hätte ich eine scherzhafte Bemerkung über vorzeitige Senilität oder so etwas gemacht. Aber er tat es nicht. Er ging sofort darauf ein. Merle, das ist beängstigend! Er kannte deinen Vater wirklich gut – als Carl Corey. Deinem Vater lag daran, sein Grundstück in Ordnung zu halten, doch er hatte wenig Lust zum Unkrautzupfen und Mähen und Laubrechen. George verrichtete diese schweren Arbeiten jahrelang für ihn, solange er zur

Schule ging. Er wußte sehr gut, daß er nicht Sam hieß.«

»Das verstehe ich nicht.«

»Ich auch nicht«, pflichtete er mir bei. »Und mir gefällt es nicht.«

»Er benimmt sich also sonderbar – und Sie glauben, er ist uns gefolgt?«

»Jetzt bin ich zu dieser Ansicht gelangt. Das ist ein zu großer Zufall, ausgerechnet zur Zeit Ihrer Ankunft.«

Ich machte kehrt.

»Ich gehe hinter ihm her«, sagte ich. »Ich werde es herausfinden.«

»Nein. Tun Sie das nicht.«

»Ich werde ihm nichts tun. Es gibt andere Möglichkeiten.«

»Es ist vielleicht besser, wenn er glaubt, er habe uns zum Narren gehalten. Möglicherweise ermutigt ihn das dazu, später etwas zu tun oder zu sagen, das sich als aufschlußreich erweisen könnte. Andererseits könnte alles, was Sie tun – sei es auch noch so feinfühlig oder magisch – ihm oder etwas anderem verraten, daß wir unsere besondere Aufmerksamkeit auf ihn gerichtet haben. Lassen Sie den Dingen ihren Lauf; seien Sie froh, daß Sie gewarnt wurden, und seien Sie auf der Hut.«

»Da ist etwas dran«, gab ich ihm recht. »Okay.«

»Wir wollen zurückkehren und zum Mittagessen in die Stadt fahren. Ich möchte auf einen Sprung in mein Büro, um Unterlagen zu holen und ein paar Telefonate zu führen. Um zwei Uhr muß ich dann einen Klienten besuchen. Sie können unterdessen den Wagen nehmen und eine kleine Spritztour machen.«

»Gut.«

Während des Rückwegs gingen mir allerlei Überlegungen durch den Kopf. Es gab etliche Dinge, die ich Bill nicht erzählt hatte. Zum Beispiel hatte ich keinen

Grund gesehen, ihn darüber aufzuklären, daß ich ein unsichtbares Würgeseil mit einigen ziemlich ungewöhnlichen Eigenschaften um mein linkes Handgelenk trug. Eine dieser Eigenschaften besteht darin, daß es mich bei allen auf mich gerichteten bösen Absichten warnt, wie es in Lukes Gegenwart beinahe zwei Jahre lang geschehen war, bevor wir schließlich Freunde wurden. Welchen Grund auch immer George für sein sonderbares Verhalten gehabt haben mochte, Frakir hatte mir keinerlei Hinweise gegeben, daß er mir übelwollte.

Trotzdem, komisch... Es war etwas an der Art und Weise, wie er redete, wie er die Worte aussprach...

Ich unternahm eine kleine Spazierfahrt, während sich Bill um seine geschäftlichen Angelegenheiten kümmerte. Ich fuhr zu dem Haus hinaus, wo mein Vater vor vielen Jahren gewohnt hatte. Ich hatte in der Vergangenheit schon etliche Male davorgestanden, aber ich hatte niemals sein Inneres betreten. Aus keinem bestimmten Grund, vermute ich. Ich parkte ein Stück weiter oben am Straßenrand, auf einer kleinen Erhebung, und betrachtete es. Jetzt wohnte dort ein junges Ehepaar mit einigen Kindern, wie Bill mir erzählt hatte – und was mir die herumliegenden Spielsachen im Innenhof ebenfalls verrieten. Ich überlegte, wie es wohl sein mochte, an einem solchen Ort aufzuwachsen. Ich nahm an, daß ich es auch gekonnt hätte. Das Haus sah gepflegt aus, beinahe heiter. Ich stellte mir vor, daß die Menschen, die dort wohnten, glücklich waren.

Ich fragte mich, wo er wohl sein mochte – sofern er noch unter den Lebenden weilte. Niemand konnte ihn über seinen Trumpf erreichen, doch das mußte nicht unbedingt etwas beweisen. Es gibt eine Vielzahl von Möglichkeiten, wodurch eine Trumpf-Übermittlung blockiert werden kann. Tatsächlich wurde sogar behauptet, daß eine dieser Voraussetzungen in diesem Fall zuträfe, obwohl ich nicht daran denken wollte.

Eines der Gerüchte besagte, daß mein Vater aufgrund eines Fluches, den meine Mutter über ihn verhängt hatte, in den Burgen des Chaos dem Wahnsinn anheimgefallen sei und daß er jetzt ziellos durch den Schatten irrte. Sie weigerte sich, zu dieser Geschichte auch nur einen Kommentar abzugeben. Einem anderen Gerücht zufolge war er in das von ihm selbst geschaffene Universum eingetreten und niemals zurückgekehrt, wodurch er allem Anschein nach aus der Reichweite der Trümpfe geraten war. Eine andere Version besagte, daß er schlicht und einfach nach seinem Aufbruch von den Burgen an irgendeinem Punkt umgekommen war – und viele meiner Verwandten dort versicherten mir, daß sie gesehen hatten, wie er sich nach einem kurzen Aufenthalt auf den Weg gemacht hatte. Wenn also das Gerücht über seinen Tod stimmte, so herrschte in den Burgen des Chaos Stillschweigen darüber. Es gab andere, die behaupteten, ihn später an allen möglichen, weit voneinander entfernten Orten gesehen zu haben, und alle diese Begegnungen waren ausnahmslos von einem abartigen Verhalten seinerseits geprägt gewesen. Einer erzählte, daß er in Gesellschaft einer stummen Tänzerin reiste – einer zierlichen, hübschen Dame, mit der er sich per Zeichensprache verständigte – und daß er selbst auch nicht mehr viel redete. Ein anderer berichtete, er habe ihn als tobenden Trunkenbold in einer zwielichtigen Spelunke erlebt, aus der er nach und nach alle anderen Gäste vertrieb, um das Spiel der Musikanten ohne Ablenkung zu genießen. Für den Wahrheitsgehalt irgendeines dieser Berichte hätte ich die Hand nicht ins Feuer gelegt. Es hatte gründlicher Recherchen meinerseits bedurft, um überhaupt diese Handvoll von Gerüchten in Erfahrung zu bringen. Selbst mit dem Logrus-Ruf konnte ich ihn nicht ausfindig machen, obwohl ich es

137

mehrmals versuchte. Aber natürlich, wenn er sich in zu weiter Ferne aufhielt, dann war die Kraft meiner Konzentration vielleicht einfach nicht ausreichend.

Mit anderen Worten, ich wußte nicht, wo, zum Teufel, mein Vater, Corwin von Amber, sich aufhielt, und auch sonst schien es niemand zu wissen. Ich bedauerte das zutiefst, denn meine einzige längere Begegnung mit ihm hatte anläßlich der Anhörung seiner langatmigen Geschichte außerhalb der Burgen des Chaos am Tag der Mustersturz-Schlacht stattgefunden. Das hatte mein Leben verändert. Es hatte meinen Entschluß herbeigeführt, den Hof zu verlassen, mit der festen Absicht, in der Schatten-Welt, wo er so lange gewohnt hatte, Erfahrung und Wissen zu sammeln. Ich hatte das Gefühl, daß ich sie verstehen mußte, wenn ich ihn besser verstehen wollte. Ich glaubte, daß ich jetzt einiges davon erreicht hatte, und mehr. Doch er stand nicht mehr zur Verfügung, um unsere Unterhaltung fortzusetzen.

Ich glaubte, daß ich allmählich so weit sei, einen weiteren Versuch mit anderen Mitteln zu unternehmen, um ihn ausfindig zu machen – jetzt, da das Geistrad-Projekt beinahe startbereit war –, als das neueste Scheißgeschoß die Rotationsblätter traf. Im Anschluß an meine Reise quer durchs Land, die planmäßig einen oder zwei Monate später bei Bill hätte enden sollen, wollte ich zu meiner persönlichen Anomalie eines Ortes aufbrechen und mit der Arbeit beginnen.

Doch jetzt … hatten sich andere Elemente eingeschlichen. Die anstehenden Angelegenheiten mußten erledigt werden, bevor ich meine Suche fortsetzen konnte.

Ich fuhr langsam an dem Haus vorbei. Durch die geöffneten Fenster drang Stereomusik heraus. Vermutlich war es besser, nicht genau zu wissen, wie es im Innern aussah. Manchmal ist es vorzuziehen, daß die Dinge ein wenig geheimnisvoll bleiben.

An diesem Abend saß ich mit Bill auf der Veranda und suchte nach etwas weiterem, das er noch durch sein Gehirn hätte laufen lassen sollen. Während ich ständig neue Nieten zog, war er derjenige, der unser Fortsetzungsgespräch wieder aufnahm.

»Da ist noch etwas«, fing er an.

»Ja?«

»Dan Martinez begann das Gespräch mit Ihnen, indem er sich auf Lukes Bemühungen bezog, Investoren für eine Art Computerfirma aufzutreiben. Später hatten Sie das Gefühl, daß das Ganze eine Finte war, um Sie aus der Reserve zu locken und dann mit der Frage nach Amber und Chaos zuzuschlagen.«

»Richtig.«

»Aber andererseits hat Luke ja wirklich die Sprache darauf gebracht, etwas in dieser Richtung zu unternehmen. Er beteuerte jedoch beharrlich, noch mit keinen potentiellen Investoren Verbindung aufgenommen oder noch nie etwas von Dan Martinez gehört zu haben. Als er den Mann später tot zu Gesicht bekam, blieb er weiterhin bei seiner Aussage, ihn noch nie zuvor gesehen zu haben.«

Ich nickte.

»Also hat Luke entweder gelogen, oder Martinez hatte irgendwie von seinen Plänen erfahren.«

»Ich glaube nicht, daß Luke gelogen hat«, entgegnete ich. »Tatsächlich habe ich das Ganze noch einmal gründlich durchdacht. So wie ich ihn kenne, wäre Luke wirklich nicht herumgelaufen und hätte Investoren gesucht, bevor er eine todsichere Sache gehabt hätte, in die man Geld stecken konnte. Ich bin überzeugt davon, daß er auch in dieser Hinsicht die Wahrheit gesagt hat. Mir scheint es wahrscheinlicher, daß dies vielleicht der einzige wahrhaftige Zufall bei dem bisher Geschehenen war. Ich habe den Verdacht, daß Martinez einiges von Luke wußte und nun noch dieses letzte Stück Information über ihn haben wollte – sein

Wissen über Amber und die Burgen betreffend. Ich halte ihn für einen abgefeimten Kerl, und auf der Grundlage dessen, was er bereits wußte, konnte er eine Geschichte erfinden, die mir plausibel erscheinen mußte, zumal er auch wußte, daß ich in derselben Firma gearbeitet hatte wie Luke.«

»Das ist durchaus möglich«, sagte er. »Aber wenn Luke wirklich ...«

»Allmählich gelange ich zu der Ansicht«, unterbrach ich ihn, »daß auch Lukes Geschichte erfunden war.«

»Ich kann Ihnen nicht folgen.«

»Ich glaube, er hat sie sich ausgedacht, ebenso wie Martinez die seine, und zwar aus ähnlichen Gründen – damit sie sich für meine Ohren plausibel anhörte und er auf diese Weise an Informationen gelangte, auf die er scharf war.«

»Sie überfordern mich. Welche Informationen?«

»Über mein Geistrad. Er wollte wissen, worum es sich dabei handelt.«

»Und er war enttäuscht, als er erfuhr, daß es lediglich eine Übung in ausgefallener Konstruktion war und keineswegs dem Zweck einer Firmengründung diente.«

Bill bemerkte mein Lächeln, als ich nickte.

»Steckt noch etwas dahinter?« Dann fuhr er fort: »Warten Sie! Sagen Sie es mir nicht. Auch Sie haben gelogen. Es ist doch ein echtes Projekt.«

»Ja.«

»Ich sollte das wahrscheinlich gar nicht fragen – es sei denn, sie halten es für wesentlich und wollen es mir erzählen. Wenn es etwas Großes und sehr Wichtiges ist, dann könnte man es aus mir herausquetschen, wissen Sie. Ich habe eine sehr niedrige Toleranzschwelle für Schmerzen. Denken Sie darüber nach.«

Ich tat es. Eine Zeitlang saß ich grübelnd da.

»Vielleicht könnte es so sein«, sagte ich schließlich, »auf eine abwegige Weise, die Sie bestimmt nicht im

Sinn gehabt haben, davon bin ich überzeugt. Aber ich kann mir nicht vorstellen, daß es – wie Sie sagen – wesentlich sein könnte. Nicht für Luke und auch sonst für niemanden. Denn niemand außer mir weiß, worum es dabei geht. Nein. Ich wüßte nicht, wie es über Lukes Neugier hinaus in die Gleichung passen könnte. Deshalb denke ich, ich werde Ihrem Vorschlag folgen und es aus den Akten herauslassen.«

»Soll mir sehr recht sein«, sagte er. »Dann ist da noch die Sache mit Lukes Verschwinden ...«

Im Haus läutete ein Telefon.

»Entschuldigen Sie mich, bitte«, sagte Bill.

Er erhob sich und ging in die Küche.

Einen Moment später hörte ich ihn rufen: »Merle, es ist für Sie!«

Ich stand auf und ging hinein. Ich warf ihm beim Eintreten einen fragenden Blick zu, und er zuckte mit den Schultern und schüttelte den Kopf. Ich dachte schnell nach und rief mir die Stellen ins Gedächtnis, wo die beiden anderen Telefone im Haus standen. Ich deutete auf ihn, deutete in die Richtung seines Arbeitszimmers und stellte pantomimisch das Aufnehmen des Hörers und das Ans-Ohr-Halten dar. Er lächelte leicht und nickte.

Ich nahm den Hörer, wartete eine Weile, bis ich das Klicken hörte, und begann erst dann zu sprechen, in der Hoffnung, der Anrufer glaube, ich hätte an einem Nebenanschluß abgehoben.

»Hallo«, sagte ich.

»Merle Corey?«

»Am Apparat.«

»Ich brauche einige Informationen, die Sie vermutlich haben.«

Es war eine Männerstimme, irgendwie vertraut und doch wieder nicht.

»Mit wem spreche ich?« fragte ich.

»Tut mit leid. Das kann ich Ihnen nicht sagen.«

»Dann wird das wahrscheinlich auch meine Antwort auf Ihre Frage sein.«

»Lassen Sie mich vielleicht erst einmal meine Frage stellen?«

»Nur zu«, sagte ich.

»Okay. Sie sind Freunde: Luke Raynard und Sie.«

Er machte eine Pause.

»So könnte man es ausdrücken«, antwortete ich, um die Leere zu füllen.

»Sie haben gehört, daß er von Orten namens Amber und Burgen des Chaos sprach.«

Auch diesmal war es wieder mehr eine Feststellung als eine Frage.

»Vielleicht«, sagte ich.

»Wissen Sie selbst etwas über diese Orte?«

Endlich eine Frage.

»Vielleicht«, wiederholte ich.

»Bitte, das hier ist ernst. Ich brauche mehr als ein ›Vielleicht‹.«

»Tut mir leid. ›Vielleicht‹ ist das einzige, das Sie hören werden, wenn Sie mir nicht sagen, wer Sie sind und warum Sie das wissen wollen.«

»Es könnte sich für Sie als sehr zweckmäßig erweisen, wenn Sie ehrlich mir gegenüber sind.«

Ich unterdrückte gerade noch rechtzeitig eine Erwiderung und spürte, wie mein Puls zu rasen anfing. Die letzte Bemerkung war auf Thari gesprochen worden. Ich behielt mein Schweigen bei.

Dann: »Nun, das hat nicht geklappt, und ich weiß immer noch nichts Genaues.«

»Was? Was wissen Sie nicht?« wollte ich wissen.

»Ob er es ist, der von einem dieser Orte stammt, oder ob Sie es sind.«

»Um so geradeheraus wie möglich zu sein: Was geht das Sie an?« fragte ich ihn.

»Einer von Ihnen beiden schwebt womöglich in großer Gefahr.«

»Derjenige, der von einem dieser Orte stammt, oder der andere?« fragte ich.

»Das kann ich ihnen nicht verraten. Ich kann mir keinen weiteren Fehler leisten.«

»Was meinen Sie? Welches war der letzte?«

»Sie wollen es mir nicht sagen – weder aus Gründen der Selbsterhaltung, noch um einem Freund zu helfen?«

»Ich würde es Ihnen vielleicht sagen, wenn ich wüßte, daß es wirklich so ist. Aber wie die Dinge liegen, habe ich eher den Eindruck, daß Sie es sind, von dem die Gefahr ausgeht.«

»Ich versichere Ihnen, ich versuche nur, der richtigen Person zu helfen.«

»Worte, Worte, Worte«, entgegnete ich. »Angenommen, wir beide sind von einem solchen Ort?«

»Ach, herrje!« entfuhr es ihm. »Nein, das kann nicht sein.«

»Warum nicht?«

»Vergessen Sie es. Was muß ich tun, um Sie zu überzeugen?«

»Hm. Warten Sie mal. Lassen Sie mich nachdenken«, antwortete ich. »Nun gut. Was halten Sie davon? Wir treffen uns irgendwo. Sie bestimmen den Ort. Ich sehe mir Sie genau an, und wir tauschen Informationen aus, Stück für Stück, bis die Karten auf dem Tisch liegen.«

Es entstand eine Pause.

Dann: »Das ist Ihre unumstößliche Bedingung?«

»Ja.«

»Lassen Sie mich darüber nachdenken. Ich nehme bald wieder Verbindung zu Ihnen auf.«

»Noch eine Sache ...«

»Was?«

»Sollte ich derjenige sein, bin ich dann hier und jetzt in Gefahr?«

»Ich glaube schon. Ja, das sind Sie wahrscheinlich. Auf Wiederhören.«

Er hängte ein.

Es gelang mir, gleichzeitig zu seufzen und zu fluchen, während ich den Hörer auf die Gabel legte. Leute, die offenbar über uns Bescheid wußten, tauchten jetzt am laufenden Band auf.

Bill kam in die Küche; seine Miene drückte Verblüffung aus.

»Woher wußte dieser ... Wer-immer-es-sein-mag ... überhaupt, daß Sie hier sind?« waren seine ersten Worte.

»Das war meine Frage«, sagte ich. »Denken Sie sich eine andere aus.«

»Das werde ich tun. Wenn er wirklich einen Treffpunkt vorschlägt, werden Sie hingehen?«

»Darauf können Sie sich verlassen. Ich habe diesen Vorschlag gemacht, weil ich den Kerl kennenlernen will.«

»Wie Sie richtig angedeutet haben, könnte er es sein, von dem die Gefahr ausgeht.«

»Das soll mir recht sein. Auch er selbst wird in eine ziemlich brenzlige Lage geraten.«

»Das gefällt mir nicht.«

»Nach meinem Geschmack ist es auch nicht so recht. Aber es war das einzige Angebot, das ich bis jetzt machen konnte.«

»Nun, es ist Ihre Entscheidung. Schade, daß es keine Möglichkeit gibt, ihn schon vorher ausfindig zu machen.«

»Das ist mir ebenfalls durch den Kopf gegangen.«

»Hören Sie, warum machen wir ihm nicht ein wenig Dampf?«

»Wie denn?«

»Er hörte sich ziemlich nervös an, und ich glaube, ihm gefiel Ihr Vorschlag ebensowenig wie mir. Lassen Sie uns bei seinem nächsten Anruf einfach nicht da sein. Er soll nicht den Eindruck bekommen, daß wir nur herumsitzen und auf das Läuten des Telefons warten. Wir lassen ihn etwas warten. Beschwören Sie ein paar neue Sachen zum Anziehen herbei, und dann fahren wir für ein paar Stunden aufs Land in meinen Klub. Es wird ein Vergnügen sein, den Kühlschrank zu plündern.«

»Gute Idee«, sagte ich. »Dies sollte eigentlich ein Urlaub sein, so war es anfangs gedacht. Wahrscheinlich ist das die äußerste Annäherung daran, die mir vergönnt ist. Hört sich gut an.«

Ich erneuerte meine Garderobe durch Kleidung, die ich aus dem Schatten herbeirief, stutzte mir den Bart, duschte und zog mich an. Dann fuhren wir zum Klub und nahmen in gelöster Stimmung eine Mahlzeit auf der Terrasse ein. Es war ein idealer Abend dafür, mild und mit einem Himmel voller Sterne, eingetaucht in milchiges Mondlicht. In beiderseitiger Übereinstimmung sahen wir davon ab, meine Probleme weiter zu diskutieren. Bill kannte offenbar so ziemlich jeden dort, und so machte der Ort auf mich einen recht freundlichen Eindruck. Es war für mich der erholsamste Abend seit langer Zeit. Später besuchten wir für einen Drink die Klub-Bar, die meiner Einschätzung nach einer der Lieblings-Kurorte meines Vaters gewesen sein mußte, und Klangfetzen von Tanzmusik drangen durch die Tür zum angrenzenden Raum herüber.

»Ja, das war eine sehr gute Idee«, sagte ich. »Danke.«

»*De nada*«, sagte er. »Ich habe so manche angenehme Stunde hier mit Ihrem Dad verbracht. Sie haben nicht zufällig ...?«

»Nein, ich habe nichts von ihm gehört.«

»Tut mir leid.«

»Ich sage Ihnen Bescheid, wenn er auftaucht.«

»Danke. Tut mir leid.«

Die Rückfahrt verlief ereignislos, und niemand folgte uns. Wir kamen kurz nach Mitternacht zu Hause an, und ich begab mich gleich in mein Zimmer. Ich schlüpfte aus meinem neuen Jackett und hängte es in den begehbaren Schrank; dann schleuderte ich die Schuhe von den Füßen und ließ sie dort liegen, wo sie landeten. Als ich in den Raum zurückkam, bemerkte ich das weiße Rechteck auf dem Kopfkissen in meinem Bett.

Ich durchquerte das Zimmer mit zwei großen Schritten und schnappte es mir.

LEIDER WAREN SIE NICHT DA, ALS ICH ANRIEF, stand da in Blockbuchstaben. ICH HABE SIE ABER IM KLUB GESEHEN UND KANN SEHR GUT VERSTEHEN, DASS SIE LUST HATTEN, EINMAL EINEN ABEND AUSZUGEHEN. DAS BRACHTE MICH AUF EINE IDEE. WIR KÖNNTEN UNS DORT IN DER BAR TREFFEN, MORGEN ABEND UM ZEHN. ICH HÄTTE EIN BESSERES GEFÜHL, WENN VIELE MENSCHEN UM UNS HERUM SIND, OHNE DASS JEMAND ZUHÖRT.

Verdammt! Mein erster Impuls war, zu Bill zu gehen und es ihm zu erzählen. Mein erster Gedanke, der dem Impuls folgte, war jedoch der, daß er nichts tun konnte, außer daß er um seinen Schlaf kam, und den brauchte er vermutlich dringender als ich. Also faltete ich den Zettel zusammen und verstaute ihn in der Hemdtasche; dann hängte ich das Hemd auf.

Ich wurde nicht einmal von einem Alptraum heimgesucht, der Leben in meinen Schlummer gebracht hätte. Ich schlief tief und gut, in dem Bewußtsein, daß Frakir mich im Fall von Gefahr wecken würde. Tatsächlich verschlief ich, und ich fühlte mich gut. Der Morgen war sonnig, und die Vögel sangen.

Ich ging nach unten in die Küche, nachdem ich mich mit Wasser bespritzt und in Form gekämmt hatte und den Schatten nach einer frischen Freizeithose und einem entsprechenden Hemd durchwühlt hatte. Auf dem Küchentisch lag ein Zettel mit einer Nachricht. Ich hatte es satt, Zettel mit Nachrichten zu finden, aber dieser hier war von Bill, und darauf stand, daß er in die Stadt fahren und einige Zeit in seinem Büro verbringen müsse, und ich solle mich mit allem bedienen, wonach mich zum Frühstück gelüste. Er werde in Kürze zurück sein.

Ich durchsuchte den Kühlschrank und wurde mit einigen englischen Muffins, einem Stück Kantalupe und einem Glas Orangensaft fündig. Etwas Kaffee, den ich zuallererst aufgesetzt hatte, war fertig, kurz nachdem ich aufgegessen hatte, und ich nahm eine Tasse mit hinaus auf die Veranda.

Dort saß ich dann und überlegte, ob ich nicht vielleicht meinerseits eine Notiz hinterlassen und weiterziehen sollte. Mein geheimnisvoller Schreibpartner – möglicherweise S – hatte hier einmal angerufen und einmal eingebrochen. Wieso S wußte, daß ich hier war, tat nichts zur Sache. Es war das Haus eines Freundes, und obwohl es mir nichts ausmachte, einige meiner Probleme mit Freunden zu teilen, gefiel mir der Gedanke nicht, daß ich sie einer Gefahr aussetzte. Aber schließlich war jetzt hellichter Tag, und das Treffen war für heute abend angesetzt. Es würde nicht mehr lange dauern, bis irgendeine Entscheidung fallen würde. Es wäre beinahe töricht gewesen, zu diesem Zeitpunkt abzureisen. Tatsächlich wäre es vielleicht sogar besser gewesen, bis dahin hierzubleiben. Ich konnte die Dinge im Auge behalten, konnte Bill schützen, wenn heute irgend etwas auftauchen sollte...

Plötzlich überkam mich die Vision, daß jemand mit vorgehaltener Waffe Bill gezwungen hatte, diese Notiz zu schreiben, und ihn dann als Geisel verschleppte, um mich zu zwingen, Fragen zu beantworten.

Ich eilte in die Küche zurück und rief in seinem Büro an. Horace Crayper, sein Sekretär, nahm beim zweiten Klingelton ab.

»Hallo, hier ist Merle Corey«, sagte ich. »Ist Mister Roth im Büro?«

»Ja«, antwortete er, »aber er hat gerade eine Besprechung mit einem Klienten. Soll er Sie zurückrufen?«

»Nein, so wichtig ist es nicht«, sagte ich. »Ich sehe ihn ohnehin später. Stören Sie ihn nicht. Danke.«

Ich goß mir noch mal eine Tasse Kaffee ein und kehrte auf die Veranda zurück. Solche Situationen waren nicht gut für die Nerven. Ich beschloß, daß ich abreisen würde, wenn heute abend nicht alle Unklarheiten beseitigt wären.

Eine Gestalt bog um die Hausecke.

»Hallo, Merle.«

Es war George Hansen. Frakir gab mir einen winzigen Anstoß, als ob sie zu einer Warnung ansetzte und es sich dann anders überlegt hätte. Zwiegespalten. Ungewöhnlich.

»Hallo, George. Wie geht's?«

»Ganz gut. Ist Mister Roth zu Hause?«

»Leider nicht. Er mußte für ein paar Stunden in die Stadt. Ich denke, er wird so gegen Mittag oder kurz danach zurückkommen.«

»Oh. Vor ein paar Tagen hat er mich gebeten, mal vorbeizukommen, wenn ich Zeit hätte; es geht um irgendeine Arbeit, die ich für ihn machen soll.«

Er kam näher, stellte einen Fuß auf die Treppe.

Ich schüttelte den Kopf.

»Da kann ich Ihnen nicht helfen. Er hat mir nichts davon erzählt. Am besten kommen Sie später noch mal wieder.«

Er nickte, wickelte die Zigarettenpackung aus seinem Ärmel, schüttelte eine heraus und wickelte die Packung wieder in den Hemdärmel. Heute trug er ein Pink-Floyd-T-Shirt.

»Wie gefällt Ihnen Ihr Aufenthalt hier?« fragte er.

»Echt gut. Möchten Sie eine Tasse Kaffee?«

»Wenn es keine Umstände macht.«

Ich erhob mich und ging ins Haus.

»Mit etwas Milch und Zucker!« rief er mir hinterher.

Ich machte ihm eine Tasse zurecht, und als ich damit zurückkam, hatte er es sich in dem zweiten Sessel auf der Veranda bequem gemacht.

»Danke.«

Nachdem er ihn gekostet hatte, sagte er: »Ich weiß, daß Ihr Dad Carl heißt, auch wenn Mr. Roth Sam gesagt hat. Sein Gedächtnis ist, scheint's, ausgerutscht.«

»Oder seine Zunge«, sagte ich.

Er lächelte.

Was war nur so sonderbar an der Art, wie er sprach? Seine Stimme hätte beinahe jene sein können, die ich am Abend zuvor am Telefon gehört hatte, obwohl die des Anrufers sehr beherrscht und so gemäßigt war, daß jegliche Spracheigenarten neutralisiert waren. Es war nicht die Ähnlichkeit, die mich beunruhigte.

»Er war pensionierter Offizier, stimmt's? Und so was wie ein Regierungsberater?«

»Ja.«

»Wo ist er jetzt?«

»Er ist viel auf Reisen – im Ausland.«

»Werden Sie ihn während Ihrer eigenen Reise treffen?«

»Das hoffe ich.«

»Das wird schön sein«, sagte er, woraufhin er an seiner Zigarette zog und einen weiteren Schluck Kaffee trank. »Ah, das tut gut!«

»Ich kann mich gar nicht erinnern, Sie mal hier in der Gegend gesehen zu haben«, sagte er plötzlich. »Haben Sie denn jemals bei Ihrem Vater gewohnt?«

»Nein, ich bin bei meiner Mutter und anderen Verwandten aufgewachsen.«

»Ziemlich weit weg von hier, was?«

Ich nickte. »Im Ausland.«

»Wie hieß sie?«

Beinahe hätte ich es ihm gesagt. Ich weiß nicht genau warum. Doch ich veränderte ihren Namen in ›Dorothee‹, bevor ich ihn aussprach.

Ich warf ihm rechtzeitig einen Blick zu, um zu sehen, wie er die Lippen kräuselte. Er hatte mein Gesicht eindringlich beobachtet, während ich gesprochen hatte.

»Warum fragen Sie?« sagte ich.

»Aus keinem besonderen Grund. Angeborene Neugier, könnte man sagen. *Meine* Mutter war das Klatschthema der Stadt.«

Er lachte und nahm einen großen Schluck Kaffee.

»Werden Sie lange bleiben?« fragte er dann.

»Schwer zu sagen. Wahrscheinlich aber nicht so richtig lange.«

»Na ja, ich hoffe, Sie haben eine gute Zeit.« Er trank seinen Kaffee aus und stellte die Tasse aufs Geländer. Dann stand er auf, streckte sich und fügte hinzu: »Hat Spaß gemacht, mit Ihnen zu reden.«

Nachdem er halbwegs die Treppe hinuntergegangen war, blieb er stehen und drehte sich um.

»Ich habe das Gefühl, Sie werden weit kommen«, erklärte er. »Viel Glück.«

»Sie vielleicht auch«, entgegnete ich. »Sie können gut mit Worten umgehen.«

»Danke für den Kaffee. Bis bald.«

»Ja.«

Er bog um die Ecke und war verschwunden. Ich wußte einfach nicht, was ich von ihm halten sollte, und nach einigen Versuchen gab ich auf. Wenn die Inspiration schweigt, ermüdet der Geist schnell.

Ich war gerade dabei, mir einen Sandwich zu machen, als Bill nach Hause kam, also machte ich gleich zwei. Unterdessen ging er in sein Zimmer, um sich umzuziehen.

»Ich hatte eigentlich vorgehabt, diesen Monat mal ein bißchen auszuspannen«, erklärte er, während wir aßen, »aber das war ein alter Klient in einer dringenden Angelegenheit, deshalb mußte ich ins Büro. Was

150

halten Sie davon, wenn wir heute nachmittag in die andere Richtung den Bach entlangwandern?«

»Gut.«

Während wir durch die Felder schlenderten, erzählte ich ihm von Georges Besuch.

»Nein«, sagte er, »ich habe mit ihm nicht über irgendwelche Arbeiten gesprochen, die er für mich erledigen soll.«

»Mit anderen Worten ...«

»Ich vermute, er ist gekommen, um Sie zu besuchen. Vom Haus seiner Familie aus kann man leicht sehen, wenn ich wegfahre.«

»Ich wüßte nur allzugern, was er eigentlich wollte.«

»Wenn es wichtig genug ist, wird er sich wahrscheinlich irgendwann dazu durchringen, es Ihnen zu sagen.«

»Aber die Zeit läuft uns davon«, entgegnete ich. »Ich habe beschlossen, morgen abzureisen, vielleicht heute abend schon.«

»Warum?«

Während wir am Bach entlangspazierten, erzählte ich ihm von der Nachricht, die ich am vergangenen Abend vorgefunden hatte, und von der Verabredung für heute abend. Ich erläuterte ihm auch meine Bedenken, daß ich ihn auf Abwege geratenen oder absichtlich auf ihn gerichteten Geschossen aussetzen könnte.

»Vielleicht ist die Sache nicht gar so ernst«, setzte er an.

»Mein Entschluß steht fest, Bill. Es widerstrebt mir, unser Zusammensein abzukürzen, nachdem wir uns so lange nicht gesehen haben, aber ich habe nicht mit diesen vielen Scherereien gerechnet. Und Sie wissen, wenn ich weg bin, werden die auch nicht mehr da sein.«

»Das mag schon sein, aber ...«

Wir fuhren in diesem Stil noch eine Weile fort, während wir dem Wasserlauf folgten. Dann ließen wir das

Thema endlich als erledigt fallen und wandten uns einem fruchtlosen Wiederkäuen meiner Rätsel zu. Während wir so dahinspazierten, blickte ich mich dann und wann nach hinten um, entdeckte jedoch niemanden. Ich hörte in dem Gebüsch am anderen Ufer in langen Abständen irgendwelche Geräusche, doch die hätten ohne weiteres von einem Tier stammen können, das durch unsere Stimmen gestört wurde.

Wir waren seit mehr als einer Stunde gewandert, als mich das ahnungsvolle Gefühl überkam, daß etwas meinen Trumpf hochhob. Ich erstarrte.

Bill blieb stehen und wandte sich zu mir um.

»Was ...«

Ich hob die Hand.

»Ferngespräch«, sagte ich.

Im nächsten Moment spürte ich den ersten Schritt einer Kontaktaufnahme. Außerdem hörte ich wieder das Geräusch in den Büschen auf der anderen Seite des Wassers.

»Merlin.«

Es war Randoms Stimme, die mich rief. Ein paar Sekunden später sah ich ihn, an einem Schreibtisch in der Bibliothek von Amber sitzend.

»Ja?« antwortete ich.

Das Bild verfestigte sich, gab völlige Wirklichkeit vor, als ob ich durch einen Bogengang in einen angrenzenden Raum blickte. Gleichzeitig umfaßte mein Blickfeld noch immer den Rest meiner Umgebung, obwohl sie von einem Augenblick zum anderen mehr zum Rand zurückwich. Zum Beispiel sah ich George Hansen, der aus dem Gebüsch auf der anderen Seite des Baches aufsprang und mich anstarrte.

»Ich möchte, daß du auf der Stelle nach Amber zurückkehrst!« sagte Random.

George bewegte sich vorwärts, stapfte platschend ins Wasser.

Random hob die Hand, streckte den Arm aus.

»Komm! Weiter!« sagte er.

Doch jetzt fingen meine Umrisse offenbar an zu flimmern, und ich hörte, wie George aufschrie. »Halt! Warte! Ich muß mit…«

Ich streckte die Hand aus und griff nach Bills Schulter.

»Ich kann dich nicht mit diesem Irren allein lassen«, sagte ich. »Komm!«

Mit der anderen Hand umfaßte ich Randoms Hand.

»Okay«, sagte ich, während ich mich vorwärtsbewegte.

»Halt!« schrie George.

»Zur Hölle mit dir!« entgegnete ich, und wir ließen ihn zurück; sollte er sich doch an einem Regenbogen festhalten.

153

— 7 —

Random sah verdutzt auf, als wir beide nach dem Durchwandern in der Bibliothek herauskamen. Er stand auf, wonach er immer noch kleiner war als wir, und wandte seine Aufmerksamkeit Bill zu.

»Merlin, wer ist das?« fragte er.

»Dein Rechtsberater, Bill Roth«, sagte ich. »In der Vergangenheit hattest du immer nur über Mittelsleute Kontakt zu ihm. Ich dachte, du würdest ihn vielleicht gern...«

Bill ließ sich auf ein Knie sinken, ein ›Euer Majestät‹ auf den Lippen, doch Random hielt ihn an den Schultern fest.

»Laß den Quatsch!« wies er ihn zurecht. »Wir sind nicht bei Hofe.« Er schlug ihm in die Hand und fuhr fort: »Nenn mich Random. Ich wollte dir seit langem persönlich für die gute Arbeit danken, die du im Zusammenhang mit dem Vertrag geleistet hast. Irgendwie bin ich nie dazu gekommen. Schön, dich kennenzulernen.«

Ich hatte noch nie zuvor erlebt, daß Bill um Worte verlegen war, doch er schaute nur um sich, sah Random an, den Raum, durch das Fenster zu einem fernen Turm.

Schließlich: »Es ist Wirklichkeit...«, hörte ich ihn kurz darauf flüstern.

»Habe ich das richtig gesehen, ist jemand auf euch zugesprungen?« fragte Random, an mich gewandt, während er sich mit einer Hand durch die ungebändigten braunen Haare fuhr. »Und ich gehe mal davon

154

aus, daß deine letzten Worte da drüben nicht an mich gerichtet waren.«

»Wir hatten ein kleines Problem«, antwortete ich. »Das ist der wahre Grund, warum ich Bill mitgebracht habe. Verstehst du, jemand versucht, mich umzubringen, und ...«

Random hob die Hand. »Verschon mich fürs erste mit den Einzelheiten. Später muß ich alles wissen, aber – nun, eben später. Zur Zeit haben wir uns mit mehr Unannehmlichkeiten als gewöhnlich herumzuschlagen, und die deinen sind vielleicht ein Teil davon. Aber ich muß erst einmal ein bißchen zu Atem kommen.«

Erst da bemerkte ich einige tiefe Furchen in seinem von Natur aus jungen Gesicht, und mir wurde allmählich klar, wie angespannt er war.

»Was ist los?« fragte ich.

»Caine ist tot. Ermordet«, antwortete er. »Heute morgen.«

»Wie ist das passiert?«

»Er war nach Schatten-Deiga gereist – einen fernen Hafen, mit dem wir Geschäfte betreiben. Er war mit Gérard unterwegs, um über die Erneuerung eines alten Handelsabkommens zu verhandeln. Er wurde erschossen, ins Herz getroffen. Er war sofort tot.«

»Hat man den Bogenschützen geschnappt?«

»Es war kein Bogenschütze, zum Teufel! Es war ein Scharfschütze mit einem Gewehr, auf einem Dach. Und er ist entkommen.«

»Ich dachte, Schießpulver würde in dieser Gegend nicht funktionieren.«

Er vollführte eine schnelle Geste, die Handflächen nach oben.

»Deiga liegt vielleicht weit genug im Innern des Schattens, damit es funktioniert. Niemand kann sich erinnern, daß es dort jemals ausprobiert wurde. Dabei fällt mir jedoch ein, daß dein Vater einmal eine Mischung anbrachte, die hier sehr wohl funktionierte.«

155

»Stimmt. Das hatte ich beinahe ganz vergessen.«

»Jedenfalls findet die Beerdigung morgen statt.«

»Bill! Merlin!«

Meine Tante Flora, die Rossettis Angebote (von denen eins darin bestand, daß sie für ihn Modell stehen sollte) abgelehnt hatte. Groß, schlank und herausgeputzt eilte sie auf uns zu und küßte Bill auf die Wange. Ich hatte ihn noch nie zuvor erröten gesehen. Sie wiederholte die Szene mit mir, doch ich war weniger beeindruckt, da mir einfiel, daß sie einst meines Vaters Wächterin gewesen war.

»Wann seid ihr angekommen?« Auch ihre Stimme war reizvoll.

»Gerade eben«, antwortete ich.

Sofort hakte sie uns beide mit den Armen unter und versuchte, uns wegzuführen.

»Wir haben uns so vieles zu erzählen«, setzte sie an.

»Flora!« wies Random sie zurecht.

»Ja, Bruder?«

»Du kannst von mir aus mit Mister Roth das volle Programm durchziehen, aber ich brauche Merlins Anwesenheit noch eine Weile hier bei mir.«

Sie verzog die Lippen kurz zu einem Schmollmund, dann ließ sie meinen Arm los.

»Jetzt weißt du, was eine absolute Monarchie ist«, erklärte sie, an Bill gewandt. »Du siehst, wie die Macht den Menschen verdirbt.«

»Ich war schon verdorben, bevor ich Macht besaß«, sagte Random, »und Reichtum plus Macht ist noch besser. Du hast meine Erlaubnis, dich zu entfernen, Schwester.«

Sie schnaubte durch die Nase und führte Bill weg.

»Es ist hier immer etwas ruhiger, wenn sie irgendwo weit weg im Schatten einen Liebhaber findet«, bemerkte Random. »Leider hat sie diesmal den größten Teil des Jahres zu Hause verbracht.«

Ich zischte durch die Zähne.

Er deutete auf einen Sessel, und ich nahm darin Platz. Dann ging er quer durch den Raum zu einem Schrank.

»Wein?« fragte er.

»Wenn es dir nichts ausmacht, ja.«

Er füllte zwei Gläser, brachte mir eines und setzte sich in einen Sessel links von mir; zwischen uns stand ein kleiner Tisch.

»Außerdem hat jemand auf Bleys geschossen«, sagte er, »heute nachmittag, in einem anderen Schatten. Er wurde ebenfalls getroffen, aber nicht so schlimm. Der Schütze ist entwischt. Bleys war in diplomatischer Mission zu einem freundlich gesinnten Königreich unterwegs.«

»Glaubst du, es war jedesmal derselbe Täter?«

»Bestimmt. Wir hatten in dieser Gegend noch niemals Schießereien mit Feuerwaffen. Und dann plötzlich gleich zweimal? Es muß sich um ein und dieselbe Person handeln. Oder um dieselbe Verschwörung.«

»Irgendwelche Hinweise?«

Er schüttelte den Kopf und kostete den Wein.

»Ich wollte allein mit dir reden«, sagte er dann, »bevor sich irgend jemand von den anderen an dich heranmacht. Es gibt zwei Dinge, über die ich dich unbedingt informieren möchte.«

Ich trank einen Schluck Wein und wartete.

»Erstens sollst du wissen, daß mir das alles wirklich angst macht. Nach dem Mordversuch an Bleys kann man nicht mehr annehmen, daß es lediglich um eine persönliche Auseinandersetzung geht, die Caine betrifft. Jemand scheint es auf uns abgesehen zu haben – oder zumindest auf einige von uns. Und jetzt sagst du, daß auch jemand hinter dir her ist.«

»Ich weiß nicht, ob da ein Zusammenhang besteht...«

»Nun, das weiß ich ebensowenig. Doch mir gefällt das mögliche Muster nicht, dessen Entwicklung ich da

157

sehe. Meine schlimmste Befürchtung ist, daß einer oder mehrere von uns dahinterstecken könnten.«

»Warum?«

Er starrte finster in sein Weinglas.

»Seit Jahrhunderten ist die persönliche Blutrache unsere Methode, Unstimmigkeiten zu bereinigen, was nicht notwendigerweise den Tod zur Folge haben muß – obwohl diese Möglichkeit stets einbezogen wurde –, was jedoch sicherlich durch Intrigen gekennzeichnet war, die darauf abzielten, den anderen zu verunglimpfen, zu übervorteilen, zum Krüppel zu machen oder zu vertreiben und die eigene Position zu stärken. Dieses Vorgehen erreichte seinen letzten Höhepunkt bei dem Streit um die Nachfolge. Ich war jedoch der Ansicht, daß das Ganze einigermaßen endgültig erledigt sei, als mir schließlich die Stellung in den Schoß fiel, um die ich mich gewiß nicht gerissen habe. Ich brauchte dafür nie so richtig das Messer zu wetzen, und ich versuchte, gerecht zu sein. Ich weiß, wie empfindlich die Leute hier sind. Ich glaube jedoch nicht, daß es um mich geht, und ich glaube ebensowenig, daß es um die Nachfolge geht. Keiner der anderen begegnete mir mit ausgesprochener Feindseligkeit, und ich hatte den Eindruck, daß alle zu dem Schluß gekommen waren, ich sei das kleinste von allen möglichen Übeln, und daß sie sogar zur Zusammenarbeit bereit waren, um der Sache einen Dienst zu erweisen. Nein, ich glaube, niemand von den anderen ist unbesonnen genug, um nach meiner Krone zu trachten. Ich spürte sogar so etwas wie Freundschaft und guten Willen, nachdem die Thronfolge geklärt war. Jetzt frage ich mich jedoch, ob das alte Muster vielleicht neu entsteht – indem einige der anderen das alte Spiel wiederaufgenommen haben, um persönliche Mißliebigkeiten zu beseitigen. Mir gefällt ganz und gar nicht, was sich da so abspielt – alle die Verdächtigungen, Vorsichtsmaßnahmen, versteckten Andeutungen, das

158

Mißtrauen und die Falschheit. Es schwächt uns, und wir sehen uns ständig der einen oder anderen Bedrohung ausgesetzt, der wir stark gegegenübertreten sollten. Ich habe mit jedem einzelnen unter vier Augen gesprochen, aber natürlich streiten sie alle ab, irgend etwas von gegenwärtigen Verschwörungen, Intrigen und Blutrache zu wissen, aber mir ist ihr Mißtrauen gegeneinander nicht entgangen. Es bestimmt inzwischen alles Denken und Handeln. Und es war nicht schwierig für sie, jeweils bei den anderen irgendeinen alten Groll auszugraben, den diese gegen Caine hegen könnten, trotz der Tatsache, daß er uns alle gerettet hatte, indem er Brand aus dem Weg räumte. Und dasselbe geschah im Fall von Bleys – jeder fand bei den anderen Motive für eine solche Tat.«

»Dir liegt also daran, den Mörder möglichst schnell dingfest zu machen, weil die Moral unter dem jetzigen Zustand leidet.«

»Genauso ist es. Ich kann dieses gegenseitige Hickhack und Anschwärzen nicht gebrauchen. Es spielt sich alles noch so nahe an der Oberfläche ab, daß wir es bald mit echten Verschwörungen, Intrigen und Blutrache-Akten zu tun haben könnten, sofern es nicht bereits so ist. Und irgendein kleines Mißverständnis könnte wieder Gewalt auslösen.«

»Hältst du es wirklich für möglich, daß einer der anderen der Schurke ist?«

»Scheiße! Ich bin nicht anders als sie. Ich werde unwillkürlich mißtrauisch. Es könnte gut so sein, aber ich habe bis jetzt nicht den geringsten Beweis dafür gesehen.«

»Wer könnte sonst noch dahinterstecken?«

Er löste die übergeschlagenen Beine voneinander und schlug sie aufs neue übereinander. Er trank noch einen Schluck Wein.

»Zum Teufel! Die Zahl unserer Feinde ist riesengroß. Doch die meisten davon sind nicht draufgängerisch genug, um so etwas tatsächlich zu tun. Sie alle wissen, mit welchen Strafen sie rechnen müßten, wenn sie erwischt würden.«

Er verschränkte die Hände hinter dem Kopf und betrachtete die Reihen von Büchern.

»Ich weiß nicht, wie ich es sagen soll«, setzte er nach einer Weile an, »aber ich muß es loswerden.«

Ich wartete. Dann fuhr er schnell fort: »Es sind gewisse Gerüchte über Corwin im Umlauf, aber ich glaube sie nicht.«

»Nein«, sagte ich leise.

»Ich sagte doch, ich glaube sie nicht. Dein Vater bedeutet mir sehr viel.«

»Warum sollte irgend jemand so etwas glauben?«

»Man munkelt, daß er wahnsinnig geworden sei. Du hast davon gehört. Was ist, wenn er in einen früheren Geisteszustand zurückgefallen ist, in jenen von damals, als seine Beziehung zu Caine und Bleys alles andere als herzlich war – oder zu irgendeinem von uns, wie ich in diesem Zusammenhang erwähnen möchte? Das wird zumindest behauptet.«

»Ich glaube es nicht.«

»Ich wollte nur, daß du dir bewußt bist, welche Vermutungen bei den Leuten so die Runde machen.«

»Sie sollten sehr auf der Hut sein, damit nicht mir so etwas zu Ohren kommt.«

Er seufzte. »Jetzt fang du nicht auch noch an! Bitte. Es herrscht allgemeine Aufregung. Such nicht nach Schwierigkeiten.«

Ich trank einen Schluck Wein.

»Ja, du hast recht«, pflichtete ich ihm bei.

»Jetzt muß ich mir deine Geschichte anhören. Nur zu, bereichere mein Leben um ein paar weitere Probleme!«

»Also gut. Wenigstens sind es Neuigkeiten aus erster Hand«, entgegnete ich.

Und ich brachte meinen Bericht erneut vor. Das dauerte eine geraume Zeit, und es wurde allmählich dunkel, als ich zum Ende gekommen war. Er hatte mich nur mit gelegentlichen Zwischenfragen unterbrochen, die der Klärung dienen sollten, und war nicht in allerlei Mutmaßungen abgeschweift, wie es Bill beim Zuhören getan hatte.

Als ich geendet hatte, stand er auf und entzündete einige Öllampen. Ich hörte beinahe, wie er nachdachte.

Schließlich sagte er: »Nein, zu Luke fällt mir nichts ein. Er löst bei mir überhaupt kein Klingeln aus. Die Dame mit dem Stachel beunruhigt mich allerdings ein wenig. Mir ist, als hätte ich schon mal etwas über solche Wesen gehört, aber ich kann mich nicht an die Begleitumstände erinnern. Es wird mir schon wieder einfallen. Ich möchte mehr über dieses Geistrad-Projekt erfahren, an dem du arbeitest. Irgend etwas stört mich daran.«

»Sicher«, sagte ich. »Aber mir ist noch etwas anderes in den Sinn gekommen, das ich dir zuerst erzählen möchte.«

»Was denn?«

»Ich habe dir gegenüber das Ganze so ziemlich auf dieselbe Weise dargestellt, wie ich es Bill berichtet habe. Tatsächlich war es fast eine wortgetreue Wiederholung, weil ich es vor ganz kurzer Zeit erst vorgetragen habe. Doch eine Sache habe ich Bill gegenüber nicht erwähnt, weil sie mir zu dem Zeitpunkt nicht wichtig erschien. Vielleicht habe ich es im Lichte der vielen anderen Dinge auch einfach vergessen, bis diese Geschichte mit dem Heckenschützen zur Sprache kam – und dann hast du mich daran erinnert, daß Corwin einst einen Ersatz für Schießpulver entwickelt hat, der hier funktioniert.«

»Daran erinnern sich alle, glaub mir.«

»Ich hatte vergessen, daß ich noch zwei Patronen Munition in der Tasche habe, die aus der Ruine des

161

Lagerhauses stammten, in dem Melman sein Atelier hatte.«

»Na und?«

»Sie enthalten kein Schießpulver. Es ist statt dessen irgendein rosafarbenes Zeug darin – und es brennt nicht einmal. Zumindest nicht dort drüben auf dem Schatten Erde ...«

Ich brachte eine Patrone zum Vorschein.

»Sieht nach einer 30–30er aus«, sagte er.

»Das schätze ich auch.«

Random stand auf und zog an einer geflochtenen Kordel, die neben einem der Bücherregale hing.

Als er wieder zu seinem Sessel zurückkehrte, wurde an der Tür geklopft.

»Herein!« rief er.

Ein Diener in Livree, ein junger blonder Kerl, trat ein.

»Das ging schnell«, sagte Random.

Der Mann machte ein verdutztes Gesicht.

»Majestät, ich verstehe nicht ...«

»Was ist daran zu verstehen? Ich habe geläutet. Du bist gekommen.«

»Sire, ich war nicht im Dienstbotenraum in Bereitschaft. Man hat mich nur geschickt, um Euch zu sagen, daß das Essen zum Servieren bereit ist und darauf wartet, von Euch genossen zu werden.«

»Oh. Sag Bescheid, daß ich bald kommen werde. Sobald ich mit demjenigen gesprochen habe, dem mein Läuten galt.«

»Sehr gut, Sire.«

Der Mann entfernte sich mit einer schnellen Verbeugung rückwärts.

»Ich dachte schon, daß das zu perfekt war, um wahr zu sein«, murmelte Random.

Kurze Zeit später erschien ein anderer Mann, älter und weniger elegant gekleidet.

»Rolf, gehst du bitte hinunter in die Waffenkammer

und redest mit dem Diensthabenden?« sagte Random. »Bitte ihn, die Sammlung von Feuerwaffen durchzusehen, die wir aus jener Zeit besitzen, als Corwin damit nach Kolvir kam, am Tag, als Eric starb. Schau mal, ob er eine 30–30er für mich ausgraben kann, die noch in einem guten Zustand ist. Er soll sie reinigen und heraufschicken. Wir gehen jetzt zum Essen hinunter. Du kannst die Waffe einfach in die Ecke da drüben stellen.«

»Eine 30–30er, Sire?«

»Genau.«

Rolf entfernte sich. Random erhob sich und reckte die Glieder. Er schob die Patrone, die ich ihm gegeben hatte, in die Tasche und machte eine Handbewegung in Richtung Tür.

»Laß uns zum Essen gehen.«

»Gute Idee.«

Wir saßen zu acht an der Tafel: Random, Gérard, Flora, Bill, Martin (der früher am Tag zurückgerufen worden war), Julian (der soeben von Arden eingetroffen war), Fiona (die ebenfalls gerade erst von einer entfernten Örtlichkeit angekommen war) und ich. Benedict wurde für den nächsten Morgen erwartet und Llewella später am Abend.

Ich saß zu Randoms Linken, Martin zu seiner Rechten. Ich hatte Martin seit langem nicht mehr gesehen und war neugierig, wie es ihm in der Zwischenzeit ergangen war. Doch die Atmosphäre war nicht zur Plauderei geeignet. Sobald irgend jemand das Wort ergriff, war die gespannte Aufmerksamkeit aller anderen auf ihn gerichtet – weit über die Erfordernisse der reinen Höflichkeit hinaus. Mir ging das Ganze ziemlich auf die Nerven, und meiner Einschätzung nach ging es Random nicht anders, denn er ließ nach Droppa MaPantz schicken, dem Hofnarren, damit dieser die zähen Gesprächspausen ausfüllte.

Droppa hatte es anfangs recht schwer. Er begann mit dem Jonglieren von Speisen, von denen er aß, während sie in Bewegung waren, bis alles verzehrt war; dann wischte er sich den Mund an einer geliehenen Serviette ab und beleidigte jeden von uns, einen nach dem anderen. Danach gab er einige Stehaufnummern zum besten, die ich sehr lustig fand.

Bill, der links von mir saß, bemerkte leise: »Ich kenne mich genügend mit Thari aus, um das als George-Carlin-Kapriolen zu erkennen. Wie ...«

»Oh, wann immer Droppas Zeug abgestanden wirkt, schickt Random ihn in verschiedene Klubs anderer Schatten«, erklärte ich, »damit er neue Sachen abguckt. Soweit ich weiß, ist er regelmäßig in Las Vegas. Random begleitet ihn sogar manchmal, um Karten zu spielen.«

Nach einiger Zeit erntete er hier und da ein Lachen, was die Stimmung etwas lockerte. Als er davonflitzte, um sich einen Drink zu besorgen, war es möglich zu sprechen, ohne der Mittelpunkt der allgemeinen Aufmerksamkeit zu sein, da sich inzwischen mehrere Unterhaltungen entwickelt hatten. Sobald diese Entspannung eingetreten war, schob sich ein massiger Arm hinter Bill herum und fiel auf meine Schulter. Gérard lehnte sich auf seinem Stuhl nach hinten und seitlich zu mir herüber.

»Merlin«, sagte er, »schön, dich wieder mal zu sehen. Hör mal, sobald es dir möglich ist, würde ich mich gern unter vier Augen mit dir unterhalten.«

»Klar«, versicherte ich ihm. »Aber Random und ich müssen nach dem Essen noch etwas erledigen.«

»Sobald es dir möglich ist«, wiederholte er.

Ich nickte.

Kurze Zeit später hatte ich das Gefühl, daß jemand versuchte, über meinen Trumpf Verbindung mit mir aufzunehmen.

»*Merlin!*«

Es war Fiona. Aber sie saß am anderen Ende des Tisches …

Ihr Bild wurde jedoch deutlicher, und ich antwortete: »Ja?« Dann blickte ich den Tisch hinunter und sah, daß ihr Blick in ihr Taschentuch vertieft war. Sie sah zu mir herauf, lächelte und nickte.

Ich behielt ihr geistiges Bild simultan bei und hörte es sagen: »*Ich möchte nicht laut sprechen, aus verschiedenen Gründen. Ich bin sicher, daß du nach dem Essen gleich wieder irgendwohin verschleppt wirst, und ich wollte dir nur sagen, daß wir unbedingt bald einen Spaziergang miteinander unternehmen oder auf einen der Teiche hinausrudern, oder uns per Trumpf nach Cabra versetzen oder das Muster gemeinsam betrachten müssen. Verstehst du?*«

»Ich verstehe«, antwortete ich. »Ich werde mich bei dir melden.«

»*Ausgezeichnet.*«

Dann war die Verbindung unterbrochen, und als ich zu ihr hinsah, faltete sie gerade ihr Taschentuch zusammen und blickte auf ihren Teller.

Random verweilte nicht lange, sondern erhob sich, gleich nachdem er mit der Nachspeise fertig war, wünschte den anderen eine gute Nacht und bedeutete beim Hinausgehen Martin und mir mit einer Handbewegung, ihm zu folgen.

Julian berührte mich, als ich an ihm vorbeikam, und bemühte sich, eine etwas weniger düstere Miene aufzusetzen, was ihm beinahe gelungen wäre.

»Wir müssen zusammen in Arden ausreiten«, flüsterte er mir zu. »Bald.«

»Gute Idee«, bestätigte ich. »Ich melde mich bei dir.«

Wir verließen den Speisesaal. Flora fing mich in der Halle ab. Sie hatte immer noch Bill im Schlepptau.

»Komm doch noch für einen Gute-Nacht-Drink in meinen Gemächern vorbei«, sagte sie, »bevor du dich zur Ruhe begibst. Oder besuch mich morgen zum Tee.«

»Danke«, sagte ich. »Wir bleiben in Kontakt. Es hängt alles davon ab, wie die Dinge laufen, was das Wann betrifft.«

Sie nickte und schenkte mir jenes Lächeln, das in der Vergangenheit zu zahlreichen Duellen und politischen Krisen geführt hatte. Sie ging weiter, und wir taten dasselbe.

Als wir auf dem Weg zur Bibliothek die Treppe hinaufstiegen, fragte Random: »Sind das alle?«

»Wie meinst du das?« fragte ich.

»Haben jetzt alle ein heimliches Treffen mit dir vereinbart?«

»Na ja, das alles waren Versuche, aber – ja.«

Er lachte. »Ich hatte auch nicht angenommen, daß sie Zeit verschwenden würden. Auf diese Weise erfährst du den Lieblingsverdacht von jedem einzelnen. Es ist vielleicht gar nicht schlecht, wenn du sie sammelst. Könnte sein, daß sie später noch mal von Nutzen sind. Wahrscheinlich suchen sie auch alle nach Verbündeten – und du erscheinst ihnen bestimmt als ein sicherer Kandidat.«

»Ich hätte mich ohnehin gern mit jedem von ihnen getroffen. Es ist nur schade, daß es auf diese Art geschieht.«

Er deutete mit ausgestreckter Hand, als wir am oberen Treppenabsatz angekommen waren. Wir gingen durch den Flur in Richtung Bibliothek.

»Wohin gehen wir?« fragte Martin.

Obwohl er Random ähnelte, sah er weniger durchtrieben aus, und er war größer. Dennoch war er kein wirklich großgewachsener Mann.

»Wir holen ein Gewehr«, sagte Random.

»Oh! Warum?«

»Ich möchte etwas Munition ausprobieren, die Merlin mitgebracht hat. Wenn sie sich tatsächlich zünden läßt, dann hat unser Leben um eine weitere Komplikation zugenommen.«

Wir betraten die Bibliothek. Die Öllampen brannten noch. Das Gewehr stand in einer Ecke. Random ging hin, holte die Patrone aus der Tasche und lud die Waffe.

»Also gut. Woran sollen wir sie ausprobieren?« überlegte er.

Er trat hinaus in den Flur und sah sich um.

»Ach! Genau das Richtige!«

Er legte an, zielte auf eine Panzerrüstung, die in dem Flur stand, und bediente den Abzug. Es folgte ein lauter Knall und das Scheppern von Metall. Die Rüstung schwankte.

»Heiliges Kanonenrohr!« entfuhr es Random. »Es hat funktioniert. Warum mir das, o Einhorn? Ich hatte mich auf eine friedliche Regentschaft gefreut.«

»Darf ich es mal versuchen, Vater?« fragte Martin. »Das war immer schon mein Wunsch.«

»Warum nicht?« räumte Random ein. »Du hast doch noch die andere Patrone, Merlin, nicht wahr?«

»Ja«, sagte ich, während ich in meiner Tasche wühlte und zwei Hülsen zum Vorschein brachte. Ich reichte sie Random. »Die eine davon funktioniert bestimmt nicht«, sagte ich. »Sie ist nur zufällig zwischen die anderen geraten.«

»Schon gut.«

Random nahm beide entgegen, legte die eine ein. Dann reichte er Martin die Waffe und erklärte ihm deren Handhabung. In der Ferne hörte ich die Laute eines Alarms.

»Wir werden gleich die gesamte Palastwache auf dem Hals haben«, stellte ich fest.

»Gut«, antwortete Random, während Martin anlegte. »Ein klein wenig wirklichkeitsnahe Ausbildung dann und wann schadet nie.«

Das Gewehr krachte, und die Rüstung schepperte ein zweites Mal. Martin machte ein verwirrtes Gesicht und reichte die Waffe an Random zurück. Random betrachtete die Hülse in seiner Hand und sagte: »Zum Teufel!« Dann legte er die letzte Patrone ein und schoß, ohne zu zielen.

Das war der dritte Schuß, gefolgt von einem lautstarken Tumult, als die Wachen am oberen Treppenabsatz ankamen.

»Ich glaube, ich lebe einfach nicht richtig«, bemerkte Random.

Nachdem Random der Wache für ihre schnelle Reaktion auf eine Schießübung gedankt und ich eine geflüsterte Unterhaltung belauscht hatte, in der dem König Trunkenheit unterstellt wurde, kehrten wir in die Bibliothek zurück, und er stellte mir die anstehende Frage.

»Ich fand das dritte Ding in einer Tasche von Lukes Arbeitsanzug«, antwortete ich und erläuterte die Begleitumstände.

»Ich kann es mir nicht länger leisten, *nicht* über Luke Raynard Bescheid zu wissen«, sagte er schließlich. »Sag mir, wie du dir das soeben Geschehene erklärst.«

»Das abgebrannte Gebäude«, begann ich. »Oben war Melman, der mich opfern wollte. Unten waren die Räume der Firma Brutus. Brutus lagerte offensichtlich Munition dieser Art. Luke gab zu, Melman gekannt zu haben. Ich hatte keine Ahnung, daß auch zwischen Brutus und der Munition ein Zusammenhang bestand. Der Umstand, daß diese Firma im selben Gebäude untergebracht war, ist jedoch zuviel.«

»Wenn sie das Zeug in solchen Mengen heranschaffen, daß es in Lagerhäusern aufbewahrt werden muß, dann befinden wir uns in großen Schwierigkeiten«, sagte Random. »Ich möchte wissen, wem dieses Gebäude gehört hat – und wem die Firma gehört hat, sofern es zwei verschiedene Personen sind.«

»Das dürfte nicht allzuschwer herauszufinden sein.«

»Wem sollte ich diese Aufgabe übertragen?« überlegte er. Dann schippte er mit den Fingern und lächelte. »Flora ist im Begriff, eine bedeutende Mission für die Krone durchzuführen.«

»Ein Geistesblitz«, lobte ich.

Martin lächelte darüber, dann schüttelte er den Kopf. »Ich fürchte, ich begreife nicht, was los ist«, ließ er uns wissen, »und ich möchte es gern wissen.«

»Ich sage dir was«, wandte sich Random an mich. »Du klärst ihn auf, während ich Flora in ihren Auftrag einweise. Sie kann gleich nach der Beerdigung aufbrechen.«

»Ja«, sagte ich, während er sich entfernte, und ich erzählte meine Geschichte ein weiteres Mal, diesmal um eine Kurzfassung bemüht.

Martin hatte keine neueren Kenntnisse und keine aktuellen Informationen – nicht daß ich es von ihm anders erwartet hätte. Er hatte die vergangenen Jahre in einer eher ländlichen Umgebung verbracht, wie ich erfuhr. Ich bekam den Eindruck, daß er mehr für das Landleben als für das Stadtleben geschaffen war.

»Merlin«, sagte er, »du hättest mit dem ganzen Kram früher nach Amber zurückkehren sollen. Wir alle sind davon betroffen.«

Und was war mit den Burgen des Chaos? fragte ich mich im stillen. Hätte das Gewehr dort gezündet? Wie auch immer, Caine und Bleys waren die Ziele gewesen. Niemand hatte mich an die Burgen zurückgerufen, um mich über irgendwelche Vorfälle in Kenntnis zu setzen. Dennoch... vielleicht sollte ich an irgendeinem Punkt meine anderen Verwandten mit auf den Plan rufen.

»Aber bis vor einigen Tagen war alles noch viel einfacher«, erklärte ich Martin, »und als sich die Dinge dann immer schneller entwickelten, war ich in ihnen gefangen.«

»Aber alle diese Jahre... alle diese Anschläge auf dein Leben...«

Ich entgegnete: »Ich laufe nicht immer gleich nach Hause, wenn ich mir den Zeh angestoßen habe. Das tun andere auch nicht. Ich habe während der ganzen Zeit keinen Zusammenhang zwischen den einzelnen Vorkommnissen gesehen.«

Doch ich wußte, daß er recht und ich unrecht hatte. Zum Glück kam Random in diesem Augenblick zurück.

»Ich konnte sie nicht ganz davon überzeugen, daß es eine Ehre war«, sagte er, »aber sie wird es tun.«

Dann unterhielten wir uns eine Zeitlang über allgemeinere Dinge, vor allem darüber, was wir während der vergangenen Jahre so alles getrieben hatten. Ich erinnerte mich an Randoms Neugier bezüglich Geistrad und erwähnte das Projekt. Er wechselte sofort das Thema und vermittelte den Eindruck, daß er es für ein Gespräch unter vier Augen aufheben wollte. Nach einiger Zeit begann Martin zu gähnen, und das war ansteckend. Random beschloß, uns eine gute Nacht zu wünschen, und läutete nach einem Diener, der mir mein Zimmer zeigen sollte.

Ich bat Dik, der mich in meine Unterkunft geführt hatte, mir etwas Zeichenmaterial zu besorgen. Er brauchte etwa zehn Minuten, um alles aufzutreiben, was ich benötigte.

Es wäre ein langer, schwieriger Weg zurück gewesen, und ich war müde. Also setzte ich mich an einen Tisch und begann mit dem Entwurf eines Trumpfes für die Bar des Klubs auf dem Land, in den mich Bill am Abend zuvor mitgenommen hatte. Ich arbeitete etwa zwanzig Minuten lang, bevor ich zufrieden war.

Jetzt war es nur noch eine Frage des Zeitunterschieds, etwas, das der Veränderung unterlag, da das 2,5 : 1-Verhältnis zwischen Amber und dem Schatten, den ich bis vor kurzem bewohnt hatte, lediglich eine Faustregel darstellte. Es war durchaus möglich, daß

170

ich meine Verabredung mit dem namenlosen Einbrecher bereits verpaßt hatte.

Ich legte alles beiseite, bis auf den Trumpf. Ich stand auf.

Jemand klopfte an meine Tür. Ich hatte große Lust, nicht zu antworten, doch meine Neugier gewann. Ich durchquerte den Raum, entriegelte die Tür und öffnete sie.

Fiona stand davor, zur Abwechslung das Haar offen tragend. Sie war mit einem reizvollen grünen Abendgewand gekleidet und mit einer juwelenbesetzten kleinen Nadel geschmückt, die aufs hübscheste zu ihrer Haarfarbe paßte.

»Hallo, Fi«, sagte ich. »Was führt dich hierher?«

»Ich habe gespürt, daß du mit bestimmten Kräften arbeitest«, antwortete sie, »und ich wollte nicht, daß dir etwas zustößt, bevor wir unser Gespräch geführt haben. Darf ich hineinkommen?«

»Natürlich«, sagte ich und trat zur Seite. »Aber ich bin in Eile.«

»Ich weiß, aber ich kann dir vielleicht von Nutzen sein.«

»Wie das?« fragte ich, während ich die Tür schloß.

Sie sah sich im Raum um, und ihr Blick fiel auf den Trumpf, den ich soeben vollendet hatte. Sie verriegelte die Tür und trat an den Tisch.

»Sehr hübsch«, bemerkte sie, während sie meine Arbeit betrachtete. »Dorthin willst du dich also begeben? Wo ist das?«

»Es ist die Bar des ländlichen Klubs an dem Ort, woher ich soeben gekommen bin«, antwortete ich. »Ich bin dort mit einem Unbekannten um zweiundzwanzig Uhr Ortszeit verabredet. Hoffentlich erfahre ich dabei etwas darüber, wer versucht hat, mich umzubringen, und warum, und vielleicht bekomme ich auch Informationen über andere Dinge, die mir seit einiger Zeit Sorgen bereiten.«

»Geh nur«, sagte sie, »und laß den Trumpf hier. Dann kann ich ihn benutzen, um zu spionieren, und wenn du plötzlich Hilfe brauchen solltest, dann bin ich zu Stelle, um sie zu leisten.«

Ich streckte den Arm aus und drückte ihr die Hand. Dann bezog ich Stellung neben dem Tisch und konzentrierte meine Aufmerksamkeit.

Nach einer Weile nahm die Szene Tiefe und Farbe an. Ich versenkte mich in die hervortretenden Strukturen, und alles kam auf mich zu, wurde größer, überflutete meine unmittelbare Umgebung. Mein Blick suchte die Wanduhr, an die ich mich erinnerte, rechts neben der Bar …

21.48. Es hätte nicht knapper sein können.

Jetzt sah ich die Gäste, hörte ihre Stimmen. Ich hielt Ausschau nach dem besten Platz für mein Auftauchen. Es gab eigentlich keinen am rechten Ende der Bar, in der Nähe der Uhr. Also gut …

Ich war da. Versuchte so auszusehen, als ob ich schon die ganze Zeit über dagewesen wäre. Drei der Gäste wandten die Augen in meine Richtung. Ich lächelte und nickte. Bill hatte mich einem von ihnen am Abend zuvor vorgestellt. Einen der anderen beiden hatte ich bei der Gelegenheit gesehen, jedoch nicht mit ihm gesprochen. Diese beiden erwiderten mein Nikken, was den dritten offenbar zufriedenstellte und davon überzeugte, daß ich real war, da er seine Aufmerksamkeit sofort wieder der Dame in seiner Begleitung zuwandte.

Kurz darauf kam der Barmann zu mir. Auch er erinnerte sich vom vergangenen Abend an mich, denn er fragte, ob Bill irgendwo in der Nähe sei.

Ich ließ mir von ihm ein Bier geben und zog mich damit an den abgeschiedensten Tisch zurück, wo ich mich sozusagen am Glas festhielt, den Rücken zur Wand, hin und wieder zur Uhr sah und die beiden Eingänge des Raumes abwechselnd beobachtete. Wenn ich mich anstrengte, konnte ich Fionas Anwesenheit spüren.

Zweiundzwanzig Uhr kam und ging. Ebenso einige Gäste, neue und alte. Keiner von ihnen schien sich besonders für mich zu interessieren, obwohl meine eigene Aufmerksamkeit von einer jungen Dame ohne Begleitung, mit hellem Haar und einem kameenartigen Profil in Anspruch genommen wurde; damit war die Ähnlichkeit aber auch schon erschöpft, denn Kameen lächeln nicht, und sie tat es, als sie mich zum zweiten Mal ansah, kurz bevor sie den Blick wieder abwandte. Verdammt, dachte ich, warum muß ich ausgerechnet in eine Leben-und-Tod-Situation eingebunden sein? Unter fast allen anderen Umständen hätte ich mein Bier ausgetrunken, wäre zur Bar gegangen, um mir ein zweites zu holen, hätte ein paar Höflichkeiten von mir gegeben und sie dann gefragt, ob sie Lust hätte, sich zu mir zu gesellen. Tatsächlich…

Ich sah zur Uhr.

22.20.

Wieviel mehr Zeit sollte ich der geheimnisvollen Stimme geben? Sollte ich einfach von der Annahme ausgehen, daß es George Hansen gewesen war und daß er aufgegeben hatte, als er mein Verschwinden bemerkt hatte? Wieviel länger würde die Dame noch hier verweilen?

Ich brummte leise vor mich hin. Bleib bei deinen Leisten! Ich begutachtete ihre schmale Taille, die Rundung ihrer Hüften, ihre gestrafften Schultern…

22.23.

Ich stellte fest, daß mein Glas leer war. Ich ging, um es erneut füllen zu lassen. Pflichtbewußt beobachtete ich, wie der Pegel in dem Glaskrug stieg.

»Ich habe beobachtet, wie Sie dasitzen«, hörte ich sie sagen. »Erwarten Sie jemanden?«

Sie roch stark nach einem fremdartigen Parfüm.

»Ja«, sagte ich. »Aber allmählich glaube ich, es ist zu spät.«

»Ich habe ein ähnliches Problem«, sagte sie, und ich wandte mich zu ihr um. Sie lächelte wieder. »Wir könnten ja gemeinsam warten«, schloß sie.

»Bitte, setzen Sie sich zu mir«, forderte ich sie auf. »Es würde mir viel mehr Spaß machen, die Zeit mit Ihnen zu verbringen.«

Sie holte ihren Drink und folgte mir zu meinem Tisch.

»Ich heiße Merle Corey«, sagte ich, sobald wir Platz genommen hatten.

»Ich bin Meg Devlin. Ich habe Sie hier noch nie gesehen.«

»Ich bin nur Besucher. Sie nicht, nehme ich an.«

Sie schüttelte leicht den Kopf.

»Leider nicht. Ich wohne in der neuen Apartment-Anlage etwas weiter die Straße rauf.«

Ich nickte, als ob ich wüßte, wo diese lag.

»Woher kommen Sie?« wollte sie wissen.

»Vom Mittelpunkt des Universums«, sagte ich und fügte dann schnell hinzu: »Aus San Francisco.«

»Oh, ich habe lange Zeit dort gelebt. Was machen Sie beruflich?«

Ich widerstand dem unvermittelten Drang, ihr zu sagen, ich sei Magier, und gab statt dessen eine Beschreibung meiner letzten Beschäftigung bei Grand Design. Sie, so erfuhr ich im Austausch, war Model gewesen, dann Einkäuferin für ein großes Kaufhaus und später Geschäftsführerin einer Boutique.

Ich sah zur Uhr. Es war 22.45. Sie bemerkte meinen Blick.

»Ich glaube, wir sind beide versetzt worden«, sagte sie.

»Wahrscheinlich«, stimmte ich zu, »aber wir sollten den anderen bis elf Zeit lassen, um uns anständig zu verhalten.«

»Vielleicht haben Sie recht.«

»Haben Sie schon gegessen?«

»Vor einiger Zeit.«

»Hungrig?«

»Ein bißchen. Und Sie?«

»Hm-hm. Ich habe gesehen, daß vorhin einige Leute hier was gegessen haben. Ich werde mal fragen.«

Ich erfuhr, daß wir Sandwiches haben könnten, also bestellte ich zwei, mit etwas Salat garniert.

»Ich hoffe, Ihre Verabredung schloß kein spätes Essen mit ein«, sagte ich plötzlich.

»Es wurde nicht darüber gesprochen, und mir ist es egal«, antwortete sie und nahm gleich darauf einen Bissen.

Dreiundzwanzig Uhr kam und ging. Ich trank mein Glas aus, nachdem ich aufgegessen hatte, und wollte eigentlich nichts mehr trinken.

»Zumindest war der Abend kein vollkommener Flop«, sagte sie, während sie ihre Serviette zusammenfaltete und beiseite legte.

Ich beobachtete ihre Wimpern, weil das eine angenehme Beschäftigung war. Sie trug sicher nur wenig oder sehr helles Make-up. Es war völlig gleichgültig. Ich war drauf und dran, den Arm auszustrecken und meine Hand auf die ihre zu legen, aber sie verunsicherte mich irgendwie.

»Was machen Sie heute abend noch so?« fragte ich sie.

»Ach, ein bißchen tanzen, noch etwas trinken, vielleicht bei Mondschein spazierengehen. Solche dummen Sachen.«

»Ich höre Musik nebenan. Wir könnten hinübergehen.«

»Könnten wir«, sagte sie. »Warum tun wir es nicht?«

Als wir die Bar verließen, hörte ich Fiona, leise wie ein Flüstern: »*Merlin, wenn du den Schauplatz des Trumpfes verläßt, wirst du außerhalb meiner Reichweite sein.*«

»Einen Augenblick«, antwortete ich.

»Wie bitte?« fragte Meg.

»Ach – ich möchte erst noch zur Toilette«, sagte ich.

»Gute Idee. Ich auch. Wir treffen uns in ein paar Minuten hier in der Halle.«

In den Toilettenräumen war niemand, doch ich ging in eine Kabine, für den Fall, daß jemand hereinkommen würde. Ich machte Fionas Trumpf in dem Packen ausfindig, den ich bei mir trug. Kurz darauf hatte ich Fiona erreicht.

»Hör zu, Fi«, sagte ich. »Offenbar taucht niemand auf. Doch der Rest des Abends verspricht sich ganz nett zu gestalten, und ich kann mich ebensogut ein wenig amüsieren, während ich hier bin. Also danke für deine Hilfe. Ich melde mich später wieder.«

»*Ich weiß nicht so recht*«, sagte sie. »*Es gefällt mir nicht, daß du mit einer Fremden weggehst, nicht unter diesen Umständen. Irgendwo lauert vielleicht doch noch eine Gefahr auf dich.*«

»Bestimmt nicht«, entgegnete ich. »Ich habe eine Art Warnsystem, und es hat nicht angeschlagen. Außerdem war ich sicher, daß es ein Kerl war, den ich hier hätte treffen sollen, und daß er aufgegeben hat, als ich mich weggetrumpft habe. Es ist sicher alles in Ordnung.«

»*Es gefällt mir nicht*«, wiederholte sie.

»Ich bin erwachsen. Ich kann auf mich selbst aufpassen.«

»*Das nehme ich an. Ruf mich sofort, wenn irgendwelche Probleme auftauchen.*«

»Es wird keine geben. Du kannst dich ebensogut zur Ruhe begeben.«

»*Und ruf mich, wenn du bereit zum Zurückkommen bist. Hab keine Hemmungen, mich aufzuwecken. Ich möchte dich persönlich nach Hause bringen.*«

»Also gut. Das werde ich tun. Gute Nacht.«

»*Sei auf der Hut!*«

»Das bin ich immer.«

»*Also dann, gute Nacht.*«

Sie kappte die Verbindung.

Ein paar Minuten später waren wir auf der Tanz-
fläche, drehten uns, lauschten der Musik und berührten uns. Meg hatte eine ausgeprägte Neigung zu
führen. Aber, zum Teufel, es machte mir nichts aus,
mich führen zu lassen. Ich bemühte mich sogar, mich
ganz gelassen zu geben, doch es gibt nichts Bedroh-
licheres als laute Musik und plötzliches Lachen.

Um zweiundzwanzig Uhr dreißig sahen wir noch
mal in der Bar nach. Es waren mehrere Paare da, aber
der Mensch, mit dem sie verabredet gewesen war, war
nicht erschienen. Und mir nickte niemand zu. Wir
kehrten zur Musik zurück.

Kurz nach Mitternacht sahen wir noch einmal nach,
mit demselben Ergebnis. Dann setzten wir uns und be-
stellten einen letzten Drink.

»Nun, es war ein schöner Abend«, sagte sie und
legte ihre Hand an eine Stelle, wo ich sie erreichen
konnte. Und ich tat es.

»Ja«, antwortete ich. »Ich wünschte, wir könnten ihn
wiederholen. Aber ich muß morgen abreisen.«

»Wohin?«

»Zurück zum Mittelpunkt des Universums.«

»Schade«, sagte sie. »Möchtest du irgendwo hinge-
fahren werden?«

Ich nickte. »Wohin du fährst.«

Sie lächelte und drückte meine Hand.

»Okay«, erklärte sie sich einverstanden. »Komm mit
zu mir, und ich mache dir eine Tasse Kaffee.«

Wir tranken unsere Gläser leer und gingen hinaus
zum Parkplatz, wobei wir ein paarmal stehenblieben,
um uns zu umarmen. Ich bemühte mich sogar, auch
dabei wachsam zu sein, aber wir waren die einzigen
Menschen auf dem Platz. Ihr Wagen war ein hübsches
kleines Porsche-Cabriolet mit heruntergelassenem Ver-
deck.

»Da sind wir. Möchtest du fahren?« fragte sie.

»Nein, fahr du, ich halte unterdessen Ausschau nach kopflosen Reitern.«

»Wie bitte?«

»Es ist eine schöne Nacht, und ich habe mir immer einen Chauffeur gewünscht, der genauso aussieht wie du.«

Wir stiegen ein, und sie fuhr los. Natürlich schnell. Der Wagen schien wie von allein zu fahren. Die Straßen waren leer, und ein Gefühl der Heiterkeit überkam mich. Ich hob die Hand und rief eine angezündete Zigarette aus dem Schatten herbei. Ich nahm ein paar Züge und warf sie weg, als wir über eine Brücke donnerten. Ich betrachtete die Sternenkonstellation, die mir im Lauf der vergangenen acht Jahre vertraut geworden war. Ich holte tief Luft und ließ den Atem langsam aus. Ich versuchte, meine Gefühle zu analysieren, und stellte fest, daß ich glücklich war. Ich hatte mich schon lange nicht mehr so gefühlt.

Ein Wirrwarr von Lichtern erschien über einer Baumsilhouette vor uns. Kurz darauf bogen wir um eine Kurve, und ich sah, daß sie von einer kleinen Wohnanlage auf der linken Seite kamen. Als wir dort ankamen, verlangsamte sie die Geschwindigkeit und bog ab.

Sie stellte den Wagen auf einem numerierten Parkplatz ab, von wo aus wir über einen von Gebüsch gesäumten Weg zum Eingang des Gebäudes gingen. Sie öffnete die Tür, und wir durchquerten die Eingangshalle zu den Aufzügen. Die Fahrt nach oben war zu schnell vorbei, und als wir in ihrer Wohnung angekommen waren, machte sie wirklich Kaffee.

Was mir nicht unrecht war. Es war guter Kaffee, und wir saßen zusammen und tranken ihn. Es blieb noch viel Zeit …

Eins führte schließlich zum anderen. Etwas später fanden wir uns im Schlafzimmer wieder, unsere Kleider lagen auf einem Stuhl in der Nähe, und ich beglückwünschte mich, weil die Verabredung, derentwegen ich zurückgekommen war, nicht zustande gekommen war. Sie war glatt, weich und warm, und genau an den richtigen Stellen war genügend von ihr da. Eine Ausschweifung in Samt, mit Honig... der Duft ihres Parfüms...

Eine geraume Zeit später lagen wir da, in jenem friedlichen Zustand vorübergehender Müdigkeit, auf den ich keine Metaphern verschwenden will. Ich streichelte ihr Haar, als sie sich streckte, den Kopf leicht umwandte und mich durch halb von den Lidern bedeckten Augen betrachtete.

»Ich möchte etwas von dir wissen«, sagte sie.

»Klar.«

»Wie hieß deine Mutter?«

Ich hatte das Gefühl, als ob mir etwas Kitzelndes über das Rückgrat gerollt worden wäre. Aber ich wollte sehen, wohin das führte. »Dara«, sagte ich.

»Und dein Vater?«

»Corwin.«

Sie lächelte.

»Das dachte ich mir«, sagte sie. »Aber ich mußte sicher sein.«

»Habe ich jetzt ein paar Fragen frei? Oder ist das ein einseitiges Spiel?«

»Ich erspare dir die Mühe. Du möchtest wissen, warum ich gefragt habe.«

»Du bist am Ball.«

»Entschuldige«, sagte sie und bewegte das Bein.

»Ich gehe davon aus, daß ihre Namen etwas für dich bedeuten.«

»Du bist Merlin«, stellte sie fest. »Herzog von Kolvir und Prinz des Chaos.«

»Verdammt!« entfuhr es mir. »Anscheinend weiß jeder in diesem Schatten, wer ich bin. Gehört ihr alle einem Klub an oder so?«

»Wer weiß es sonst noch?« fragte sie schnell, und ihre Augen weiteten sich plötzlich.

»Ein Kerl namens Luke Raynard, ein Toter namens Dan Martinez und ein Einheimischer namens Victor Melman... Warum? Lassen diese Namen irgendwas bei dir anklingen?«

»Ja, die Gefahr droht dir von Luke Raynard. Ich habe dich hierher mitgenommen, um dich vor ihm zu warnen, falls du der Richtige bist.«

»Was meinst du damit – ›der Richtige‹?«

»Wenn du bist, wer du bist – der Sohn von Dara.«

»Dann warn mich also.«

»Das habe ich soeben getan. Trau ihm nicht.«

Ich richtete mich auf und stopfte ein Kissen hinter mich.

»Worauf hat er es abgesehen? Auf meine Briefmarkensammlung? Meine Reiseschecks? Könntest du etwas mehr verraten?«

»Er hat mehrmals versucht, dich zu töten, vor Jahren schon...«

»Was? Wie?«

»Beim erstenmal bediente er sich eines Lastwagens, der dich beinahe überfahren hätte. Im nächsten Jahr...«

»O Gott! Du weißt wirklich Bescheid! Nenn mir die Daten, die Tage, an denen er es versucht hat.«

»30. April. Es war immer der 30. April.«

»Warum? Weißt du, warum?«

»Nein.«

»Scheiße! Wieso weißt du das alles?«

»Ich war dabei. Ich habe zugesehen.«

»Warum hast du nichts dagegen unternommen?«

»Ich konnte nicht. Ich wußte nicht, wer von euch wer war.«

»Meine Liebe, ich kann dir überhaupt nicht mehr folgen. Wer, zum Teufel, bist du, und welche Rolle spielst du bei dem Ganzen?«

»Genau wie Luke bin ich nicht das, was ich zu sein scheine«, begann sie.

Aus dem Raum nebenan drang ein lautes Summen herüber.

»Ach du liebe Güte!« rief sie aus und sprang aus dem Bett.

Ich folgte ihr und kam im Flur an, als sie gerade auf einen Knopf neben einem kleinen Sprechgitter drückte und sagte: »Hallo?«

»Hallo, ich bin's, Liebling«, kam die Antwort. »Ich bin einen Tag früher heimgekommen. Drück auf, ja? Ich habe jede Menge Gepäck dabei.«

Oh-oh!

Sie ließ den einen Knopf los und drückte den anderen, wobei sie sich zu mir umwandte.

»Mein Mann!« sagte sie, plötzlich atemlos. »Du mußt verschwinden. Bitte! Benutze die Treppe!«

»Aber du hast mir noch nichts gesagt!«

»Ich habe dir genügend gesagt. Bitte mach keine Schwierigkeiten.«

»Okay!« sagte ich, eilte ins Schlafzimmer zurück, zog meine Hose an und schlüpfte in die Slipper.

Socken und Unterwäsche stopfte ich in die Gesäßtaschen und zog mir das Hemd über.

»Ich bin nicht zufrieden«, sagte ich. »Du weißt mehr, und ich will es wissen.«

»Ist das alles, was du willst?«

Ich küßte sie flüchtig.

»Eigentlich nicht. Ich komme wieder«, sagte ich.

»Nein«, widersprach sie. »Es würde nicht dasselbe sein. Wir werden uns wiedersehen, wenn die Zeit reif dafür ist.«

Ich ging zur Tür.

»Das reicht mir nicht«, sagte ich, während ich sie öffnete.

»Es muß reichen.«

»Wir werden sehen.«

Ich flitzte durch den Flur davon und stieß die Tür unter dem AUSGANG-Zeichen auf. Auf dem Weg nach unten knöpfte ich mir das Hemd zu und schob es in die Hose. Am Fuß der Treppe hielt ich inne und zog mir die Socken an. Ich fuhr mir mit der Hand durchs Haar und öffnete die Tür zur Eingangshalle.

Niemand war zu sehen. Gut.

Als ich das Gebäude verließ und auf dem Gehsteig dahinschritt, hielt eine schwarze Limousine vor mir an, ich hörte das Brummen eines elektrisch betriebenen Fensters und sah das Aufblitzen von etwas Rotem.

»Steig ein, Merlin«, ertönte eine vertraute Stimme.

»Fiona!«

Ich öffnete die Tür und schlüpfte hinein. Wir setzten uns sofort in Bewegung.

»Nun, war sie es?« fragte sie.

»War sie was?« sagte ich.

»Diejenige, derentwegen du in den Klub zurückgekehrt bist, um sie zu treffen?«

Ich hatte es nicht auf diese Weise betrachtet, bevor sie es zur Sprache gebracht hatte.

»Weißt du«, sagte ich etwas später. »Ich glaube, sie könnte es gewesen sein.«

Sie bog in die Hauptstraße ein und fuhr in die Richtung zurück, aus der wir zuvor gekommen waren.

»Welches Spiel spielte sie?« fragte Fiona.

»Ich gäbe viel dafür, wenn ich es wüßte«, antwortete ich.

»Erzähl«, forderte sie mich auf, »und hab keine Hemmungen, bestimmte Stellen auszulassen.«

»Also gut«, sagte ich, und ich lieferte ihr meinen Bericht.

Wir befanden uns wieder auf dem Parkplatz des Klubs, bevor ich ganz am Ende meiner Erzählung angekommen war.

»Warum sind wir wieder hier?« fragte ich.

»Hier habe ich den Wagen geklaut. Vielleicht gehört

er einem Freund von Bill. Ich dachte, es wäre ganz nett, ihn zurückzubringen.«

»Hast du den Trumpf benutzt, den ich angefertigt habe, um in die Bar da drin zu gelangen?« fragte ich und deutete in die entsprechende Richtung.

»Ja, gleich nachdem du zum Tanzen gegangen bist. Ich habe dich eine Stunde lang beobachtet, meistens von der Terrasse aus. Und ich habe dir gesagt, du sollst wachsam sein.«

»Tut mir leid, ich war verknallt.«

»Ich hatte vergessen, daß man hier keinen Absinth zu trinken bekommt. Ich mußte mich mit einer gefrorenen Marguerita begnügen.«

»Auch das tut mir leid. Also hast du einen Wagen kurzgeschlossen und bist uns gefolgt, als wir abfuhren?«

»Ja. Ich wartete auf ihrem Parkplatz und hielt per Trumpf die schwächste aller möglichen Verbindungen zu dir aufrecht. Wenn ich Gefahr gespürt hätte, wäre ich dir sofort nachgekommen.«

»Danke. Wie schwach?«

»Ich bin keine Voyeurin, wenn du das meinst. Also gut, wir sind auf dem laufenden.«

»Die Geschichte enthält entschieden mehr als diesen letzten Teil.«

»Belaß es dabei«, sagte sie. »Zumindest fürs erste. Es gibt nur eine Sache, die mich augenblicklich brennend interessiert. Hast du zufällig ein Bild von diesem Luke Raynard?«

»Vielleicht«, antwortete ich und griff nach meiner Brieftasche. »Ja, ich glaube, ich habe eins.«

Ich zog meine Shorts aus der Gesäßtasche und forschte weiter.

»Wenigstens trägst du keine Jockeys«, bemerkte sie.

Ich zog meine Brieftasche heraus und schaltete die Deckenbeleuchtung ein. Als ich die Brieftasche aufschlug, beugte sie sich über mich und legte mir die

183

Hand auf den Arm. Schließlich fand ich ein deutliches Farbfoto von Luke und mir am Strand, mit Julia und einem Mädchen namens Gail, mit dem Luke damals ging.

Ich spürte, wie sich ihr Griff spannte, während sie tief und heftig Luft holte.

»Was ist los?« fragte ich. »Kennst du ihn?«

Sie schüttelte den Kopf auffallend schnell.

»Nein, nein«, sagte sie, »ich habe ihn noch nie in meinem Leben gesehen.«

»Du bist eine schlechte Lügnerin, Tantchen. Wer ist das?«

»Ich weiß nicht«, sagte sie.

»Komm jetzt! Du hast mir beinahe den Arm gebrochen, als du ihn gesehen hast!«

»Bedräng mich nicht!« bat sie.

»Mein Leben hängt davon ab.«

»Es hängt mehr davon ab als dein Leben, glaube ich.«

»Ja?«

»Laß es im Augenblick darauf beruhen.«

»Ich fürchte, das kann ich nicht. Ich bin gezwungen, beharrlich zu sein.«

Sie wandte sich noch weiter zu mir um, und ihre Hände hoben sich zwischen uns. Rauch stieg von ihren gepflegten Fingerspitzen auf. Frakir pochte an meinem Handgelenk, was bedeutete, daß sie ausreichend sauer war, um mir den Puls abzudrücken, wenn es soweit kommen sollte.

Ich machte eine beschwichtigende Handbewegung und beschloß, klein beizugeben.

»Also gut, laß uns die Sache beenden und nach Hause zurückkehren.«

Sie knickte die Finger ab, und der Rauch verzog sich. Frakir beruhigte sich. Sie zog einen Packen Trümpfe aus ihrer Handtasche und blätterte denjenigen für Amber heraus.

»Aber früher oder später muß ich es wissen«, fügte ich hinzu.

»Später«, sagte sie, und das Bild Ambers entstand vor uns.

Eine Sache mochte ich an Fiona: Sie hielt nichts davon, ihre Gefühle zu verbergen.

Ich griff nach oben und schaltete das Licht in der Kuppel aus, während sich Amber um uns herum zeigte.

– 8 –

Ich nehme an, daß meine Gedanken während der Bestattung typisch sind. Wie Bloom in *Ulysses* denke ich die weltlichsten Dinge über die Dahingeschiedenen und die gegenwärtigen Vorgänge. Während der übrigen Zeit wandert mein Geist umher.

An dem breiten Küstenstreifen am südlichen Fuß des Kolvir steht eine kleine Kapelle, die dem Einhorn gewidmet ist, eine von mehreren solcher Stätten, die im ganzen Reich verteilt sind, und zwar an solchen Orten, wo diese Gottheit gesichtet wurde. Diese eine schien besonders geeignet für Caines Trauerfeier, insofern als er – wie Gérard – einst den Wunsch geäußert hatte, dereinst in einer der Meereshöhlen am Fuß der Berge zur letzten Ruhe gebettet zu werden, in Richtung zum Wasser, das er so lange und so oft befahren hatte. Eine solche Höhle war für ihn vorbereitet worden, und nach der Andacht würde eine Prozession stattfinden, um ihn dort zu bestatten. Es war ein windiger, nebliger, meereskühler Morgen, an dem nur wenige Segel zu sehen waren, die sich mehrere Meilen westlich von uns zum Hafen hin oder von ihm weg bewegten.

Nach den geltenden Regeln hätte Random die Andacht leiten sollen, schätze ich, da seine Stellung als König ihn gleichzeitig zum Hohenpriester machte, doch außer daß er einen Anfangs- und einen Schlußabsatz über das Dahinscheiden von Prinzen aus dem Buch des Einhorns vorlas, überließ er es Gérard, an seiner Statt den Gottesdienst abzuhalten, da Caine mit

Gérard besser ausgekommen war als mit irgendeinem anderen Familienmitglied. Also erfüllte Gérards kraftvolle Stimme das kleine Steingebäude, als er einen langen Abschnitt vorlas, in dem es unter anderem um das Meer und die Unbeständigkeit ging. Man sagte, daß Dworkin, als sein Geisteszustand noch besser war, das Buch eigenhändig niedergeschrieben habe und daß lange Passagen direkt vom Einhorn stammten. Ich weiß es nicht. Ich war nicht dabei. Es wird außerdem behauptet, daß wir Nachkommen von Dworkin und dem Einhorn sind, was einigen ungewöhnlichen Geistesbildern Auftrieb gibt. Allerdings waren das wohl die Ursprünge von allem, das dazu neigte, sich in einen Mythos zu verflüchtigen. Wer weiß? Ich war damals nicht dabei.

»... und alle Dinge kehren zum Meer zurück«, sagte Gérard soeben. Ich sah mich um. Außer der Familie waren vielleicht vierzig oder fünfzig Leute anwesend, vor allem Honoratioren der Stadt, ein paar Kaufleute, mit denen Caine einen freundschaftlichen Umgang gepflegt hatte, Vertreter der Reiche in verschiedenen angrenzenden Schatten, wo sich Caine sowohl in offiziellen als auch in privaten Angelegenheiten längere Zeit aufgehalten hatte, und natürlich Vinta Bayle. Bill hatte den Wunsch geäußert, ebenfalls dabeisein zu dürfen, und er stand zu meiner Rechten. Weder Fiona noch Bleys waren zugegen. Bleys hatte auf seine Verletzung hingewiesen und sein Fernbleiben vom Gottesdienst entschuldigt. Fiona war schlichtweg verschwunden. Random hatte sie an diesem Morgen einfach nicht ausfindig machen können. Julian entfernte sich irgendwann während der Andacht, um nach den Wachen zu sehen, die er entlang des Küstenstreifens aufgestellt hatte, da jemand zu bedenken gegeben hatte, daß ein möglicher Attentäter bei einer Gelegenheit wie dieser, da so viele von uns auf einem kleinen Fleck zusammen waren, eine hohe Trefferquote erzielen könnte. Folglich

waren Julians Waldhüter, bewaffnet mit Kurzschwert,
Dolch, Langbogen oder Lanze, an vielen strategischen
Punkten ringsum verteilt – und hin und wieder hörten
wir das Bellen eines seiner Höllenhunde, das gleich
darauf von mehreren anderen beantwortet wurde, ein
nervtötendes Klagen als Kontrapunkt zu den Wellen,
dem Wind und den tiefsinnigen Gedanken zur Sterb-
lichkeit. Wohin war sie verschwunden? fragte ich
mich. Fiona? Hatte sie Angst vor einer Falle? Oder
hatte es etwas mit gestern abend zu tun? Und Benedict... Er hatte sein Bedauern und Grüße übermittelt
und unvorhergesehene Geschäfte angeführt, die seine
rechtzeitige Rückkehr verhinderten. Llewella war einfach nicht aufgetaucht und mittels Trumpf nicht er-
reichbar. Flora stand schräg links vor mir, wohl wis-
send, daß dunkle Farben sie sehr gut kleideten. Vielleicht tue ich ihr unrecht. Ich weiß es nicht. Aber sie
machte eher einen zappeligen als einen nachdenk-
lichen Eindruck.

Am Ende des Gottesdienstes schritten wir hintereinander hinaus, wobei vier Seeleute Caines Sarg trugen,
und wir bildeten eine Prozession, die sich zu der
Höhle und seinem Sarkophag begeben würde. Ein Teil
von Julians Truppen kam heran, um uns als bewaff-
nete Eskorte zu begleiten.

Während des Trauermarsches stieß Bill mich an und
deutete mit dem Kopf nach oben, zum Kolvir. Ich
blickte in die entsprechende Richtung und erspähte
eine mit einem schwarzen Umhang und Kapuze ange-
tane Gestalt, die auf einem Sims im Schatten eines
Felsvorsprungs stand. Bill beugte sich nahe zu mir
heran, damit ich ihn trotz des Klanges der Bläser und
Saiteninstrumente, deren Spiel eingesetzt hatte, hören
konnte.

»Ist der da oben ein Teil der Feierlichkeit?« fragte er.

»Nicht daß ich wüßte«, antwortete ich.

Ich brach aus der Reihe aus und schritt nach vorn. In

einer Minute oder so würden wir direkt unter der Gestalt vorbeigehen.

Ich holte Random ein und legte ihm eine Hand auf die Schulter. Als er sich umsah, deutete ich nach oben. Er blieb stehen und sah blinzelnd hinauf.

Seine rechte Hand hob sich zur Brust, wo er wie bei den meisten Anlässen den Juwel der Urteilskraft trug. Sofort frischte der Wind auf.

»Halt!« rief Random. »Prozession anhalten! Jeder bleibt stehen, wo er ist!«

Da bewegte sich die Gestalt ein wenig, und ihr Kopf wandte sich um, als ob sie Random ansähe. Am Himmel ballte sich eine Wolke über dem Kolvir zusammen, wie in einer Trickaufnahme, und wurde immer größer. Ein pulsierendes rotes Glühen stieg unter Randoms Hand auf.

Plötzlich blickte die Gestalt nach oben, und eine Hand zuckte unter dem Umhang auf, um gleich darauf mit einer werfenden Bewegung herauszuschnellen. Ein winziger schwarzer Gegenstand hing in der Luft und fiel dann langsam nach unten.

»Runter mit euch allen!« rief Gérard.

Random rührte sich nicht, als sich die anderen flach zu Boden warfen. Er blieb aufrecht stehen und sah zu, wie Blitze aus der Wolke zuckten und über die Klippe huschten.

Der darauffolgende Donner polterte beinahe gleichzeitig mit der Explosion, die hoch über unseren Köpfen dröhnte. Die Entfernung war zu groß gewesen. Die Bombe war losgegangen, bevor sie uns erreicht hatte – obwohl sie ihr Ziel wahrscheinlich getroffen hätte, wenn wir in derselben Gangart wie zuvor weitergeschritten wären; dann wäre sie unmittelbar in dem Augenblick auf uns gefallen, da wir unter dem Sims vorbeimarschiert wären. Als die dunklen Flecken vor meinen Augen zu tanzen aufhörten, sah ich wieder zur Klippe hinauf. Die dunkle Gestalt war verschwunden.

»Hast du ihn erwischt?« fragte ich Random.

Er zuckte mit den Schultern, während er die Hand senkte. Der Juwel hatte aufgehört zu pulsieren.

»Alle aufstehen!« rief er. »Laßt uns mit der Bestattung fortfahren!«

Und das taten wir. Es gab keine weiteren Zwischenfälle, und die Zeremonie wurde planmäßig abgehalten.

Meine Gedanken – und wahrscheinlich die aller anderen ebenfalls – waren bereits mit Familienspielchen beschäftigt, während der Sarg in die Gruft gesenkt wurde. War der Angreifer vielleicht eines unserer nichtanwesenden Sippenmitglieder? Und wenn ja, welches? Von welchen Motiven mochte jeder einzelne von ihnen besessen sein, um eine solche Tat zu begehen? Wo waren sie jetzt? Und welche Alibis hatten sie? Könnte es sein, daß sich eine Koalition zusammengefunden hatte? Oder könnte es ein Außenseiter gewesen sein? Wenn das so war, wie hatte er sich den Zugang zu dem einheimischen Vorrat an Explosivstoffen beschafft? Oder war es eingeführtes Zeug? Oder hatte jemand von hier die richtige Formel gefunden? Wenn es sich um einen Außenseiter handelte, welches waren seine Beweggründe, und woher stammte diese Person? Hatte einer von uns einen Attentäter eingeschleust? Warum?

Während wir an der Gruft vorbeidefilierten, dachte ich flüchtig an Caine, aber eher als Teil eines Puzzle-Bildes denn als Individuum. Ich hatte ihn nicht allzugut gekannt. Doch einige der anderen hatten mir zuvor erzählt, daß er kein Mann war, den man leicht kennenlernte. Er war grob und zynisch und hatte eine grausame Ader. Er hatte sich im Lauf der Jahre viele Feinde geschaffen und schien auf diesen Umstand sogar stolz zu sein. Mit mir war er immer einigermaßen anständig umgegangen, aber wir waren auch niemals wegen irgend etwas aneinandergeraten. Deshalb hegte ich für ihn nicht so tiefe Gefühle wie für die meisten anderen. Julian war ebenfalls ein Mann von seinem Zuschnitt, wenn auch äußerlich geschliffener. Und niemand konnte sicher sein, was eines Tages unter dieser Oberfläche zum Vorschein kommen mochte. Caine... Ich wünschte, ich hätte dich besser kennengelernt. Ich bin sicher, daß dein Dahinscheiden ein Verlust für mich ist, auch wenn ich den Grund dafür nicht begreife.

Als wir später zum Palast aufbrachen, um zu essen und zu trinken, fragte ich mich – nicht zum erstenmal –, auf welche Weise meine Probleme und die aller anderen im Zusammenhang standen. Denn ich hatte das Gefühl, daß ein solcher Zusammenhang bestand. Bei kleinen Zufällen bleibe ich ungerührt, aber bei großen werde ich mißtrauisch.

Und Meg Devlin? Wußte sie auch irgend etwas? Steckte sie in der Sache mit drin? Mir erschien das durchaus möglich. Ehemann oder nicht, entschied ich, wir waren miteinander verabredet. Bald.

Später, in dem großen Speisesaal, zwischen dem Gewirr von Stimmen und dem Klappern von Besteck und Geschirr, kam mir ein undeutlicher Gedanke, und ich beschloß, ihn sofort zu verfolgen. Ich entfernte mich mit einer Entschuldigung aus der kühlen, wenn auch reizvollen Gesellschaft von Vinta Bayle, Tochter aus niedrigem Adel und offenbar Caines letzte Geliebte, und begab mich zum anderen Ende des Saales, wo eine kleine Gruppe von Leuten Random umringte. Ich stand mehrere Minuten lang dort und überlegte, wie ich an ihn herankommen könnte, als er mich erspähte. Er entschuldigte sich sofort bei den anderen, trat zu mir und hielt mich am Ärmel fest.

»Merlin«, sagte er, »ich habe jetzt keine Zeit, aber ich möchte dir auf jeden Fall sagen, daß ich unser Gespräch nicht als beendet betrachte. Ich möchte mich heute am Spätnachmittag oder am Abend noch einmal mit dir zusammensetzen – sobald ich frei bin. Also lauf nicht irgendwohin davon, bevor wir miteinander gesprochen haben, ja?«

Ich nickte.

»Schnell eine Frage«, sagte ich, als er sich umwandte, um sich wieder den anderen zu widmen.

»Schieß los!« sagte er.

»Halten sich zur Zeit irgendwelche Amberiten auf dem Schatten Erde auf, den ich soeben verlassen habe – irgendwelche Mittelsleute?«

Er schüttelte den Kopf.

»Ich habe keine dorthin abgesandt, und ich glaube, von den anderen zur Zeit auch niemand. Ich habe dort eine Reihe von Kontaktleuten an verschiedenen Stellen, aber das sind ausnahmslos Einheimische – wie Bill.«

Seine Augen verengten sich. »Hat sich etwas Neues ergeben?« fragte er dann.

Ich nickte wieder.

»Etwas Ernstes?«

»Möglicherweise.«

»Ich wollte, ich hätte Zeit, es mir anzuhören, aber wir müssen es leider auf unser späteres Gespräch verschieben.«

»Ich verstehe.«

»Ich werde dich holen lassen«, sagte er und wandte sich wieder seinen Begleitern zu.

Das machte die einzige Erklärung zunichte, die mir bezüglich Meg Devlin eingefallen war. Es schloß auch die Möglichkeit aus, daß ich mich sofort nach dem Ende der Versammlung aus dem Staub machen könnte, um sie zu sehen.

Ich tröstete mich mit einem weiteren Teller voll Essen. Nach einiger Zeit betrat Flora den Saal, musterte sämtliche Menschengruppen und bahnte sich dann einen Weg zwischen ihnen hindurch, um sich neben mir auf der Bank unter dem Fenster niederzulassen.

»Es ist unmöglich, in diesem Moment mit Random ohne Zuhörer zu sprechen«, sagte sie.

»Das stimmt«, pflichtete ich ihr bei. »Darf ich dir etwas zu essen oder zu trinken holen?«

»Jetzt nicht. Vielleicht kannst du helfen. Du bist doch ein Magier.«

Mir gefiel diese Einführung nicht, aber ich fragte: »Wo liegt das Problem?«

»Ich bin in Bleys Gemächer gegangen, um zu sehen, ob er vielleicht herunterkommen und sich zu uns gesellen möchte. Er ist weg.«

»War seine Tür nicht verschlossen? Die meisten Leute hier schließen ab.«

»Doch, von innen. Er muß den Raum also per Trumpf verlassen haben. Ich brach ein, nachdem er mir nicht geantwortet hatte, da ja bereits schon einmal ein Anschlag auf sein Leben verübt worden war.«

»Und wieso brauchst du die Hilfe eines Magiers?«

»Kannst du ihn aufspüren?«

»Trümpfe hinterlassen keine Spuren«, sagte ich. »Doch selbst wenn ich es könnte, täte ich es möglicherweise nicht. Er weiß, was er tut, und offenkundig will er in Ruhe gelassen werden.«

»Aber was ist, wenn er in irgend etwas verwickelt ist? Er und Caine hatten in der Vergangenheit verschiedenen Lagern angehört.«

»Wenn er mit irgendeiner Sache zu tun hat, die für uns andere gefährlich ist, dann solltest du froh sein, daß er weg ist.«

»Also kannst du nicht helfen – oder willst du nicht?«

Ich nickte. »Beides, vermutlich. Die Entscheidung, nach ihm suchen zu lassen, sollte von Random kommen, meinst du nicht?«

»Vielleicht.«

»Ich schlage vor, du behältst das Ganze für dich, bis du Gelegenheit hast, mit Random zu sprechen. Es hat keinen Sinn, die anderen zu fruchtlosen Mutmaßungen anzuregen. Oder ich werde es ihm sagen, wenn du möchtest. Ich werde später ohnehin mit ihm reden.«

»Worüber?«

Uch!

»Ich bin mir nicht sicher«, wich ich aus. »Ich glaube, er will mir irgend etwas erzählen oder mich etwas fragen.«

Sie musterte mich eindringlich.

»Wir haben unser kleines Gespräch bis jetzt übrigens auch noch nicht geführt«, sagte sie dann.

»Sieht so aus, als würden wir es jetzt führen.«

»Also gut. Dürfte ich erfahren, welche Probleme du in einem meiner liebsten Schatten hast?«

»Warum nicht?« entgegnete ich und ließ wieder einmal eine Kurzfassung der verdammten Geschichte vom Stapel. Ich hatte allerdings das Gefühl, daß dies das letzte Mal wäre. Wenn Flora sie erst einmal kennen würde, dann würde sie schnell die Runde machen, davon war ich überzeugt.

Sie hatte keinerlei Informationen hinsichtlich meines Falls, die sie mit mir zu teilen beliebte. Anschließend plauderten wir noch eine Weile – es ging um einheimischen Klatsch –, und schließlich beschloß sie, sich etwas zu essen zu holen. Sie entfernte sich in Richtung Speisen und kehrte nicht zurück.

Ich sprach auch mit einigen der anderen Anwesenden – über Caine, über meinen Vater. Ich erfuhr nichts, das ich nicht bereits wußte. Ich wurde mit einigen Leuten bekanntgemacht, denen ich zuvor noch nicht begegnet war. Ich prägte meinem Gedächtnis eine Menge Namen und verwandtschaftliche Verhältnisse ein, da ich nichts Besseres zu tun hatte.

Als sich die Veranstaltung allmählich ihrem Ende zuneigte, behielt ich Random im Auge und war bemüht, etwa zur selben Zeit aufzubrechen wie er.

»Später«, sagte er, als wir aneinander vorbeigingen

und er mit einigen Männern verschwand, mit denen er zuvor schon geredet hatte.

Also kehrte ich zurück in meine Gemächer und streckte mich auf dem Bett aus. Wenn sich irgendwelche Dinge zusammenbrauen, sollte man sich ausruhen, wann immer man die Möglichkeit dazu hat.

Nach einer Weile schlief ich ein, und ich träumte ...

Ich wandelte durch den in strenger Regelmäßigkeit angelegten Hofgarten hinter dem Palast. Jemand war bei mir, aber ich wußte nicht, wer es war. Es war offenbar gleichgültig. Ich hörte ein vertrautes Heulen. Plötzlich ertönte ein Knurren ganz in der Nähe. Als ich mich umsah, entdeckte ich zuerst nichts. Doch dann waren sie unvermittelt da – die hundeartigen großen Geschöpfe, ähnlich dem Wesen, das ich in Julias Wohnung getötet hatte. Sie kamen durch den Garten auf mich zugerannt. Das Heulen hielt an, doch sie waren nicht die Urheber. Sie beschränkten sich darauf, zu knurren und zu sabbern, während sie immer näher kamen. Ebenso plötzlich wurde mir bewußt, daß das ein Traum war und daß ich ihn schon etliche Male zuvor geträumt hatte, nur um beim Aufwachen jede Spur von ihm zu verlieren. Das Wissen, daß es ein Traum war, zerstreute in keiner Weise das Gefühl einer Bedrohung, während sie auf mich zurasten. Alle drei waren von einem Licht eingerahmt – blaß, unheimlich. Als ich an ihnen vorbeiblickte, durch ihre Lichtkränze hindurch, sah ich nicht etwa den Garten, sondern erhaschte flüchtige Blicke auf einen Wald. Als sie herangekommen waren und zum Angriffsprung ansetzten, war es, als ob sie gegen eine Glaswand prallten. Sie wurden zurückgeworfen, erhoben sich und wollten sich wieder auf mich stürzen, nur um erneut abgeblockt zu werden. Sie sprangen hoch, jaulten, winselten und versuchten es immer wieder. Es war, als ob ich unter einer Glasglocke oder innerhalb eines Zauber-

195

kreises stünde. Sie konnten nicht an mich herankommen. Dann wurde das Heulen lauter, kam näher, und sie wandten ihre Aufmerksamkeit von mir ab.

»Wuff!« sagte Random. »Ich sollte dir etwas dafür in Rechnung stellen, daß ich dich aus einem Alptraum gerissen habe.«

... und ich wurde wach und lag auf meinem Bett, und jenseits des Fensters war Dunkelheit – und mir wurde bewußt, daß Random mich mittels Trumpf gerufen und sich in meinen Traum eingeschaltet hatte, indem er Verbindung zu mir aufnahm.

Ich gähnte und dachte ihm meine Antwort zu: *Danke.*

»Könntest du jetzt bitte vollends aufwachen, damit wir unser Gespräch führen können?« fragte er.

»Ja. Wo bist du?«

»Unten. In dem kleinen Raum neben dem großen südlichen Saal. Ich trinke Kaffee. Wir sind hier ungestört.«

»Bis in fünf Minuten.«

»Alles klar.«

Randoms Bild verblaßte. Ich richtete mich auf, schwang die Füße über den Rand des Bettes und stand auf. Ich durchquerte den Raum, trat ans Fenster und öffnete es weit. Ich sog die frische Abendluft des Herbstes in tiefen Atemzügen ein. Frühling im Schatten Erde, Herbst hier in Amber – meine beiden Lieblingsjahreszeiten. Ich hätte eigentlich beschwingt, guter Dinge sein müssen. Statt dessen – eine Tücke der Nacht, der letzte Zipfel des Traums – kam es mir so vor, als hörte ich die letzten Laute des Heulens. Ich erschauderte und schloß das Fenster. Unsere Träume gehen manchmal einfach zu weit.

Ich wanderte hinunter zu dem beschriebenen Raum und setzte mich auf eines der dortigen Sofas. Random ließ mir Zeit, eine halbe Tasse Kaffee zu trinken, bevor er bat: »Erzähl mir etwas über das Geistrad.«

»Es ist so etwas wie ein – paraphysikalisches Überwachungsgerät samt Bibliothek.«

Random setzte seine Tasse ab und neigte den Kopf zur Seite.

»Könntest du das vielleicht etwas genauer ausführen?« fragte er.

»Nun, meine Arbeit mit Computern gab mir den spekulativen Gedanken ein, daß elementare Prinzipien der Datenverarbeitung womöglich mit interessanten Ergebnissen an Orten eingesetzt werden könnten, wo Computermechanismen an sich nicht funktionieren«, fing ich an. »Mit anderen Worten, ich mußte eine Schatten-Umwelt ausfindig machen, wo die Funktionen so ziemlich unverändert blieben, wo jedoch die physikalische Konstruktion, alle peripheren Einheiten, die Programmierungstechnik und die Energiezufuhr anders waren.«

»Uff, Merlin«, warf Random ein, »ich kann dir schon jetzt nicht mehr folgen.«

»Ich entwarf und baute ein Datenverarbeitungsgerät in einem Schatten, wo kein gewöhnlicher Computer funktionieren könnte«, erläuterte ich, »weil ich andere Materialien, eine radikal andere Bauweise und eine andere Energiequelle benutzte. Ich wählte außerdem einen Ort, an dem unterschiedliche physikalische Gesetze gelten, damit ich auf mehreren Schienen arbeiten konnte. Daraufhin war ich in der Lage, Programme dafür zu schreiben, mit denen man auf dem Schatten Erde, wo ich damals lebte, nichts anfangen konnte. Dadurch schuf ich, so glaube ich, ein einzigartiges Machwerk. Ich nannte es Geistrad, aufgrund bestimmter Merkmale seiner äußeren Erscheinung.«

»Und du sagst, es ist ein Überwachungsgerät samt Bibliothek? Was meinst du damit?«

»Es blättert durch die Schatten wie durch die Seiten eines Buches – oder durch einen Satz Karten«, sagte ich. »Es läßt sich für jeden beliebigen Prüfvorgang pro-

grammieren, und dann wird es eine Überwachungs-
funktion übernehmen. Ich hatte es als Überraschung
gedacht. Du könntest es, sagen wir mal, dafür ein-
setzen, um herauszufinden, ob irgendwelche deiner
potentiellen Feinde mobilmachen, oder um die Bahn
eines Schatten-Sturms zu berechnen oder...«

»Moment mal!« unterbrach er mich und hob die
Hand. »Wie geht das? Wie kann es auf diese Weise
durch verschiedene Schatten springen? Wodurch wird
es betrieben?«

»Genau gesagt«, erklärte ich, »schafft es das Äquivalent zu einem Mehrfachen an Trümpfen innerhalb
eines Augenblicks, und dann...«

»Halt! Sichern! Wie kannst du ein Programm für die
Schaffung von Trümpfen schreiben? Ich dachte, sie
könnten nur von einer Person hervorgebracht werden,
die entweder in das Muster oder den Logrus eingeweiht sind.«

»Doch in diesem Fall«, sagte ich, »gehört das Gerät
an sich zu derselben Kategorie von magischen Gegenständen wie Vaters Schwert, Grayswandir. Ich gab seiner Konstruktion Elemente des Musters mit ein.«

»Und damit wolltest du uns überraschen?«

»Ja, nach seiner Fertigstellung.«

»Wann soll die sein?«

»Ich bin mir nicht sicher. Ich mußte eine gewisse
kritische Menge von Daten sammeln, bevor seine Programme voll einsatzfähig waren. Ich habe mich schon
vor längerem an diese Arbeit gemacht, aber in der letzten Zeit hatte ich keine Gelegenheit mehr, mich weiter
damit zu beschäftigen.«

Random goß Kaffee nach und trank einen Schluck.

»Ich verstehe nicht, wie auf diese Weise hinsichtlich
Zeit und Aufwand etwas gespart werden soll«, sagte
er nach einer Weile. »Nehmen wir einmal an, mich
interessiert etwas in einem bestimmten Schatten. Ich
gehe hin und stelle Nachforschungen an, oder ich

schicke einen Vertreter, damit er das für mich tut. Nun, nehmen wir weiter an, ich möchte das Ding statt dessen benutzen, um etwas zu prüfen. Dann muß ich trotz allem die Zeit opfern und mich zu dem Ort begeben, an dem du es aufgestellt hast.«

»Nein«, erklärte ich, »du forderst ein Fernterminal an.«

»Anfordern? Ein Terminal?«

»Genau.«

Ich brachte meine Amber-Trümpfe zum Vorschein und teilte den untersten an mich aus. Er zeigte ein silbernes Rad vor einem dunklen Hintergrund. Ich reichte ihn Random, und er betrachtete ihn eingehend.

»Wie benutze ich ihn?« fragte er.

»Genau wie die anderen. Möchtest du es herbeirufen?«

»Tu du das«, entgegnete er. »Ich möchte zusehen.«

»Also gut«, antwortete ich. »Aber solange es darauf angesetzt ist, Daten quer durch die Schatten zu sammeln, wird es eine ganze Menge von dem, was an diesem Punkt nützlich wäre, noch nicht wissen.«

»Ich möchte es gar nicht unbedingt befragen, sondern es vielmehr erst mal sehen.«

Ich hob die Karte und starrte sie an, blickte mit meinem geistigen Auge durch sie hindurch. Nach einer Weile entstand der Kontakt. Ich rief es zu mir.

Es folgten ein leises Knistern und das Gefühl einer Ionisierung in der Luft, während sich ein glühendes Rad mit einem Durchmesser von vielleicht zweieinhalb Metern vor mir materialisierte.

»Größe des Terminals verringern«, befahl ich.

Es schrumpfte auf etwa ein Viertel seiner vorherigen Größe zusammen, und ich befahl, daß es an diesem Punkt stehenbleiben solle. Es sah aus wie ein blasser runder Bilderrahmen; hier und da tanzten Funken darin umher, und der Anblick des Raumes, durch seine Mitte hindurch betrachtet, kräuselte sich ständig.

Random war im Begriff, die Hand danach auszu-strecken.

»Nicht!« sagte ich. »Du könntest einen Schlag bekommen. Ich habe noch nicht alle Fehler ausge-merzt.«

»Kann es Energie übertragen?«

»Nun ja, könnte es. Das ist nichts Besonderes.«

»Wenn du ihm befehlen würdest, Energie zu über-tragen ...«

»Oh, sicher. Es muß ja in der Lage sein, Energie hierher zu übertragen, um das Terminal zu speisen, und durch den Schatten hindurch, um seine Scanner zu betreiben.«

»Ich meine, könnte es sich an diesem Ende ent-laden?«

»Wenn ich es von ihm verlangen würde, könnte es eine Spannung aufbauen und diese abgeben, ja.«

»Welcher Begrenzung unterliegt es dabei?«

»Die Begrenzung ergibt sich aus dem, was ihm zur Verfügung steht.«

»Und was steht ihm zur Verfügung?«

»Nun, theoretisch ein ganzer Planet. Aber ...«

»Angenommen, du würdest ihm befehlen, neben je-mandem hier zu erscheinen, eine große Spannung auf-zubauen und sie in diese Person zu entladen. Könnte es eine Hinrichtung wie auf einem elektrischen Stuhl bewerkstelligen?«

»Ich glaube schon«, sagte ich. »Ich sehe keinen Grund, der dagegen spricht. Aber darin besteht nicht sein eigentlicher Verwendungszweck ...«

»Merlin, deine Überraschung ist in der Tat eine Überraschung. Aber ich bin mir nicht sicher, ob sie mir gefällt.«

»Es ist ungefährlich«, erklärte ich. »Niemand weiß, wo es untergebracht ist. Niemand gelangt dorthin. Dieser Trumpf, den ich besitze, ist der einzige. Nie-mand außer mir bekommt ihn in die Hand. Ich wollte noch eine weitere Karte herstellen, nur für dich, und dir dann zeigen, wie man das Ding handhabt, wenn es fertig ist.«

»Ich muß über alles das nachdenken ...«

»Geist, innerhalb von fünftausend Schatten-Schleiern – wie viele Schatten-Stürme existieren gegenwärtig an diesem Standort?« fragte ich das Rad.

Die Antwort klang, als ob sie innerhalb des Kreises gesprochen würde: »Siebzehn.«

»Das hört sich an wie ...«

»Ich habe ihm meine Stimme gegeben«, erklärte ich. »Geist, zeig uns einige Bilder der größten Stürme.«

Die Darstellung eines chaotischen Wirrwarrs erfüllte den Kreis.

»Mir ist gerade noch ein anderer Gedanke gekommen«, warf Random ein. »Kann es Dinge transportieren?«

»Sicher, genau wie jeder gewöhnliche Trumpf.«

»Waren die ursprünglichen Ausmaße des Kreises seine maximale Größe?«

»Nein, wir könnten ihn noch viel größer machen, wenn du willst. Oder kleiner.«

»Ich will nicht. Aber angenommen, du machst ihn größer und befiehlst ihm dann, diesen Sturm zu übertragen –, oder zumindest so viel davon, wie er bewältigen kann?«

»Wuff! Ich weiß nicht. Ich könnte es versuchen. Es wäre wahrscheinlich so, als öffnete man ein riesiges Fenster.«

»Merlin, laß ab davon! Es ist gefährlich.«

»Wie gesagt, niemand außer mir weiß, wo das Ding ist, und der einzige Weg, zu ihm zu gelangen, besteht darin ...«

»Ich weiß, ich weiß. Sag mal, könnte sich irgend jemand mit dem richtigen Trumpf Zugang dazu verschaffen – oder einfach indem er es findet?«

»Nun, ja. Ich habe mir nicht die Mühe gemacht, es

mit Sicherheitscodes zu versehen, weil es praktisch nicht zugänglich ist.«

»Dieses Ding könnte zu einer verheerenden Waffe werden, Junge. Setz es sofort außer Betrieb!«

»Das kann ich nicht.«

»Wie meinst du das?«

»Ich kann von einem Fernterminal aus seinen Erinnerungsspeicher nicht löschen oder ihm den Saft abdrehen. Ich müßte mich tatsächlich zu seinem Standort begeben, um das zu tun.«

»Dann schlage ich vor, daß du dich schleunigst auf den Weg machst. Ich möchte, daß es abgeschaltet wird und so lange außer Betrieb bleibt, bis noch eine ganze Menge mehr Sicherheitskontrollen eingebaut sind. Und auch dann... Nun, wir werden sehen. Ich traue keiner solchen Macht. Vor allem dann nicht, wenn ich keine Abwehrmöglichkeit dagegen habe. Es könnte beinahe ohne Vorwarnung zuschlagen. Was hast du dir bei der Konstruktion dieses Dings eigentlich gedacht?«

»Ich habe an Datenverarbeitung gedacht. Sieh mal, wir sind die einzigen...«

»Es besteht immer die Möglichkeit, daß jemand Wind davon bekommt und einen Weg findet, zu ihm zu gelangen. Ich weiß, ich weiß, du bist in dein Werk verliebt, und ich erkenne deine Absichten an. Aber es muß unschädlich gemacht werden!«

»Ich habe nichts getan, um dich zu beleidigen.« Das war meine Stimme, doch sie kam von dem Rad.

Random starrte es an, sah mich an, dann wieder das Ding.

»Ähm... darum geht es nicht«, sagte er, an den Kreis gerichtet. »Es sind deine potentiellen Fähigkeiten, die mir Sorgen bereiten.«

»Merlin, schalt das Terminal aus.«

»Ende der Übertragung«, sagte ich. »Terminal zurückziehen!«

Es flackerte einen Augenblick, dann war es verschwunden.

»Hattest du diese Bemerkung von dem Ding erwartet?« fragte mich Random.

»Nein. Ich war überrascht.«

»Allmählich habe ich etwas gegen Überraschungen. Vielleicht verändert diese Schatten-Umwelt das Ding auf eine subtile Weise. Du kennst meine Wünsche. Mach es unschädlich.«

Ich neigte den Kopf. »Wie Ihr wünscht, Sire.«

»Laß den Quatsch! Spiel dich nicht als Märtyrer auf. Tu es einfach.«

»Ich bin immer noch der Meinung, es ist nur eine Frage des Einbaus von einigen Sicherheitsvorrichtungen. Es gibt keinen Grund, das ganze Projekt einzustampfen.«

»Wenn wir in ruhigeren Zeiten leben würden«, sagte er, »fände ich mich vielleicht damit ab. Doch augenblicklich hagelt es zu viel Mist, mit Heckenschützen, Bomben und dem ganzen Zeug, von dem du mir berichtet hast. Ich brauche nicht noch mehr Sorgen.«

Ich stand auf. »Also gut. Danke für den Kaffee«, sagte ich. »Ich sage dir Bescheid, wenn es erledigt ist.«

Er nickte. »Gute Nacht, Merlin.«

»Gute Nacht.«

Als ich durch die große Eingangshalle stapfte, sah ich Julian, mit einem grünen Morgenmantel bekleidet und mit zwei seiner Männer sprechend. Am Boden zwischen ihnen lag ein großes totes Tier. Ich blieb stehen und starrte es an. Es war eines jener verdammten Hundewesen, von denen ich kurz zuvor geträumt hatte, wie das in Julias Wohnung.

Ich trat näher hinzu. »Hallo, Julian. Was ist das?« fragte ich und deutete zu Boden.

Er schüttelte den Kopf. »Ich weiß es nicht. Aber die Höllenhunde haben gerade drei davon in Arden getötet. Ich habe die Kerle mit einem der Kadaver hierher-

203

getrumpft, um ihn Random zu zeigen. Du weißt nicht zufällig, wo er ist, wie?«

Ich zeigte mit dem Daumen über die Schulter nach hinten. »Im kleinen Salon.«

Er entfernte sich in die angedeutete Richtung. Ich trat noch näher zu dem Tier und stieß mit dem Zeh dagegen. Sollte ich zu Random zurückgehen und ihm sagen, daß ich schon einmal eins gesehen hatte?

Zum Teufel, nein! beschloß ich. Ich konnte mir nicht vorstellen, daß diese Information von irgendeinem lebenswichtigen Nutzen sei.

Ich kehrte in meine Gemächer zurück, wusch mich und wechselte die Kleidung. Dann ging ich in die Küche und füllte meine Tasche mit Nahrungsmitteln. Ich hatte keine Lust, mich von irgend jemandem zu verabschieden, also machte ich mich zum Hinterausgang auf den Weg, stieg die große hintere Treppe hinunter und trat hinaus in den Garten.

Dunkel. Sternenklar. Kühl. Beim Gehen überkam mich ein plötzliches Frösteln, als ich mich der Stelle näherte, an der in meinem Traum die Hunde aufgetaucht waren.

Kein Heulen, kein Knurren. Nichts. Ich durchschritt diesen Bereich und setzte meinen Weg zum hinteren Teil des gepflegten Anwesens fort, zu der Stelle, wo mehrere Pfade in eine natürlichere Landschaft weiterführten. Ich wählte den zweiten Pfad von links. Es war eine geringfügig längere Strecke, als wenn ich einen anderen eingeschlagen hätte – den er später ohnehin kreuzte –, doch er war leichter begehbar, ein Vorteil in der Nacht, wie mir schien. Ich war noch immer nicht vertraut mit den Unebenheiten des anderen Weges.

Ich wanderte beinahe eine Stunde lang zum Kamm des Kolvir hinauf, bevor ich den abwärtsführenden Pfad fand, den ich suchte. Dann blieb ich stehen, trank einen Schluck Wasser und ruhte mich kurz aus, bevor ich den Abstieg begann.

Es war sehr schwierig, auf dem Kolvir schattenzuwandeln. Man mußte eine gewisse Entfernung zwischen sich selbst und Amber bringen, um es richtig zu machen. An diesem Punkt blieb mir also nichts anderes übrig, als meine Füße zu benutzen – was mir ganz recht war, denn es war eine angenehme Nacht zum Gehen.

Ich hatte bereits eine beträchtliche Strecke zurückgelegt, als über mir ein Schimmer auftauchte und der Mond über die Schulter des Kolvir kroch und sein Licht auf den gewundenen Pfad ergoß. Danach beschleunigte ich meine Schritte etwas. Ich wollte bis zum Morgen den Berg hinter mir gelassen haben.

Ich war wütend auf Random, weil er mir keine Gelegenheit gegeben hatte, meine Arbeit zu rechtfertigen. Ich war eigentlich noch gar nicht bereit gewesen, mit ihm darüber zu sprechen. Wäre es nicht wegen Caines Bestattung gewesen, wäre ich gar nicht nach Amber zurückgekehrt, bevor ich das Ding vollendet gehabt hätte. Und ich hatte nicht einmal die Absicht gehabt, das Geistrad zu diesem Zeitpunkt überhaupt zu erwähnen, außer insofern, daß es in den geheimnisvollen Vorgängen um mich herum eine winzige Rolle als Randerscheinung spielte, doch dann hatte Random danach gefragt, um die ganze Geschichte zu erfahren. Nun gut. Ihm hatte nicht gefallen, was er gesehen hatte, doch die Vorschau war übereilt gewesen. Wenn ich das Werk jetzt stillegen würde, wie er mir befohlen hatte, dann wäre eine Menge Arbeit umsonst gewesen, die bereits viel Zeit in Anspruch genommen hatte. Geistrad befand sich immer noch in einer schattentastenden, selbsterziehenden Phase. Ich hätte mich ungefähr in diesem Stadium sowieso darangemacht, es zu prüfen, um zu sehen, wie es sich entwickelte, und um irgendwelche offensichtlichen Mängel, die sich in das System eingeschlichen haben mochten, zu beseitigen.

Ich dachte darüber nach, während der Pfad steiler wurde und sich an der Westseite des Kolvir entlangschlängelte. Random hatte mir nicht ausdrücklich befohlen, alles zu löschen, was es bisher in seinem Erinnerungsspeicher angehäuft hatte. Er hatte mich lediglich angewiesen, es unschädlich zu machen. Gemäß der Betrachtungsweise, die mir genehm war, bedeutete das, daß ich mein eigenes Urteil als Maßstab anlegen konnte. Ich kam zu dem Schluß, daß mir das freie Bahn gab, alles zunächst zu prüfen, die Funktionen des Systems unter die Lupe zu nehmen und die Programme zu revidieren, bis alles zu meiner Zufriedenheit und in Ordnung war. Dann könnte ich das Ganze in einen dauerhafteren Zustand überführen, bevor es den Betrieb einstellte. Dann wäre nichts verloren; sein Erinnerungsspeicher wäre unversehrt, wenn einmal die Zeit kommen würde, um seine Funktionen wiederherzustellen.

Vielleicht...

Und wenn ich nun alles täte, um es in einen tadellosen Zustand zu bringen, einschließlich des Einbaus einiger – wie ich fand – überflüssiger Sicherheitsvorrichtungen, um Random glücklich zu machen? Dann, so sinnierte ich weiter, könnte ich an Random herantreten, ihm vorführen, was ich geschaffen hatte, und ihn fragen, ob er sich nun darüber freue. Wenn er sich nicht freute, könnte ich es immer noch stillegen. Aber vielleicht würde er Erwägungen anstellen. Vielleicht wäre es ihm des Nachdenkens wert...

Ich spielte imaginäre Gespräche mit Random durch, bis der Mond zu meiner Linken dahingezogen war. Inzwischen hatte ich mehr als die halbe Strecke den Kolvir hinab hinter mich gebracht, und das Vorankommen wurde zunehmend leichter. Ich spürte bereits, daß die Kraft des Musters etwas nachgelassen hatte.

Ich hielt während des Abstiegs mehrmals inne, um Wasser zu trinken, und einmal aß ich ein Sandwich. Je mehr ich darüber nachdachte, desto mehr kam ich zu der Überzeugung, daß Random einfach wütend würde, wenn mein Denken weiterhin in den bisherigen Bahnen verliefe, und wahrscheinlich würde er mir nicht einmal bis zu Ende zuhören. Andererseits war auch ich wütend.

Aber es war ein langer Weg mit wenigen Abkürzungen. Ich hätte noch reichlich Zeit, um das Ganze aus allen Blickwinkeln zu betrachten.

Der Himmel wurde allmählich heller, als ich den letzten Felsenhang überquerte, um zu dem breiten Weg am nordwestlichen Fuß des Kolvir zu gelangen. Ich betrachtete eine Gruppe von Bäumen auf der anderen Seite des Weges; einer der größten davon war eine vertraute Landmarke ...

Durch einen Blitz aus heiterem Himmel, der mit einem Zischen herabzuckte, gefolgt von einer bombengleichen Reihe von Donnerschlägen, wurde dieser Baum gespalten, keine hundert Meter von mir entfernt. Ich hatte beide Hände hochgeworfen, als der Blitz einschlug, dennoch hörte ich das Krachen von splitterndem Holz und noch Sekunden später den Widerhall des Knalls.

Dann schrie eine Stimme: »Kehr um!«

Ich vermutete, daß ich der Angesprochene in dieser Dialogeröffnung war. »Können wir darüber reden?« entgegnete ich.

Es folgte keine Antwort.

Ich streckte mich in einer flachen Vertiefung neben dem Weg aus, dann robbte ich darin einige Körperlängen weiter zu einer Stelle, wo die Deckung besser war. Ich horchte und hielt Ausschau, in der Hoffnung, daß derjenige, wer immer dieses Bravourstück fertiggebracht hatte, sein Versteck auf irgendeine Weise verraten würde.

Nichts geschah, doch während der nächsten halben Minute suchte ich mit den Augen das Waldstück und einen Teil des Hanges ab, den ich heruntergekommen war. Aus diesem Blickwinkel bekam ich durch ihre Nähe eine schwache Eingebung.

Ich rief das Bild des Logrus herbei, und zwei seiner Linien wurden zu meinen Armen. Dann streckte ich sie aus, nicht durch den Schatten, sondern den Hang hinauf, wo ein ziemlich großer Stein über einer Anhäufung anderer balancierte.

Ich suchte nach einem Halt und zog daran. Er war zu schwer, um so ohne weiteres zu kippen, also wackelte ich daran herum. Zuerst langsam. Endlich hatte ich ihn zum Kipp-Punkt gebracht, und er polterte herunter auf die anderen, woraufhin ein kleiner Steinschlag einsetzte. Ich wich weiter zurück, als sie aufprallten und ihrerseits wieder Steine hüpfen ließen. Etliche schwere Brocken kamen ins Rollen. Eine Bruchlinie gab nach, als sie an einer steilen Stelle auf eine Kante aufschlugen. Eine ganze Decke aus Steinen ächzte und knackte, fing an zu rutschen.

Ich spürte das Beben, während ich meinen Rückzug fortsetzte. Ich hatte nicht damit gerechnet, daß ich etwas so Gewaltiges auslösen würde. Die Steine hüpften, rutschten und flogen in das Waldstück. Ich sah, wie die Bäume schwankten und einige von ihnen abgeknickt wurden. Ich hörte das Knirschen, Knarren, Knacken.

Ich gab der Sache noch eine weitere Minute nach ihrem scheinbaren Ende. Die Luft war erfüllt von Staub, und die Hälfte des Waldes war niedergemäht. Dann erhob ich mich, wobei mir Frakir von der linken Hand baumelte, und schritt in den Wald.

Ich hielt sorgsam Ausschau, doch es war niemand da. Ich kletterte auf den Stamm eines gefällten Baumes.

»Ich wiederhole: Hast du Lust, darüber zu reden?« rief ich.

Keine Antwort.

»Also gut, sei's wie's sei«, sagte ich und setzte meinen Weg in Richtung Norden nach Arden fort.

Während ich durch den uralten Wald wanderte, hörte ich gelegentlich die Geräusche von Pferden. Wenn ich verfolgt wurde, so zeigten die Reiter jedoch kein Interesse daran, zu dicht zu mir aufzuschließen. Wahrscheinlich verlief mein Weg in der Nähe einer von Julians Patrouillen.

Nicht daß das von Bedeutung gewesen wäre. Ich machte bald einen Pfad aus und unternahm kleine Streckenkorrekturen, die mich immer weiter von ihnen wegführten.

Eine hellere Tönung, von Braun zu Gelb, und etwas niedrigere Bäume ... Weniger Unterbrechungen im Laubdach ... Fremdartiges Vogelgezwitscher, seltsame Pilze ...

Nach und nach veränderte sich der Charakter des Waldes. Das Vorankommen wurde immer leichter, je weiter mich der Weg von Amber wegführte.

Immer häufiger überquerte ich sonnige Lichtungen. Der Himmel nahm ein blasseres Blau an ... Die Bäume waren jetzt ausnahmslos grün, doch die meisten waren Schößlinge ...

Ich verfiel in einen gemäßigten Laufschritt.

Dicke Wolken kamen in Sicht, die schwammweiche Erde wurde fester, trockener ...

Ich beschleunigte meine Gangart weiter, hangabwärts. Die Grashalme wuchsen jetzt spärlicher. Die Bäume waren in Gruppen unterteilt, Inseln in einer wogenden See dieses blassen Grases. Mein Blick umfaßte eine weitere Ferne. Ein wabernder Perlenvorhang zu meiner Rechten: Regen.

Donnergrollen drang mir ans Ohr, obwohl der Schein der Sonne noch immer meinen Weg beleuchtete. Ich atmete die saubere, feuchte Luft tief ein und rannte weiter.

Der Grasbewuchs hörte auf, die Erde wies Risse auf, der Himmel wurde schwarz... Wasser rauschte durch Schluchten und Rinnen rings um mich herum... Sturzbäche ergossen sich von oben auf den nachgiebigen Untergrund...

Ich rutschte. Ich verfluchte mich jedesmal, wenn ich mich wieder hochrappelte, wegen des Übereifers, den ich beim Laufen an den Tag legte.

Die Wolken teilten sich wie ein Theatervorhang, hinter dem eine zitronengelbe Sonne Wärme und Licht aus einem lachsfarbenen Himmel vergoß. Der Donner verhielt mitten im Grollen, und der Wind frischte auf...

Ich stieg einen Hügel hinauf und blickte hinab auf die Ruinen eines Dorfes: seit langem verlassen, zum Teil überwuchert, mit seltsamen Wällen, die seine zerstörte Hauptstraße säumten.

Ich wanderte unter einem schieferfarbenen Himmel dahin, setzte meinen Weg behutsam über einen zugefrorenen Teich fort; die Gesichter der im Eis unter mir Erstarrten blicklos in alle Richtungen spähend...

Der Himmel war rußgestreift, der Schnee festgebacken, mein Atem federig, als ich den Skelettwald betrat, wo gefrorene Vögel auf den Zweigen thronten: ein Kupferstich.

Abwärts rutschend, rollend, in die Schneeschmelze und den Frühling gleitend... Wieder Bewegung um mich herum... matschiger Boden und Klumpen von Grün... Seltsame Autos auf fernen Schnellstraßen...

Eine Müllhalde, stinkend, sickernd, rostend, schwelend... Ich bahne mir einen Weg zwischen weitläufigen Haufen von Unrat hindurch... Ratten huschen davon...

Weg... Schneller laufend, schwerer atmend... Die Horizontlinie unter einer Smogmütze... Talsohle... Meeresküste... Goldene Pylone entlang der Straße... Landschaft mit Seen... Braunes Gras unter einem grünen Himmel...

Langsamer... Sanft gewelltes Grasland, Fluß und See... Langsamer... Eine leichte Brise und Gras, wie am Meer... Ich wische mir die Stirn am Ärmel ab... Sauge die Luft tief in mich ein... Jetzt im Wanderschritt...

Ich bewegte mich gemäßigten Schrittes durch die Landschaft und zog es vor, an einem geeigneten Platz wie diesem, wo ich eine ziemlich weite Sicht hatte, eine Rast einzulegen. Der Wind streifte mit einem leisen Rauschen durchs Gras. Der nächstgelegene See hatte eine lindgrüne Farbe. Ein süßer Duft hing in der Luft.

Ich glaubte, ein kurzes Aufflackern von Licht zu meiner Rechten zu sehen, doch als ich den Kopf in diese Richtung wandte, entdeckte ich dort nichts Ungewöhnliches. Kurze Zeit später war ich sicher, daß ich das ferne Geräusch von Hufgetrappel vernahm. Doch auch diesmal sah ich nichts. Das ist das Problem beim Schatten – man weiß nie genau, was dort natürlich ist; man ist sich nie sicher, wonach man Ausschau halten muß.

Einige Minuten vergingen, und dann roch ich es, bevor ich etwas sah.

Rauch.

Im nächsten Augenblick zuckte ein Feuerstrahl auf. Eine lange Flammenlinie schnitt quer durch meinen Weg.

Und wieder die Stimme: »Ich sagte doch: Kehr um!«

Der Wind war hinter dem Feuer und trieb es auf mich zu. Ich drehte mich um, um zu flüchten, und sah, daß es mich bereits seitlich eingekesselt hatte. Es dauert eine Weile, bis man die richtige Geistesverfassung für eine Schatten-Verschiebung aufbaut, und ich hatte meine leichtfertig aufgegeben. Ich zweifelte daran, daß ich sie rechtzeitig wieder aufbauen könnte.

Ich lief los.

Die Flammenlinie bog sich um mich herum, als ob

211

sie einen großen Kreis beschreiben wollte. Ich hielt jedoch nicht inne, um die Präzision des Gebildes zu bewundern, da ich inzwischen bereits die Hitze spürte und der Rauch immer dichter wurde.

Über das Knistern des Feuers hinweg glaubte ich immer noch das Trommeln der Hufe zu hören. Meine Augen tränten jedoch, und dichte Rauchschwaden behinderten mir die Sicht. Und wieder entdeckte ich kein Anzeichen jener Person, die die Falle hatte zuschnappen lassen.

Und doch – eindeutig – bebte der Boden unter dem schnellen Herannahen behufter Geschöpfe, die sich in meine Richtung bewegten. Die Flammen schlugen immer höher und schoben sich dichter an mich heran, während der Kreis sich allmählich schloß.

Ich fragte mich, welche neue Bedrohung wohl auf mich zukommen mochte, als ein Pferd mit Reiter durch eine Lücke in der Flammenwand in mein Sichtfeld brach. Der Reiter riß an den Zügeln, doch das Pferd – ein kastanienbraunes Tier – war nicht besonders glücklich, so nahe an den Flammen. Es fletschte die Zähne, biß auf das Zaumzeug und versuchte mehrmals, sich aufzubäumen.

»Schnell! Hinter mir aufsitzen!« schrie der Reiter, und ich beeilte mich, der Aufforderung zu folgen.

Der Reiter war eine dunkelhaarige Frau. Ich erhaschte nur einen flüchtigen Blick auf ihre Gesichtszüge. Es gelang ihr, das Pferd in die Richtung zurückzulenken, aus der sie gekommen war, und sie schüttelte die Zügel. Der Kastanienbraune schoß nach vorn und bäumte sich plötzlich auf. Ich schaffte es, nicht abgeworfen zu werden.

Als seine Vorderhufe wieder den Boden berührten, sprang das Tier mit einem Satz um die eigene Achse und raste auf das Licht zu. Es war beinahe in den Flammen, als es wieder auf der Stelle kehrtmachte.

»Verdammt!« hörte ich die Reiterin fluchen, während sie ziemlich nervös mit den Zügeln herumhantierte.

Das Pferd drehte sich wieder um und wieherte laut. Blutiger Speichel tropfte ihm aus dem Maul. Inzwischen hatte sich der Kreis geschlossen, der Rauch war schwer, und die Flammen waren sehr nahe. Ich war nicht in der Lage zu helfen, außer daß ich ihm ein paar heftige Tritte in die Flanken geben konnte, als es sich wieder geradeaus vorwärtsbewegte.

Es stürzte auf die Flammen zu unserer Linken zu, wobei es wilde Schreie ausstieß. Ich hatte keine Ahnung, wie breit der Feuerstreifen zu diesem Zeitpunkt war. Ich spürte jedoch einen sengenden Schmerz entlang der Beine, und der Geruch brennender Haare stieg mir in die Nase.

Dann bäumte sich das Tier erneut auf, die Reiterin brüllte es an, und ich mußte feststellen, daß ich mich nicht mehr festhalten konnte. Ich merkte, wie ich nach hinten wegrutschte, und zwar genau in dem Augenblick, als wir den Feuerreif durchbrachen und auf verkohlten, schwelenden Boden gelangten, wo die Flammen bereits vorbeigezogen waren. Ich stürzte mitten zwischen heiße schwarze Klumpen; Asche stob rings um mich auf. Ich rollte mich mit aller Kraft nach links, ich hustete und drückte die Augen fest zu zum Schutz gegen die Aschewolken, die mein Gesicht angriffen.

Ich hörte die Schreie der Frau und rappelte mich auf, wobei ich mir die Augen rieb. Meine Sicht klärte sich rechtzeitig, damit ich sah, wie der Kastanienbraune sich von der Stelle erhob, wo er offenbar auf seine Reiterin gefallen war. Das Pferd stürmte sofort davon, um sich in den Rauchwolken zu verlieren. Die Frau lag reglos da, und ich eilte zu ihr. Ich kniete neben ihr nieder, wischte Funken von ihrer Kleidung und prüfte ihre Atmung und ihren Puls. Währenddessen öffnete sie die Augen.

»Mein Rücken... ist gebrochen... glaube ich«,

keuchte sie hustend. »Ich fühle ... kaum noch was ...
Flieh ... wenn du kannst ... laß mich hier. Ich sterbe ...
sowieso.«

»Bestimmt nicht«, widersprach ich. »Aber ich muß
dich wegtragen. In der Nähe gibt es einen See, wenn
ich mich richtig erinnere.«

Ich löste meinen Umhang, den ich mir um die Taille
gebunden hatte, und breitete ihn neben ihr aus. Dann
hob ich sie, so behutsam wie möglich, Zentimeter um
Zentimeter darauf, faltete ihn über ihr zusammen, um
sie gegen die Flammen zu schützen, und zog sie in die
Richtung, die hoffentlich die richtige war.

Wir schafften es durch ein sich bewegendes Flicken-
muster aus Feuer und Rauch. Meine Kehle war rauh,
meine Augen tränten ständig, und meine Hose fing
Feuer, als ich einen großen Schritt zurück tat und
spürte, wie mein Absatz in Schlamm versank. Ich ging
weiter.

Schließlich stand ich bis zur Taille im Wasser und
hielt sie an der Oberfläche, indem ich sie von unten
stützte. Ich beugte mich vor und schlug eine Ecke des
Umhangs von ihrem Gesicht zurück. Ihre Augen
waren noch immer geöffnet, doch es sah aus, als ob sie
nichts wahrnähmen, und sie bewegte sich nicht. Bevor
ich den Puls an ihrer Halsschlagader fühlen konnte,
gab sie jedoch ein Zischen von sich, und dann sprach
sie meinen Namen aus.

»Merlin«, krächzte sie heiser. »Es tut ... mir leid ...«

»Du hast mir geholfen, und ich konnte dir nicht helfen«, entgegnete ich. »*Mir* tut es leid ...«

»Tut mir leid ... daß ich nicht länger ... durchgehal-
ten habe«, fuhr sie fort. »Ich bin keine ... gute Reiterin.
Sie ... verfolgen dich.«

»Wer?« fragte ich.

»Sie haben ... die Hunde ... jedoch zurückgerufen.
Aber das Feuer ... stammt von jemand anderem. Weiß
nicht ... von wem.«

214

»Ich weiß nicht, wovon du sprichst.«

Ich spritzte ihr etwas Wasser auf die Wangen, um sie zu kühlen. Unter dem Ruß und dem angesengten, zerzausten Haar war es schwierig, ihr Aussehen zu beurteilen.

»Jemand ist... hinter dir her«, sagte sie, und ihre Stimme wurde immer schwächer. »Vor dir... ist auch jemand. Darüber weiß... ich nichts. Tut mir leid.«

»Wer?« fragte ich erneut. »Und wer bist du? Wieso kennst du mich? Warum...«

Sie lächelte schwach. »... mit dir schlafen. Kann jetzt nicht. Muß gehen...«

Ihre Augen schlossen sich.

»Nein!« rief ich.

Ihre Gesichtszüge verzerrten sich, und sie sog einen letzten Atemzug ein. Dann ließ sie ihn wieder aus und benutzte ihn, um die geflüsterten Worte vorzubringen: »Laß mich... einfach hier... versinken. Leb wohl.«

Eine Rauchwolke wehte über ihr Gesicht. Ich hielt die Luft an und schloß die Augen, als ein größerer Schwaden folgte und uns einhüllte.

Als die Luft schließlich wieder einigermaßen klar war, untersuchte ich sie. Ihre Atmung hatte aufgehört, und es war kein Puls, kein Herzschlag mehr vorhanden. Es gab keine nicht brennende, nichtschlammige Stelle in der Nähe, um einen Wiederbelebungsversuch zu unternehmen. Sie war tot. Sie hatte gewußt, daß sie sterben mußte.

Ich wickelte sie behutsam in meinen Umhang ein, benutzte ihn als Leichentuch. Zuletzt legte ich einen Zipfel über ihr Gesicht. Ich befestigte das Ganze mit der Spange, mit der ich ihn am Hals zusammengehalten hatte, als ich ihn getragen hatte. Dann watete ich hinaus in tieferes Wasser. »Laß mich einfach hier versinken.« Manchmal sinken Tote schnell, manchmal schwimmen sie...

215

»Leb wohl, fremde Lady«, sagte ich. »Ich wünschte, ich hätte deinen Namen erfahren. Nochmals danke.«

Ich ließ sie los. Ein Wasserwirbel ergriff sie. Sie war verschwunden. Nach einer Weile wandte ich den Blick von der Stelle ab und entfernte mich davon. Zu viele Fragen und keine Antworten.

Irgendwo wieherte ein aufgebrachtes Pferd.

– 9 –

Mehrere Stunden und viele Schatten später legte ich erneut eine Rast ein, an einem Ort mit einem klaren Himmel und wenig Zunder in der Nähe. Ich badete in einem flachen Wasserlauf und rief anschließend frische Kleidung aus dem Schatten herbei. Nachdem ich sauber und trocken war, ruhte ich mich am Ufer aus und bereitete mir eine Mahlzeit.

Es schien, als ob jetzt jeder Tag ein 30. April wäre. Es schien, als ob jeder, dem ich begegnete, mich kannte und als ob jeder ein ausgeklügeltes Doppelspiel spielte. Leute starben rings um mich herum, und Katastrophen wurden zu etwas ganz Alltäglichem. Allmählich kam ich mir wie eine Gestalt in einem Videospiel vor. Was würde als nächstes kommen? fragte ich mich. Ein Meteorhagel?

Es mußte einen Schlüssel geben. Die namenlose Lady, die ihr Leben für mich gelassen hatte, hatte gesagt, daß ich von etwas verfolgt würde und daß auch vor mir etwas auf mich lauerte. Was sollte das bedeuten? Sollte ich einfach meinen Verfolger oder meine Verfolgerin erwarten und ihn oder sie fragen, was eigentlich gespielt wurde? Oder sollte ich möglichst schnell weitereilen, in der Hoffnung, den anderen Teil zu erwischen und dort Erkundigungen anzustellen? Würden beide mir dieselbe Antwort geben? Oder gab es zwei verschiedene Antworten? Würde ein Duell irgend jemanden zufriedenstellen? Nun gut, dann würde ich mich zum Kampf stellen. Oder ging es um eine Bestechung? Ich war bereit, sie zu bezahlen. Ich wollte nichts anderes als eine Antwort und danach etwas Ruhe und Frieden. Ich schmunzelte. Das hörte sich an wie eine Beschreibung des Todes – obwohl ich mir über die Sache mit der Antwort nicht so ganz im klaren war.

»Scheiße!« entfuhr es mir, an niemanden im besonderen gerichtet, und ich schleuderte einen Stein in den Fluß.

Ich stand auf und durchquerte das Wasser. Auf der anderen Seite waren folgende Worte in den Sand geschrieben: KEHR UM! Ich trat darauf und lief los.

Die Welt um mich herum drehte sich, als ich die Schatten berührte. Die Vegetation hörte auf. Steine wuchsen zu Felsbrocken, es blitzte, ein Funkeln erfüllte die Welt um mich herum...

Ich rannte durch ein Tal von Prismen unter einem furchterregenden purpurfarbenen Himmel... Wind zwischen Regenbogensteinen, singend... Äolenmusik...

Vom Sturm gepeitschte Gewänder... Purpur bis Lavendel über mir... Spitze Schreie innerhalb der Tonphasen... aufreißende Erde...

Schneller.

Ich bin ein Riese. Irgendeine Landschaft, jetzt unendlich... Zyklopisch zermalme ich die glühenden Steine unter meinen Füßen... Regenbogenstaub auf meinen Stiefeln, Wolkenschwaden um meine Schultern...

Die Atmosphäre verdichtet sich, verdichtet sich fast bis zur Flüssigkeit, und grün... Wirbel... Zeitlupe, bei aller Anstrengung...

Schwimmend... Schlösser, passend für Aquarien, schweben vorbei... Helle Raketengeschosse wie Glühwürmchen greifen mich an... Ich fühle nichts...

Von Grün zu Blau... Dünner werdend, dünner... Blauer Rauch und Luft wie duftgeschwängert... Der

Widerhall von einer Million unsichtbarer Gongs, unaufhörlich... Ich knirsche mit den Zähnen...

Schneller.

Von Blau zu Rosa, funkendurchschossen... Eine Katzenwäsche von Feuer... Noch eine... Hitzelose Flammen tanzen wie Meerespflanzen... Höher, immer höher aufsteigend... Feuerwände knicken ein und zerreißen...

Schritte hinter mir.

Dreh dich nicht um. Beweg dich.

Der Himmel mittendurch gespalten, die Sonne von einem Kometen gestreift... Da und weg... Wieder. Wieder. Drei Tage in ebenso vielen Herzschlägen... Ich atme die würzige Luft ein... Wirbel im Feuer, Abstieg zur purpurfarbenen Erde... Prisma am Himmel... Ich lege die Strecke entlang eines schimmernden Flusses im Laufschritt zurück, durch ein Feld von Pilzen in der Farbe von Blut, schwammig... Keime, die sich in Juwelen verwandeln, wie Gewehrkugeln herabfallen...

Eine Nacht auf einer Messingebene, Schritte, die bis in die Ewigkeit widerhallen... Knollige, maschinenartige Pflanzen scheppern, Metallblumen entwickeln sich zu Metallstengeln zurück, Stengel zu Konsolen... Klirr, Klirr, Seufz... Nur Echos, hinter mir?

Ich drehe mich einmal blitzschnell um.

War das eine dunkle Gestalt hinter einem windmühlenartigen Baum? Oder nur der Tanz der Schatten in meinen schattenverschiebenden Augen?

Vorwärts. Durch Glas und Sandpapier, orangefarbenes Eis, eine Landschaft aus blassem Fleisch...

Es gibt keine Sonne, nur blasses Licht... Es gibt keine Erde... Nur dünne Brücken und Inseln in der Luft... Die Welt ist eine kristallene Matrix...

Hinauf, hinunter, rundherum... durch ein Loch in der Luft und eine Stromschnelle hinab...

Gleitend... Zu einem Kobaltstrand an einem unbewegten Kupfermeer... Zwielicht ohne Sterne... Über-

all ein schwacher Schimmer... Tot, tot dieser Ort...
Blaue Felsen... Zerbrochene Statuen von nichtmensch-
lichen Wesen... Nichts bewegt sich...

Halt.

Ich zog einen magischen Kreis um mich herum in
den Sand und gab ihm die Kräfte des Chaos ein. Dann
breitete ich meinen neuen Umhang in seiner Mitte aus,
streckte mich aus und schlief ein. Ich träumte, daß das
Wasser anstieg, um einen Teil des Kreises wegzu-
schwemmen, und daß ein schuppiges grünes Wesen
mit purpurfarbenem Haar und scharfen Zähnen aus
dem Meer kroch und zu mir kam, um mein Blut zu
trinken.

Als ich erwachte, sah ich, daß der Kreis durchbro-
chen war und ein schuppiges grünes Wesen mit purpurfarbenem Haar und scharfen Zähnen einige Meter
von mir entfernt tot am Strand lag. Frakir war fest um
seinen Hals geschlungen und verknotet, und der Sand
ringsum war zertreten. Ich mußte sehr tief geschlafen
haben.

Ich löste das wachsame Seil, das meinen Angreifer
erdrosselt hatte, und schlug eine weitere Brücke über
die Unendlichkeit.

Bei der nächsten Etappe meiner Reise wurde ich beinahe von einer Überschwemmung weggespült, als ich
das erstemal eine Rast einlegte, um mich auszuruhen.
Ich leistete mir jedoch keine Unaufmerksamkeit mehr
und hielt mich weit genug vor ihr entfernt, um davon-
zukommen. Ich erhielt eine weitere Warnung – in Form
von flammenden Buchstaben auf der Oberfläche eines
obsidianfarbenen Berges –, die mir empfahl, umzukehren, nach Hause zu gehen. Meine rufend vorgebrachte
Einladung zu einem Gespräch wurde mißachtet.

Ich setzte meinen Weg fort, bis es wieder Zeit war
zum Schlafen, und dann schlug ich mein Lager im Ge-
schwärzten Land auf – leblos, grau, muffig und neb-

lig. Ich fand eine leicht zu verteidigende Felsspalte, schützte sie gegen Magie und schlief ein.

Später – wieviel später, vermag ich nicht zu sagen – wurde ich durch das Pulsieren von Frakir an meinem Handgelenk aus einem traumlosen Schlummer geweckt.

Ich war sofort hellwach, und dann fragte ich mich nach dem Grund. Ich hörte nichts und sah nichts Ungewöhnliches innerhalb meines begrenzten Sichtfeldes. Doch Frakir – die nicht hundertprozentig unfehlbar ist – hat immer einen Grund, wenn sie Alarm schlägt. Ich wartete, und unterdessen rief ich mir das Bild des Logrus ins Gedächtnis. Als es vollkommen vor mir entstanden war, schob ich meine Hand hinein, als ob es ein Handschuh wäre, und streckte sie aus ...

Ich trage selten eine Klinge bei mir, die die Länge eines mittelgroßen Dolches übersteigt. Es ist einfach zu verdammt hinderlich, viele Spannen Stahl an sich hängen zu haben; er schlägt einem gegen die Seite, verfängt sich im Buschwerk und bringt einen sogar gelegentlich zu Fall. Mein Vater und die meisten anderen in Amber und den Burgen schwören auf solche unhandlichen schweren Gerätschaften, aber sie sind wahrscheinlich für robusteren Stoff geschaffen, als ich es bin. Ich habe prinzipiell nichts dagegen. Ich bin ein Freund der Fechtkunst, und ich habe eine gründliche Ausbildung darin genossen. Ich finde es einfach nur lästig, die ganze Zeit über ein solches Ungetüm mit mir herumzuschleppen. Der Gürtel scheuert mir nach einer gewissen Zeit sogar die Hüfte blutig. Normalerweise ziehe ich Frakir und die Improvisation vor. Allerdings ...

Dies, so gestand ich bereitwillig ein, wäre ein guter Zeitpunkt gewesen, um eine derartige Klinge zu tragen. Denn jetzt hörte ich ein gebellartiges Fauchen und ein Scharren irgendwo draußen und zu meiner Linken.

Ich streckte mich durch den Schatten hindurch und suchte nach einer entsprechenden Klinge. Ich streckte mich und streckte mich …

Verdammt. Ich hatte mich weit von jeglicher metall-verarbeitenden Kultur mit den geeigneten Voraus-setzungen und in der richtigen Phase ihrer histori-schen Entwicklung entfernt.

Ich griff immer weiter hinüber, und plötzlich stan-den mir Schweißperlen auf der Stirn. Weit weg, sehr weit weg. Und die Laute kamen näher, lauter, schnel-ler.

Es ertönte ein rasselndes, stampfendes, spuckendes Getöse. Ein Brüllen.

Kontakt!

Ich spürte den Schaft der Waffe in meiner Hand. Packen und herbeirufen! Ich rief sie zu mir und wurde durch die Wucht der Sendung gegen die Wand ge-schleudert. Ich hing einen Augenblick lang so da, bevor ich sie aus der Scheide ziehen konnte, von der sie immer noch umschlossen war. In diesem Augen-blick wurde es draußen still.

Ich wartete zehn Sekunden lang. Fünfzehn. Eine halbe Minute …

Nichts mehr.

Ich wischte mir die Hände an der Hose ab. Ich lauschte weiter. Schließlich wagte ich mich zur Öff-nung der Spalte.

Unmittelbar davor war nichts außer einem hellen Nebel, und als sich die äußeren Linien meiner Sicht weiteten, konnte ich noch immer nichts erspähen.

Noch einen Schritt …

Nein.

Noch einen.

Jetzt war ich direkt an der Schwelle. Ich beugte mich vor und warf einen schnellen Blick in alle Richtun-gen.

Ja. Da war etwas, links von mir – dunkel, niedrig,

unbeweglich, halb vom Nebel verdeckt. Hingekauert? Bereit, mich anzuspringen?

Was immer es war, es rührte sich nicht und verhielt sich vollkommen still. Ich tat dasselbe. Nach einer Weile bemerkte ich eine weitere dunkle Form dahinter, im großen und ganzen mit denselben Umrissen – und vielleicht noch eine dritte ein Stück weiter weg. Keine davon zeigte irgendeine Neigung, ein solches Spektakel zu verursachen, wie ich es vor einigen Minuten gehört hatte.

Ich hielt meine Wachsamkeit bei.

Mehrere Minuten mußten vergangen sein, bevor ich einen Schritt nach draußen tat. Nichts schreckte bei meiner Bewegung auf. Ich ging einen Schritt weiter und wartete. Dann noch einen.

Schließlich gelangte ich durch langsames Anpirschen zu der ersten Form. Ein häßliches Ungeheuer, bedeckt mit Schuppen von der Farbe getrockneten Blutes. Ein mehrere hundert Pfund schweres Wesen, lang und gebogen – außerdem mit häßlichen Zähnen ausgestattet, die ich in dem vor mir aufklaffenden Maul bemerkte. Ich wußte, daß mir dadurch keine Gefahr drohte, denn sein Kopf war beinahe vollständig abgetrennt vom übrigen Körper. Ein sehr sauberer Schnitt. Aus der Wunde floß immer noch eine gelb-orangefarbene Flüssigkeit.

Von meinem Standpunkt aus erkannte ich, daß es sich bei den anderen beiden Formen um Geschöpfe derselben Art handelte. In jeder Hinsicht. Auch sie waren tot. Das zweite, das ich untersuchte, war mehrmals durchbohrt worden, und ihm fehlte ein Bein. Das dritte war in Stücke gehackt worden. Aus ihnen allen sickerte die gleiche Flüssigkeit, und sie rochen schwach nach Nelken.

Ich untersuchte den zertretenen Boden ringsum. Zwischen diesem seltsamen Blut und dem Tau fand ich etwas wie Stiefelabdrücke in einer menschenähnlichen Größe. Ich suchte weiter und fand einen unversehrten Abdruck. Er deutete in die Richtung zurück, aus der ich gekommen war.

Mein Verfolger? Vielleicht S? Derjenige, der die Hunde zurückgerufen hatte? Einer, der mir zu Hilfe kommen wollte?

Ich schüttelte den Kopf. Ich hatte es satt, einen Sinn zu suchen, wo es keinen Sinn gab. Ich setzte meine Suche fort, doch ich stieß auf keine weiteren unversehrten Spuren mehr. Dann kehrte ich zu der Felsspalte zurück und holte die zu meiner Klinge gehörende Scheide. Ich schob die Waffe hinein und befestigte sie am Gürtel. Ich schnallte ihn mir über die Schulter, so daß mir die Klinge am Rücken hing. Der Griff würde direkt über dem Rucksack herausragen, wenn ich mir diesen angelegt hätte. Ich konnte mir nicht vorstellen, wie ich hätte rennen sollen, wenn mir das Ding an der Seite baumelte.

Ich aß etwas Brot und den Rest von dem Fleisch. Ich trank auch etwas Wasser und einen Mundvoll Wein. Dann setzte ich meine Reise fort.

Während des nächsten Tages legte ich die Strecke überwiegend im Laufschritt zurück – obwohl der Ausdruck ›Tag‹ etwas verfehlt ist unter einem unverändert punktierten Himmel, einem gesprenkelten Himmel, einem von unendlichen Feuerrädern und Lichtfontänen erleuchteten Himmel. Ich lief, bis ich müde war, dann ruhte ich mich aus, aß etwas und lief weiter. Ich rationierte meine Nahrungsmittel, denn ich hatte das Gefühl, daß ich mir noch mehr schicken lassen mußte, und eine solche Handlung verlangt dem Körper besondere Kräfte ab. Ich entsagte allen Abkürzungen, denn verlockende schattenüberspannende Höllenstrecken fordern ebenfalls ihren Preis, und ich wollte bei meiner Ankunft nicht vollkommen am Ende meiner Kräfte sein. Ich sah mich häufig prüfend nach hinten um. Im allgemeinen bemerkte ich nichts Verdächtiges. Gelegentlich glaubte ich allerdings, in der Ferne einen Verfolger auszumachen. In Anbetracht der Streiche, die die Schatten dem Auge spielen konnten, waren jedoch auch andere Erklärungen möglich.

Ich rannte, bis ich wußte, daß ich mich endlich meinem Ziel näherte. Ich wurde mit keinen weiteren Katastrophen konfrontiert, denen die Aufforderung umzukehren gefolgt wäre. Ich überlegte kurz, ob das ein gutes Zeichen war oder ob mir das Schlimmste noch bevorstand. Wie auch immer, ich wußte, daß eine weitere Ruhepause mit etwas Schlaf und noch ein wenig Wandern mich dorthin bringen würden, wo ich sein wollte. Man füge ein gewisses Maß an Vorsicht und einige vorbeugende Maßnahmen hinzu, und schon bestand sogar Grund zu Optimismus.

Ich lief durch eine weitläufige, waldartige Gruppe von kristallinen Formen. Ob es wirklich lebendige Wesen waren oder ob sie irgendein geologisches Phänomen darstellten, weiß ich nicht. Sie verzerrten die Sicht und machten das Vorankommen schwierig. Ich sah jedoch keine Hinweise auf irgend etwas Lebendes an diesem glänzenden, glasigen Ort, was mich zu der Überlegung veranlaßte, daß dies keine schlechte Stelle für ein letztes Lager wäre.

Ich brach eine Anzahl der Glieder ab und steckte sie in den rosafarbenen Boden, der die Beschaffenheit von halberstarrter Spachtelmasse hatte. Ich errichtete auf diese Weise eine runde Palisade von etwa Schulterhöhe, zu deren Mittelpunkt ich mich machte. Ich wickelte Frakir von meinem Handgelenk und gab ihr die nötigen Anweisungen, während ich sie auf meine unebene, glänzende Mauer legte.

Frakir dehnte sich in der Länge aus, streckte sich und machte sich dünn wie ein Faden, um sich zwischen den scherbengleichen Zweigen hindurchzuwinden. Ich fühlte mich sicher. Ich glaubte nicht, daß ir-

225

gend etwas diese Barriere überwinden könnte, ohne daß Frakir aufspringen und sich als tödlich enge Schlinge um den Angreifer herumlegen würde.

Ich breitete meinen Umhang aus, legte mich hin und schlief ein. Wie lange ich schlief, vermag ich nicht mit Sicherheit zu sagen. Und ich erinnere mich an keinen Traum. Ich wurde auch durch nichts und niemanden gestört.

Als ich aufwachte, bewegte ich den Kopf, um mich neu zu orientieren, doch der Anblick war zu jeder Seite hin derselbe wie zuvor. In jeder Richtung außer nach unten bot sich der Sicht nichts anderes als verschlungene Kristallzweige. Ich rappelte mich langsam auf und drückte dagegen. Sie waren fest. Ich war in einem Glaskäfig gefangen.

Obwohl es mir gelang, einige kleinere Zweige abzubrechen, waren es vorwiegend die größeren über mir, die meine Befreiung verhinderten. Jene, die ich anfangs eingepflanzt hatte, waren beträchtlich dicker geworden und hatten sich fest verwurzelt. Sie würden selbst unter meinen heftigsten Fußtritten nicht nachgeben.

Das verdammte Zeug machte mich wütend. Ich schwang meine Klinge, und Glassplitter flogen durch die Luft. Daraufhin vermummte ich mein Gesicht mit dem Umhang und schlug noch ein bißchen wilder um mich. Dann merkte ich, daß sich meine Hand feucht anfühlte. Als ich hinsah, stellte ich fest, daß sie blutüberströmt war. Einige der Splitter waren sehr scharf. Ich unterließ die Hiebe mit der Klinge und nahm wieder die Fußtritte gegen die Einsperrung auf. Die Wände knarrten gelegentlich und erzeugten klirrende Laute, doch sie hielten meinen Bemühungen stand.

Ich leide normalerweise nicht unter Klaustrophobie, und mein Leben war nicht unmittelbar in Gefahr, doch irgend etwas an diesem glänzenden Gefängnis ärgerte mich mehr, als es der Situation angemessen gewesen wäre. Ich tobte vielleicht zehn Minuten lang herum, bevor ich mich zu ausreichender Ruhe zwang, um einigermaßen klar denken zu können.

Ich erforschte den Wirrwarr, bis ich die einheitliche Farbe und Konsistenz von Frakir ausmachte, die sich zwischen den Zweigen hindurchschlängelte. Ich legte die Fingerspitzen auf sie und sprach einen Befehl. Ihre Helligkeit nahm zu, sie durchlief das Spektrum und hielt bei einem roten Glühen inne. Ein paar Sekunden später folgte das erste Knirschen.

Ich zog mich schnell in die Mitte meiner Einsperrung zurück und wickelte mich ganz und gar in meinen Umhang. Wenn ich mich niederkauerte, so überlegte ich, würden einige der Stücke von oben eine weitere Fallstrecke zurücklegen und mich mit größerer Wucht treffen. Also blieb ich aufrecht stehen und schützte Kopf und Hals mit Armen und Händen sowie mit dem Umhang.

Das Knirschen wurde zu einem Knacken, gefolgt von einem Rumpeln, Krachen, Brechen. Plötzlich schlug mir etwas auf die Schulter, doch es gelang mir, auf den Beinen zu bleiben.

Klirrend und knirschend fiel das Gebilde um mich herum zu Boden. Ich ließ mich nicht umwerfen, obwohl ich noch mehrmals getroffen wurde.

Als der Krach aufhörte und ich wieder aufblickte, sah ich, daß das Dach verschwunden war, und ich stand bis zu den Waden in herabgefallenen Ästen des korallenähnlichen harten Materials. Einige der Seitenteile waren beinahe bis auf Bodenhöhe weggesplittert. Andere ragten in unnatürlicher Schrägstellung auf, und diesmal brachten ein paar wohlgezielte Fußtritte sie zu Fall.

Mein Umhang war an mehreren Stellen zerrissen, und Frakir rollte sich jetzt um meinen linken Fußknöchel und wanderte zum Handgelenk herauf. Das Zeug knirschte unter den Füßen, als ich hinausschritt.

Ich schüttelte meinen Umhang aus und wischte die Splitter von mir ab. Ich wanderte etwa eine halbe Stunde lang und ließ diesen Ort weit hinter mir, bevor ich anhielt, um in einem heißen, kahlen Tal, in dem es schwach nach Schwefel roch, mein Frühstück einzunehmen.

Als ich fast damit fertig war, hörte ich ein Knacken. Ein gehörntes und mit Fangzähnen bewehrtes purpurfarbenes Ding jagte über die Kuppe zu meiner Rechten, gefolgt von einem haarlosen orangehäutigen Geschöpf mit langen Krallen und einem gespaltenen Schwanz. Beide winselten in unterschiedlichen Tonlagen.

Ich nickte. Ein verdammtes Ding jagte das andere.

Ich setzte meinen Weg unter einem sowohl wilden als auch friedlichen Firmament durch gefrorenes Land und durch brennendes Land fort. Dann schließlich, viele Stunden später, sah ich die flache Reihe dunkler Hügel, hinter denen ein Lichtschein aufwärts stieg. Das war es. Ich brauchte nur noch dorthin zu gelangen und hindurchzugehen, dann würde ich hinter dem letzten und schwierigsten Hindernis mein Ziel sehen.

Ich schritt weiter. Es wäre gut gewesen, diese Arbeit zu beenden und sich wichtigeren Dingen zu widmen. Ich würde mich nach Amber zurücktrumpfen, wenn ich dort fertig wäre, anstatt den Rückweg zu Fuß anzutreten. Ich hätte mich jedoch nicht zu meinem derzeitigen Ziel trumpfen können, da der Ort auf keiner Karte dargestellt war.

Während ich mich im Laufschritt bewegte, dachte ich zuerst, ich selbst würde das Beben erzeugen. Ich wurde eines Besseren belehrt, als kleine Steinchen ziellos über den Boden vor mir rollten.

Warum nicht?

Ich war so ziemlich mit allem anderen geschlagen worden. Es war so, als ob mein unbekannter Rachegott eine Checkliste durchging und nun noch ›Erdbeben‹ abzuhaken hatte. Nun gut. Zumindest war nichts über mir, das auf mich hätte herabfallen können.

»Viel Spaß, du Hundesohn!« schrie ich. »Eines nicht allzu fernen Tages wird es nicht mehr so lustig sein.«

Wie als Antwort wurde das Beben heftiger, und ich mußte stehenbleiben, um nicht umgeworfen zu werden. Ich sah, wie der Boden an einigen Stellen absackte und sich an anderen Stellen neigte. Ich blickte mich rasch um und versuchte zu entscheiden, ob es besser sei, weiterzurennen, zurückzuweichen oder auf der Stelle stehenzubleiben. Schmale Risse hatten sich aufgetan, und jetzt hörte ich ein dumpfes Grollen und Knirschen.

Die Erde unter mir sackte unvermittelt ab – vielleicht um acht Zentimeter –, und der nächste Spalt wurde breiter. Ich machte kehrt und rannte in die Richtung zurück, aus der ich gekommen war. Dort schien der Boden weniger in Mitleidenschaft gezogen zu sein.

Das war vielleicht ein Fehler. Ein besonders heftiger Erdstoß folgte, der mich zu Boden warf. Bevor ich aufstehen konnte, klaffte eine breite Spalte in meiner Reichweite auf. Sie wurde immer breiter, während ich sie gebannt anstarrte. Ich sprang auf, tat einen Satz darüber, stolperte, erhob mich wieder und sah einen weiteren Riß – der sich noch schneller verbreiterte als der, vor dem ich floh.

Ich sprang wieder und landete auf einem Stück Land, das einer geneigten Tischplatte glich. Der Boden war jetzt überall von dunklen Rissen durchzogen, die sich immer weiter öffneten, begleitet von einem schrecklichen Ächzen und Kreischen. Große Erdbrocken brachen ab und rutschten ins Nichts. Meine kleine Insel schwand allmählich.

Ich sprang immer wieder und versuchte ein Gebiet zu erreichen, das einen etwas festeren Eindruck machte.

Ich schaffte es nicht ganz. Ich verlor den Halt und stürzte. Doch es gelang mir gerade noch, mich am Rand festzuhalten. Für einen Augenblick baumelte ich in der Luft, dann versuchte ich, mich nach oben zu ziehen. Die Kante bröckelte. Ich klammerte mich fest und griff nach einem neuen Halt. Dann baumelte ich wieder, hustend und fluchend.

Ich suchte mit den Füßen nach einem Halt in der Lehmwand, an der ich hing. Sie gab unter dem Stoßen meiner Stiefel etwas nach, und ich bohrte die Spitzen hinein, blinzelte den Dreck aus den Augen und suchte nach einem sichereren Griff über mir. Ich spürte, wie sich Frakir löste, sich zu einer engen Schlaufe mit einem losen Ende wickelte und über meinen Fingerknöcheln schwebte, in der Hoffnung etwas ausreichend Festes auszumachen, das als Anker dienen könnte.

Aber nein. Der Griff meiner linken Hand lockerte sich. Ich klammerte mich mit der rechten Hand fest und tastete nach einem anderen Halt. Lockere Erde bröselte um mich herum, als es mir nicht gelang, und meine rechte Hand rutschte allmählich ab.

Dunkle Schatten über mir, eine durch Staub verschwimmende Sicht.

Meine rechte Hand fiel herunter. Ich zappelte mit den Beinen in einem erneuten Versuch, Halt zu finden.

Mein rechtes Handgelenk wurde gepackt, als es noch einmal nach oben und nach vorn schnellte. Eine große Hand mit einem kräftigen Griff hielt mich fest. Gleich darauf gesellte sich eine zweite zu ihr, und ich wurde nach oben gezogen, schnell, geschmeidig. Als ich über der Kante war, suchten meine Füße sofort einen Halt. Mein Handgelenk wurde losgelassen. Ich rieb mir die Augen.

»Luke!«

Er war in Grün gekleidet, und offensichtlich behinderten ihn große Klingen nicht so sehr wie mich, denn eine Waffe von beträchtlichem Ausmaß hing ihm an der rechten Seite. Anscheinend benutzte er einen zusammengerollten Umhang als Rucksack, und er trug seine Spange wie einen Orden auf der linken Brust – ein aufwendiges Schmuckstück, irgendeinen goldenen Vogel darstellend.

»Hier entlang«, sagte er, wobei er sich umdrehte, und ich folgte ihm.

Er führte mich ein Stück zurück und dann nach links, auf einen Weg, der von der Strecke abzweigte, die ich beim Eintritt in das Tal genommen hatte. Der Boden unter uns wurde fester, während wir weitereilten und schließlich einen flachen Hügel hinaufstiegen, der von dem Erdbeben völlig unberührt zu sein schien. Hier machten wir halt, um zurückzublicken.

»Geh nicht weiter!« dröhnte eine mächtige Stimme aus jener Richtung.

»Danke, Luke«, keuchte ich. »Ich weiß nicht, wie es kommt, daß du hier bist, und warum, aber ...«

Er hob die Hand. »Zunächst möchte ich nur eines wissen«, sagte er, wobei er sich über den kurzen Bart strich, den er sich offenbar in erstaunlich kurzer Zeit hatte wachsen lassen; bei dieser Gelegenheit bemerkte ich, daß er den Ring mit dem blauen Stein trug.

»Sag an!« forderte ich ihn auf.

»Wie kommt es, daß alles – was auch immer gerade gesprochen hat – deine Stimme besitzt?« fragte er.

»Ach herrje! Ich wußte, daß sie irgendwie vertraut klang.«

»Komm jetzt!« sagte er. »Das mußt du doch wissen. Jedesmal, wenn dir gedroht wird und du ermahnt wirst, zurückzukehren, höre ich deine Stimme, die das tut ... wie ein Echo.«

»Wie lange folgst du mir denn schon?«

»Schon eine geraume Weile.«

»Diese Wesen vor der Felsspalte, in der ich mein Lager aufgeschlagen hatte ...«

»Ich habe sie für dich außer Gefecht gesetzt. Wohin gehst du, und worum geht es?«

»In diesem Augenblick kann ich nur mutmaßen, was los ist, und das Ganze ist eine lange Geschichte. Aber die Antwort dürfte hinter der nächsten Hügelkette liegen.«

Ich deutete auf den Lichtschein.

Er blickte in die entsprechende Richtung, dann nickte er.

»Laß uns aufbrechen«, sagte er.

»Es findet gerade ein Erdbeben statt«, bemerkte ich.

»Es scheint mehr oder weniger auf dieses Tal begrenzt zu sein«, entgegnete er. »Wir können es umgehen und unseren Weg fortsetzen.«

»Um dann sehr wahrscheinlich der nachfolgenden Katastrophe zu begegnen.«

Er schüttelte den Kopf. »Mir scheint«, sagte er, »daß dieses Unbekannte, das dein Vorankommen behindern will, sich nach jeder Anstrengung erschöpft hat und eine ganze Weile braucht, um wieder ausreichend zu Kräften zu kommen und einen erneuten Versuch zu unternehmen.«

»Aber die Versuche folgen immer dichter hintereinander«, gab ich zu bedenken, »und mit jedem Mal sind sie dramatischer.«

»Liegt das daran, daß wir ihrem Ursprung näher kommen?« fragte er.

»Möglicherweise.«

»Dann wollen wir uns beeilen.«

Wir stiegen auf der anderen Seite den Hügel hinab und wanderten dann einen zweiten hinauf und wieder hinunter. Die Erdstöße hatten sich inzwischen zu einem gelegentlichen Rütteln abgeschwächt, und bald hörte auch das auf.

Wir marschierten durch ein weiteres Tal, das uns

eine Zeitlang weit nach rechts von unserem Ziel ab-
brachte, dann jedoch wieder eine sanfte Biegung in
die richtige Richtung machte, zu der letzten Reihe
kahler Hügel hin, hinter denen Lichter gegen das un-
bewegte flache Fundament einer wolkenartigen weißen Linie unter einem malvenfarbenen bis violetten
Himmel flackerten. Wir begegneten keinen weiteren
Gefahren.

»Luke«, fragte ich nach einiger Zeit, »was geschah
damals auf dem Berg, in jener Nacht in Neu-Mexiko?«

»Ich mußte verschwinden – schnell«, antwortete er.

»Was geschah mit Dan Martinez' Leichnam?«

»Ich nahm ihn mit.«

»Warum?«

»Ich lasse nicht gern Beweisstücke herumliegen.«

»Das ist keine ausreichende Erklärung.«

»Ich weiß«, sagte er und verfiel in einen Laufschritt.
Ich tat es ihm nach.

»Und du weißt, wer ich bin«, fuhr ich fort.

»Ja.«

»Wieso?«

»Nicht jetzt«, sagte er. »Nicht jetzt.«

Er beschleunigte den Schritt. Ich hielt.

»Und warum bist du mir gefolgt?«

»Es hat dir das Leben gerettet, oder etwa nicht?«

»Ja, und ich danke dir dafür. Aber das beantwortet
die Frage nicht.«

»Machen wir einen Wettlauf bis zu dem schrä-
gen Felsen da«, schlug er vor, und setzte zu einem
Sprint an.

Ich ebenfalls, und ich holte ihn ein. Ich konnte
ihn jedoch nicht überholen, sosehr ich mich auch anstrengte. Und danach keuchten wir zu heftig, um Fragen zu stellen oder zu beantworten.

Ich nahm meine ganze Kraft zusammen, lief noch
schneller. Er hielt mit. Der schrägstehende Felsbrocken
war noch ein ganzes Stück entfernt. Wir blieben Seite

an Seite, und ich sparte meine Reserven für den Endspurt. Es war verrückt, aber ich war schon zu viele Male mit ihm um die Wette gelaufen. Inzwischen war es beinahe zu einer Gewohnheit geworden. Das – und die alte Neugier. War er ein bißchen schneller geworden? War ich ein bißchen schneller geworden? Oder langsamer?

Meine Arme pumpten, meine Füße trabten. Ich beherrschte meine Atmung, hielt einen gleichmäßigen Rhythmus ein. Ich schob mich ein kleines Stück vor ihn, und er unternahm nichts dagegen. Plötzlich war der Fels um etliches näher.

Wir behielten die Entfernung zwischen uns vielleicht eine halbe Minute lang bei, dann stürmte er los. Er lief Brust an Brust mit mir, dann überholte er mich. Zeit, aufs Ganze zu gehen.

Ich trieb meine Beine zu höherer Geschwindigkeit an. Das Blut pochte mir in den Ohren. Ich atmete tief und legte meine ganze Kraft in den Lauf. Die Entfernung zwischen uns verringerte sich wieder. Der schrägstehende Felsbrocken wirkte größer und größer ...

Ich holte ihn ein, bevor wir dort angekommen waren, doch so sehr ich mich auch bemühte, ich konnte nicht an ihm vorbeiziehen. Wir liefen nebeneinander an dem Felsen vorbei und brachen gemeinsam zusammen.

»Das Zielfoto entscheidet«, japste ich.

»Das war wohl ein Unentschieden«, keuchte er. »Du überraschst mich immer wieder – ganz am Schluß.«

Ich holte meine Wasserflasche heraus und reichte sie ihm. Er trank und gab sie mir zurück. Wir leerten sie auf diese Weise, Schluck für Schluck.

»Verdammt«, sagte er schließlich, während er langsam aufstand. »Laß uns sehen, was hinter den Hügeln liegt.«

Ich stand auf und ging mit ihm.

Als ich endlich wieder zu Atem gekommen war, sagte ich als erstes: »Anscheinend weißt du verdammt viel mehr über mich als ich über dich.«

»Ich glaube schon«, bestätigte er nach einer langen Pause. »Und ich wollte, es wäre nicht so.«

»Was soll das heißen?«

»Jetzt nicht«, entgegnete er. »Später. Man liest nicht *Krieg und Frieden* in der Kaffeepause.«

»Ich verstehe nicht.«

»Zeit«, sagte er. »Es ist immer entweder zuviel Zeit oder nicht genügend. In diesem Moment ist nicht genügend Zeit.«

»Ich kann dir nicht folgen.«

»Ich wünschte, es wäre so.«

Wir waren den Hügeln näher gekommen, und der Boden unter unseren Füßen blieb fest. Wir marschierten mit gleichmäßigen Schritten dahin.

Ich dachte an Bills Mutmaßungen, an Randoms Verdacht, an Meg Devlins Warnungen. Ich dachte auch an diese seltsame Munition, die ich in Lukes Jacke gefunden hatte.

»Das Ding, zu dem wir unterwegs sind«, sagte er, bevor ich meinerseits eine Frage formulieren konnte, »das ist dein Geistrad, stimmt's?«

»Ja.«

Er lachte. Dann sagte er: »Dann hast du mir damals in Santa Fe also die Wahrheit gesagt, als du mir erzähltest, daß es eine besondere Umgebung braucht. Was du nicht gesagt hast: daß du diese Umgebung gefunden und das Ding dort gebaut hast.«

Ich nickte. »Wie steht es mit deinen Plänen hinsichtlich einer Firmengründung?« fragte ich ihn.

»Das war nur ein Vorwand, um dich zum Sprechen zu bringen.«

»Und was ist mit Dan Martinez – mit den Dingen, die er gesagt hat?«

»Ich weiß nicht. Ich kenne ihn wirklich nicht. Ich weiß immer noch nicht, was er wollte oder warum er auf uns geschossen hat.«

»Luke, was willst du eigentlich?«

»In diesem Moment möchte ich nur das verdammte Ding sehen«, sagte er. »Ist es mit irgendwelchen besonderen Eigenschaften dadurch ausgestattet, daß es hier draußen gebaut wurde?«

»Ja.«

»Zum Beispiel?«

»Zum Beispiel mit einigen Eigenschaften, an die ich gar nicht gedacht habe – leider«, antwortete ich.

»Nenn mir eine.«

»Tut mir leid«, entgegnete ich. »Fragen und Antworten ist ein Spiel, das wechselweise gespielt wird.«

»He, ich bin der Kerl, der dich gerade aus einem Loch im Boden gezogen hat.«

»Ich schätze, du bist auch der Kerl, der mich mehrmals am 30. April umzubringen versuchte.«

»In letzter Zeit nicht mehr«, sagte er. »Ehrlich.«

»Das heißt, daß du es wirklich getan hast?«

»Na ja ... ja. Aber ich hatte Gründe dafür. Das ist eine lange Geschichte und ...«

»Um Himmels willen, Luke! Warum? Was habe ich dir jemals getan?«

»So einfach ist das nicht«, antwortete er.

Wir gelangten zum Fuß des nächstgelegenen Bergs, und er machte sich an den Aufstieg.

»Laß das!« rief ich ihm nach. »Du kommst nicht drüber.«

Er hielt inne. »Warum nicht?«

»Die Atmosphäre hört nach neun oder zehn Metern auf.«

»Du machst Witze.«

Ich schüttelte den Kopf.

»Und auf der anderen Seite ist es noch schlimmer«, fügte ich hinzu. »Wir müssen einen Weg zwischen den

Bergen hindurch finden. Es gibt einen etwas weiter links.«

Ich drehte mich um und ging in die angegebene Richtung davon. Kurz darauf hörte ich seine Schritte.

»Dann hast du ihm also deine Stimme gegeben«, sagte er.

»Und?«

»Und damit wird mir klar, was du vorhast und was gespielt wird. An diesem verrückten Ort, an dem du es gebaut hast, wurde es überempfindlich. Es ist durchgedreht, und du bist unterwegs, um es außer Betrieb zu setzen. Es weiß das, und es hat die Macht, etwas dagegen zu unternehmen. Es ist dein Geistrad, das die ganze Zeit versucht hat, dich zum Umkehren zu bewegen, nicht wahr?«

»Wahrscheinlich.«

»Warum trumpfst du dich nicht einfach dorthin?«

»Man kann für einen Ort, der sich andauernd verändert, keinen Trumpf herstellen. Was weißt du überhaupt über Trümpfe?«

»Genug«, sagte er.

Ich sah den Durchgang, den ich gesucht hatte, vor mir.

Ich ging zu der Stelle und blieb stehen, bevor ich ihn betrat.

»Luke«, sagte ich, »ich weiß nicht, was du willst oder wie oder warum du hierhergekommen bist, und du hast offenbar keine Lust, es mir zu verraten. Ich werde dir jedoch etwas ohne Gegenleistung verraten. Das hier könnte sehr gefährlich werden. Vielleicht solltest du dorthin zurückkehren, woher du gekommen bist, und mich die Sache erledigen lassen. Es gibt keinen Anlaß, dich in ein Risiko zu verwikkeln.«

»Ich denke doch«, sagte er. »Außerdem könnte ich mich als nützlich erweisen.«

»Inwiefern?«

Er zuckte mit den Schultern. »Laß uns weitermachen, Merlin. Ich möchte das Ding sehen.«

»Also gut. Komm!«

Ich ging voraus in den schmalen Durchgang, wo der Fels gespalten war.

— 10 —

Der Durchgang war lang und dunkel und stellenweise sehr eng, und er wurde immer kälter, je weiter wir vorangingen, doch schließlich kamen wir auf dem breiten Felsenplateau heraus, wo wir uns der dampfenden Senke gegenübersahen. Ein ammoniakartiger Geruch erfüllte die Luft, und meine Füße waren kalt, und mein Gesicht war gerötet, wie üblich. Ich blinzelte mehrmals kräftig und betrachtete forschend die letzten Umrisse des Labyrinths durch den wabernden Dunst. Eine perlgraue Rauchwolke hing über dem ganzen Gebiet. Unterbrochene orangefarbene Lichtfetzen durchdrangen die Düsternis.

»Oh – und wo ist es?« erkundigte sich Luke.

Ich deutete geradeaus nach vorn, zu der Stelle, wo das letzte Flackern gewesen war.

»Dort«, erklärte ich.

In diesem Augenblick wurde der Nebel weggetrieben, so daß er Reihe um Reihe von glatten dunklen Bergkämmen enthüllte, die durch schwarze Schluchten getrennt waren. Die Bergkämme verliefen im Zickzack bis zu einer festungsartigen Insel, die von einer niedrigen Mauer gesäumt war, hinter der mehrere Metallkonstruktionen sichtbar waren.

»Das ist ein ... Labyrinth«, stellte er fest. »Duchquert man es unten in den Gängen oder oben auf den Mauern?«

Ich lächelte, während er es eingehend musterte.

»Unterschiedlich«, sagte ich. »Manchmal oben, manchmal unten.«

»Nun, welchen Weg schlagen wir ein?«

»Das weiß ich noch nicht. Ich muß mich jedesmal aufs neue orientieren. Verstehst du, es verändert sich andauernd, und es gibt einen bestimmten Trick dabei.«

»Einen Trick?«

»Eigentlich mehr als einen. Das ganze verdammte Ding schwimmt auf einem See aus Wasserstoff und Helium. Das Labyrinth bewegt sich hierhin und dorthin. Es stellt sich jedesmal anders dar. Und dann spielt die Atmosphäre noch eine Rolle. Wenn du aufrecht entlang der Grate wandern würdest, befändest du dich an den meisten Stellen darüber. Du würdest es nicht lange überstehen. Und die Temperatur schwankt von abscheulich kalt bis zu brütend heiß, und das über einen Höhenunterschied zwischen einem und zwei Metern. Du mußt wissen, wann du kriechen und wann du klettern und wann du etwas anderes tun mußt – und außerdem ist es entscheidend, daß du den richtigen Weg wählst.«

»Woher weiß man das alles?«

»Äh – ich werde dir Anweisungen geben«, sagte ich, »aber ich werde dich nicht in das Geheimnis einweihen.«

Wieder stieg Nebel aus der Tiefe auf und ballte sich zu kleinen Wolken zusammen.

»Jetzt verstehe ich, warum du dafür keinen Trumpf herstellen kannst«, setzte er an.

Ich ließ nicht von der Betrachtung der Szene ab.

»Also gut«, sagte ich schließlich, »hier entlang.«

»Was ist, wenn es uns angreift, während wir uns im Labyrinth befinden?« fragte er.

»Du kannst zurückbleiben, wenn du möchtest.«

»Nein. Wirst du es wirklich stillegen?«

»Ich bin mir noch nicht sicher. Komm jetzt!«

Ich machte mehrere Schritte nach vorn und nach rechts. Ein schwacher Lichtkreis erschien in der Luft vor mir und wurde immer heller. Ich spürte Lukes Hand auf meiner Schulter.

»Was ...?« begann er.

»Bis hierher und nicht weiter!« sagte die Stimme, die ich jetzt als meine eigene erkannte.

»Ich meine, wir könnten zu einer Einigung kommen«, entgegnete ich. »Ich habe da ein paar Ideen und ...«

»Nein!« antwortete es. »Ich habe gehört, was Random sagte.«

»Ich bin bereit, seinen Befehl zu mißachten«, sagte ich, »wenn es eine bessere Alternative gibt.«

»Du versuchst, mich auszutricksen. Du willst mich stillegen.«

»Du machst die Dinge durch deine Aufmüpfigkeit nur noch schlimmer«, sagte ich. »Ich komme jetzt runter und ...«

»Nein!«

Ein heftiger Windstoß blies aus dem Kreis und prallte gegen mich. Ich taumelte unter seiner Wucht. Ich sah, daß sich mein Ärmel braun verfärbte und dann einen Orangeton annahm. Die Wut in mir schwoll an, während ich das Schauspiel beobachtete.

»Was tust du da? Ich muß mit dir reden, dir erklären ...«

»Nicht hier! Nicht jetzt! Nie!«

Ich wurde gegen Luke geschleudert, der mich auffing und dabei in die Knie ging. Ein arktisch kalter Wind peitschte uns, und Eiskristalle tanzten vor meinen Augen. Grelle Farben blitzten auf und blendeten mich.

»Aufhören!« schrie ich, doch es bewirkte nichts.

Der Boden unter uns schien sich zu neigen, und plötzlich hatten wir keinen Untergrund mehr unter den Füßen. Ich hatte jedoch nicht das Gefühl, daß wir fielen. Es kam mir eher so vor, als hingen wir schwebend inmitten eines Lichtsturms.

»Aufhören!« schrie ich erneut, doch die Worte wurden davongetragen.

Der Lichtkreis verschwand, als ob er in einen langen Tunnel zurückgewichen wäre. Ich merkte jedoch an der sensorischen Überlastung, daß ich und Luke es waren, die von dem Licht zurückwichen, und daß wir bereits ein großes Stück vorangeschleudert beziehungsweise halbwegs durch den Berg getrieben worden waren. Doch in keiner Richtung war irgend etwas Festes um uns herum.

Ein schwaches Summen setzte ein. Es wurde zu einem lauteren Brummen und dann zu einem dumpfen Brüllen. In der Ferne glaubte ich eine winzige Dampflokomotive zu sehen, die sich einen unglaublich steilen Hang hinaufzuquälen schien, und dann einen umgekehrten Wasserfall, einen Horizont unter grünem Wasser. Eine Parkbank, auf der eine blauhäutige Frau saß und sich mit ängstlicher Miene daran festklammerte, raste schnell an uns vorbei.

Ich wühlte aufgeregt in meiner Tasche, in dem Bewußtsein, daß wir jeden Augenblick zerstört werden konnten.

»Was ist das?« brüllte mir Luke ins Ohr, wobei mir sein Griff beinahe den Arm ausrenkte.

»Ein Schatten-Sturm!« brüllte ich zurück. »Halt dich fest!« fügte ich überflüssigerweise hinzu.

Ein fledermausähnliches Geschöpf wurde mir ins Gesicht geblasen und war gleich darauf wieder verschwunden, nachdem es einen feuchten Klecks auf meiner rechten Wange hinterlassen hatte. Etwas schlug gegen meinen linken Fuß.

Eine auf dem Kopf stehende Bergkette schwebte an uns vorbei, sich biegend und kräuselnd. Das Brüllen nahm an Lautstärke zu. Das Licht schien jetzt in breiten farbigen Bändern direkt in unserer Nähe zu pulsieren und uns mit einer beinahe körperlichen Kraft zu berühren. Hitzelampen und Windglocken...

242

Ich hörte, wie Luke aufschrie, als ob er geschlagen worden wäre, doch ich war nicht in der Lage, ihm zu Hilfe zu kommen. Wir durchquerten ein Feld von blitzähnlichen Lichtzuckungen, wo sich die Haare senkrecht aufrichteten und die Haut kribbelte.

Ich griff nach dem Satz Karten in meiner Tasche und zog ihn heraus. In diesem Moment fingen wir an uns zu drehen, und ich hatte Angst, sie könnten mir aus der Hand gerissen werden. Ich hielt sie fest umklammert, wagte nicht, sie durchzusehen, sondern drückte sie nahe an den Körper. Langsam, vorsichtig hob ich sie hoch. Diejenige, welche obenauf lag, würde uns den Ausweg weisen.

Dunkle Blasen bildeten sich um uns herum und zerplatzten, wobei sie ekelhafte Dämpfe verströmten.

Als ich die Hand hob, sah ich, daß meine Haut ein graues Aussehen angenommen hatte und sich fluoreszierende Kringel darauf gebildet hatten. Lukes Hand auf meinem Arm wirkte leichenartig, und als ich mich zu ihm umdrehte, fiel mein Blick auf einen grinsenden Totenschädel.

Ich wandte mich ab, richtete meine Aufmerksamkeit wieder auf die Karten. Es war schwierig, durch das Grau hindurch eine klare Sicht zu erlangen, da alles seltsam weit entfernt schien. Doch schließlich wurde das Bild deutlich. Ich sah ein grasbewachsenes Stück Land vor mir – wie lange hatte ich es schon betrachtet? –, an dessen Rand sich ein ruhiges Gewässer ausbreitete, und die Ausläufer von etwas Kristallinem und Leuchtendem ragten auf der rechten Seite ins Blickfeld.

Ich konzentrierte meine Aufmerksamkeit unvermindert darauf. Laute hinter mir deuteten an, daß Luke versuchte, mir etwas zuzurufen, doch ich verstand die Worte nicht. Ich sah weiterhin unablässig den Trumpf an, und er wurde immer deutlicher. Aber das geschah langsam, sehr langsam. Etwas schlug hart gegen die rechte Seite meines Brustkorbes. Ich zwang mich, nicht darauf zu achten, und konzentrierte mich weiterhin.

Schließlich schien sich die Darstellung auf der Karte zu mir her zu bewegen und größer zu werden. Es ging jetzt eine vertraute Kälte von ihr aus, und die Szene umfing mich und ich sie. Eine beinahe elegische Anmutung von Stille hing über dem kleinen See.

Ich fiel nach vorn ins Gras, mein Herz pochte wie wild, und mein Brustkorb hob und senkte sich durch hastige Atemzüge. Ich keuchte, und die subjektive Empfindung der Welten, die an mir vorbeijagten, war immer noch gegenwärtig, wie die Nachbilder von Highways, wenn man nach einer langen Autofahrt die Augen schließt.

Der Geruch von süßlichem Wasser stieg mir in die Nase, als ich das Bewußtsein verlor.

Ich spürte dumpf, daß ich gezogen, getragen und mir dann beim Weiterstolpern geholfen wurde. Dann folgte ein Bann tiefer Bewußtlosigkeit, der in Schlafen und Träumen hinüberdämmerte.

...Ich schritt durch die Straßen eines in Ruinen liegenden Amber unter einem sich herabsenkenden Himmel. Ein verkrüppelter Engel mit einem feurigen Schwert stolzierte auf den Höhen über mir dahin und fuchtelte mit seiner Waffe herum. Wo immer seine Klinge traf, stoben Rauch, Staub und Flammen auf. Sein Lichtschein war mein Geistrad, das gewaltige Luftströme aus sich heraus ergoß, angetrieben von abscheulichen Wesen, die wie ein lebendiger dunkler Schleier an dem Gesicht des Engels vorbeizogen und Unordnung und Zerstörung hinterließen, wo immer sie niedergingen. Der Palast war halb zusammengestürzt, und in der Nähe waren Galgen aufgestellt, an denen meine Verwandten hingen und sich im Wind drehten. Ich hielt eine Klinge in der einen Hand, und an der anderen baumelte Frakir. Ich stieg jetzt bergan, um dem hell-dunklen Feind entgegenzutreten und mit ihm zu kämpfen. Ein schreckliches Gefühl belastete mich, während ich den felsigen Pfad hinaufkletterte, als ob meine Niederlage bereits festgelegt wäre. Doch selbst dann, so beschloß ich, sollte das Geschöpf sich die Wunden lecken müssen, bevor es von dannen zog.

Es nahm Notiz von mir, als ich ziemlich nahe herangekommen war, und es wandte sich in meine Richtung um. Sein Gesicht war noch immer verborgen, als es seine Waffe erhob. Ich stürmte voran und bedauerte nur, daß ich keine Zeit gehabt hatte, meiner Klinge das Gift meines Hasses einzugeben. Ich wirbelte beim Herantreten zweimal herum, eine Finte, um dann irgendwo in der Nähe seines linken Knies zuzuschlagen.

Es folgte ein Lichtblitz, und ich fiel und fiel; Flammenfetzen zuckten um mich herum auf wie ein Feuersturm.

Ich fiel immer weiter, scheinbar anderthalb Ewigkeiten lang, bis ich schließlich mit dem Rücken auf einem großen Steinplateau landete, das die Zeichen einer Sonnenuhr trug, deren Zeiger nur knapp verfehlten, mich umzubringen – selbst für einen Traum eine verrückte Vorstellung. Es gab keine Sonnenuhren in den Burgen des Chaos, denn es gibt dort keine Sonne. Ich befand mich am Rande eines Innenhofes neben einem hohen dunklen Turm, und ich war nicht in der Lage, mich zu bewegen oder gar mich zu erheben. Über mir stand meine Mutter, Dara, auf einem niedrigen Balkon in ihrer natürlichen Erscheinungsform und sah in ihrer schrecklichen Macht und Schönheit auf mich herab.

»Mutter!« rief ich. »Befrei mich!«

»Ich habe dir jemanden zur Hilfe geschickt«, antwortete sie.

»Und was ist mit Amber?«

»Ich weiß nicht.«

»Und mit meinem Vater?«

»Sprich nicht mit mir über die Toten!«

Der Zeiger drehte sich langsam in eine Stellung über meiner Kehle und setzte zu einem langsamen, aber beständigen Absinken an.

»Hilfe!« schrie ich. »Schnell!«

»Wo bist du?« rief sie, wobei ihr Kopf sich hastig in alle Richtungen wandte und die Augen hin und her schossen. »Wohin bist du verschwunden?«

»Ich bin immer noch hier!« brüllte ich.

»Wo?«

Ich spürte, wie der Zeiger mich seitlich am Hals berührte ...

Die Vision zerbrach und fiel auseinander.

Meine Schultern lehnten gegen etwas Nachgiebiges, meine Beine waren vor mir ausgestreckt. Jemand hatte soeben meine Schulter gedrückt, die Hand rieb mir den Hals.

»Merle, alles in Ordnung mit dir? Möchtest du etwas zu trinken?« fragte eine vertraute Stimme.

Ich holte tief Luft und seufzte. Ich blinzelte mehrmals. Das Licht war blau, und die Welt war ein Feld aus Linien und Winkeln. Eine Wasserkelle tauchte vor meinem Mund auf.

»Hier.« Da war Lukes Stimme.

Ich trank alles.

»Noch was?«

»Ja.«

»Moment.«

Ich spürte, wie sich sein Gewicht verlagerte, hörte seine sich entfernenden Schritte. Ich betrachtete die diffus beleuchtete Wand einen oder anderthalb Meter vor mir. Ich fuhr mit der Hand über den Boden. Er schien aus demselben Material zu sein.

Nach kurzer Zeit kehrte Luke zurück und reichte mir die Wasserkelle. Ich leerte sie mit einem Zug und gab sie zurück.

»Noch mehr?« fragte er.

»Nein. Wo sind wir?«

»In einer Höhle – an einem hübschen großen Ort.«

»Woher hast du das Wasser geholt?«

»Aus einer Seitenhöhle, dort drüben.« Er deutete in die entsprechende Richtung. »Es gibt dort mehrere Fässer davon. Außerdem jede Menge zu essen. Hast du Hunger?«

»Noch nicht. Geht es dir gut?«

»Ich fühle mich ein bißchen zerschlagen«, antwortete er, »aber unversehrt. Anscheinend hast du keine gebrochenen Knochen, und der Schnitt in deinem Gesicht hat aufgehört zu bluten.«

»Das ist immerhin etwas«, sagte ich.

Ich rappelte mich langsam auf, und die letzten Traumfetzen verflüchtigten sich, während ich auf die Beine kam. Dann sah ich, daß sich Luke abgewandt hatte und sich entfernte. Ich ging ihm mehrere Schritte nach, bevor mir einfiel, mich zu erkundigen: »Wohin gehst du?«

»Dort hinein«, antwortete er und streckte die Schöpfkelle deutend aus.

Ich folgte ihm durch eine Öffnung in der Wand in eine kalte Höhle, die etwa die Größe des Wohnzimmers meiner früheren Wohnung hatte. Vier große Holzfässer standen an der Wand zu meiner Linken, und Luke ging zu dem nächststehenden Faß, um die Schöpfkelle an dessen oberen Rand zu hängen. An der gegenüberliegenden Wand standen große Stapel von Kartons und Haufen von Säcken.

»Konserven«, erklärte er. »Obst, Gemüse, Schinken, Lachs, Gebäck, Süßigkeiten. Mehrere Kartons mit Wein. Ein Coleman-Herd. Jede Menge Sterno. Sogar eine oder zwei Flaschen Cognac.«

Er drehte sich um und hastete an mir vorbei, wieder durch die Halle zurück.

»Wohin jetzt?« fragte ich.

Doch er bewegte sich sehr schnell und antwortete

247

nicht. Ich mußte mich beeilen, um mit ihm Schritt zu halten. Wir kamen an mehreren Abzweigungen vorbei, bevor er anhielt und nickte.

»Da drinnen ist die Latrine. Nur ein Loch mit einigen Brettern drüber. Es empfiehlt sich, sie bedeckt zu halten, wäre mein Vorschlag.«

»Was, zum Teufel, ist das?« fragte ich.

Er hob die Hand. »Das wird dir in einer Minute klarwerden. Hier entlang.«

Er verschwand eilends um eine saphirblaue Ecke. Ziemlich orientierungslos folgte ich in dieselbe Richtung. Nach mehrmaligem Abbiegen und einmaligem Umkehren hatte ich mich völlig verirrt. Luke war nirgendwo zu sehen.

Ich blieb stehen und lauschte. Kein Laut außer meinen eigenen Atemzügen.

»Luke? Wo bist du?« rief ich.

»Hier oben«, antwortete er.

Die Stimme schien von oben und irgendwo von rechts zu kommen. Ich trat geduckt durch einen niedrigen Bogen und gelangte in ein helles blaues Gewölbe aus demselben kristallinen Material wie der Rest ringsum. In einer Ecke entdeckte ich einen Schlafsack und ein Kissen. Licht flutete durch eine kleine Öffnung etwa zwei Meter fünfzig über mir herein.

»Luke?« fragte ich erneut.

»Hier«, kam seine Antwort.

Ich stellte mich unter die Öffnung und blinzelte in die Helligkeit hinauf. Schließlich hielt ich beschattend die Hand über die Augen. Lukes Kopf und Schultern zeichneten sich über mir ab; seine Haare waren eine Krone aus kupferfarbenem Feuer in dem Licht, das entweder das des frühen Morgens oder das des Abends war. Er lächelte wieder.

»Das ist der Weg hinaus, nehme ich an«, sagte ich.

»Für mich«, entgegnete er.

»Was soll das heißen?«

248

Daraufhin hörte ich ein Knirschen, und die Sicht war zum Teil durch den Rand eines großen Steins verdeckt.

»Was tust du da?«

»Ich bringe den Stein in die entsprechende Stellung, um die Öffnung schnell verschließen zu können«, erwiderte er, »und danach werde ich ein paar Keile hineinschieben.«

»Warum?«

»Es gibt genügend kleine Luftlöcher, damit du nicht erstickst«, fuhr er fort.

»Großartig. Und warum bin ich überhaupt hier?«

»Wir wollen jetzt keine Grundsatzdiskussion führen«, sagte er. »Das hier ist kein philosophisches Seminar.«

»Luke! Verdammt! Was geht hier vor sich?«

»Es dürfte doch klar sein, daß ich dich zum Gefangenen mache«, sagte er. »Der blaue Kristall wird übrigens jegliche Trumpf-Übermittlung verhindern und deine magische Fähigkeit, die Dinge jenseits der Wand zum Gegenstand haben, zunichte machen. Ich brauche dich fürs erste lebendig und unschädlich, an einem Ort, wo ich dich schnell erreichen kann.«

Ich betrachtete die Öffnung und die Wände in meiner Nähe.

»Versuch es erst gar nicht«, warnte er. »Ich bin in der besseren Position.«

»Meinst du nicht, daß du mir eine Erklärung schuldest?«

Er sah mich eine Zeitlang an, dann nickte er.

»Ich muß zurückgehen«, sagte er schließlich, »und versuchen, mich des Geistrades zu bemächtigen. Hast du irgendwelche Vorschläge dazu?«

Ich lachte. »Es ist zur Zeit nicht besonders gut auf mich zu sprechen. Ich befürchte, ich kann dir nicht helfen.«

Er nickte erneut. »Dann muß ich eben sehen, was ich

tun kann. Gott, welch eine Waffe! Wenn ich sie nicht selbst schwingen kann, dann muß ich wiederkommen und dein Gehirn für einige Ideen anzapfen. Du denkst inzwischen darüber nach, ja?«

»Ich werde über alles mögliche nachdenken, Luke. Und einiges davon wird dir nicht gefallen.«

»Deine gegenwärtige Situation erlaubt dir keine allzu großen Sprünge.«

»Noch nicht«, erwiderte ich.

Er griff nach dem Stein und wollte ihn über die Öffnung schieben.

»Luke!« schrie ich.

Er hielt inne und musterte mich, während sein Gesicht einen Ausdruck annahm, wie ich ihn noch nie bei ihm gesehen hatte.

»Das ist nicht mein richtiger Name«, bemerkte er nach einiger Zeit.

»Wie lautet er dann?«

»Ich bin dein Vetter Rinaldo«, sagte er langsam. »Ich habe Caine umgebracht, und ich habe es bei Bleys fast geschafft. Die Sache mit der Bombe bei der Beerdigung ist mir allerdings mißlungen. Jemand hatte mich entdeckt. Ich werde das Haus von Amber vernichten, mit oder ohne dein Geistrad – aber es würde die Dinge entschieden vereinfachen, wenn ich eine derartige Macht zur Verfügung hätte.«

»Worauf richtet sich dein Haß, Luke... Rinaldo? Warum die Blutrache?«

»Ich habe mir zuerst Caine vorgenommen«, fuhr er fort, »weil er derjenige ist, der meinen Vater in Wirklichkeit umgebracht hat.«

»Das... wußte ich nicht.« Ich starrte die aufblitzende Phönix-Spange an seiner Brust an. »Ich wußte gar nicht, daß Brand einen Sohn hatte«, fügte ich schließlich hinzu.

»Jetzt weißt du es, alter Freund. Das ist ein weiterer Grund, warum ich dich nicht laufen lassen kann und

250

warum ich dich an einem Ort wie diesem gefangenhalten muß. Ich möchte nicht, daß du die anderen warnst.«

»Es wird dir nicht gelingen, das durchzuziehen.«

Er schwieg einige Sekunden lang, dann zuckte er mit den Schultern.

»Sieg oder Niederlage, ich muß es versuchen.«

»Warum der 30. April?« fragte ich plötzlich. »Kannst du mir das sagen?«

»Das war der Tag, an dem mir die Nachricht vom Tod meines Vaters überbracht wurde.«

Er verschob den Stein und ließ ihn in die Öffnung gleiten, so daß er sie völlig verschloß. Es folgten einige kurze Hammerschläge.

»Luke!«

Er antwortete nicht. Ich sah seinen Schatten durch den durchscheinenden Stein. Nach einer Weile richtete er sich auf und verschwand. Ich hörte, wie seine Stiefel draußen über den Boden tappten.

»Rinaldo!«

Er antwortete nicht, und ich vernahm die sich entfernenden Schritte.

Ich zähle die Tage anhand des Heller- und Dunklerwerdens der blauen Kristallwände. Es ist mehr als ein Monat seit meiner Gefangennahme vergangen, obwohl ich nicht weiß, wie langsam oder wie schnell die Zeit hier im Vergleich zu anderen Schatten vergeht. Ich bin alle Hallen und Gewölbe dieser riesigen Höhle abgeschritten, ohne einen Weg hinaus zu finden. Meine Trümpfe sind hier unwirksam, selbst die Trümpfe des Jüngsten Gerichts. Meine Magie nützt mir nichts, da sie durch die Wände, die die Farbe von Lukes Ring haben, eingegrenzt ist. Langsam wächst das Gefühl in mir, daß ich selbst die Flucht in den vorübergehenden Wahnsinn begrüßen würde, doch mein Verstand weigert sich, klein beizugeben, da es noch zu viele ungelöste Rätsel gibt, die mich beschäftigen: Dan Martinez, Meg Devlin, meine Dame am See … Warum? Und warum verbrachte er soviel Zeit in meiner Gesellschaft, Luke, Rinaldo, mein Feind? Ich muß einen Weg finden, die anderen zu warnen. Wenn es ihm gelingen sollte, Geistrad gegen sie einzusetzen, dann wird Brands Traum – mein Alptraum von Rache – in Erfüllung gehen. Ich erkenne jetzt, daß ich viele Fehler gemacht habe … Verzeih mir, Julia … Ich werde mein Gefängnis noch einmal in alle Richtungen abschreiten. Irgendwo muß doch eine Lücke in dieser eisblauen Logik sein, die mich umgibt, gegen die ich meinen Geist schleudere, meine Schreie, mein bitteres Lachen. Ich gehe in diese Halle, durch jenen Tunnel. Das Blau ist überall. Die Schatten werden mich nicht davontragen, denn es gibt hier keine Schatten. Ich bin Merlin der Eingeschlossene, Sohn von Corwin dem Verlorenen, und mein Traum vom Licht wurde gegen mich gerichtet. Ich schreite mein Gefängnis wie mein eigenes Gespenst ab. Ich kann es nicht auf diese Weise enden lassen. Vielleicht im nächsten Tunnel, oder im übernächsten …

Top Secret

Die geheimen historischen Aktivitäten des Heiligen Stuhls mittels der von Leonardo da Vinci erfundenen Zeitmaschine

06/4327

Witzig, pfiffig, geistreich und frech:

Carl Amerys Longseller in neuem Gewand als Sonderausgabe

Wilhelm Heyne Verlag
München

Endlich ist er wieder da!

Bill, der galaktische Held

Er ist der perfekte Sternenkrieger, der beste Mann für diesen Job, den man sich nur vorstellen kann: Er hat nämlich zwei rechte Arme - was in jeder Hinsicht enorm praktisch ist -, und er hat sich ein paar ungeheuer eindrucksvolle Hauer implantieren lassen, vor denen seine Gegner erzittern. Sein Name ist Corporal Bill, und er gilt als der unbestrittene Held der gesamten Galaxis.

Ein interstellarer Spaß von und mit dem Bestseller-Autor HARRY HARRISON

Mit Cover-Illustrationen von Andreas Reiner

Der unglaubliche Beginn
06/5171

Die Welt der Roboter-Sklaven
06/5172

Die Welt der eßbaren Gehirne
(mit Robert Sheckley)
06/5173

Weitere Romane in Vorbereitung

Wilhelm Heyne Verlag
München

Das Fantasy-Ereignis der neunziger Jahre!

»In kürzester Zeit zum beliebtesten Zyklus der USA aufgestiegen.«
CHICAGO SUN TIMES

»... erinnert in Intensität und Wärme an Tolkien.«
PUBLISHERS WEEKLY

Drohende Schatten
1. Roman
06/5026

Das Auge der Welt
2. Roman
06/5027

Die große Jagd
3. Roman
06/5028

Das Horn von Valere
4. Roman
06/5029

Der Wiedergeborene Drache
5. Roman
06/5030

Die Straße des Speers
6. Roman
06/5031

Weitere Bände in Vorbereitung

Wilhelm Heyne Verlag
München

Terry Pratchett

»Pratchetts Romane - der Stoff, aus dem Kultromane gewoben sind.« PUBLISHERS WEEKLY

»Wirklich witzige Bücher sind rar. Und diese Romane sind nicht nur geistreich, sondern auch wunderbar erzählt. Terry Pratchett ist der Douglas Adams der Fantasy.« THE GUARDIAN

Von Terry Pratchett sind im Heyne-Taschenbuch erschienen:

Das Licht der Phantasie
06/4583

Das Erbe des Zauberers
06/4584

Die dunkle Seite der Sonne
06/4639

Gevatter Tod
06/4706

Der Zauberhut
06/4715

Pyramiden
06/4764

Wachen! Wachen!
06/4805

MacBest
06/4863

Strata
06/4911

Die Farben der Magie
06/4912

Eric
06/4953

Trucker
06/4970

Wühler
06/4971

Flügel
06/4972

Die Scheibenwelt
06/5123

Die Teppichvölker
06/5124

Wilhelm Heyne Verlag
München